KB023852

배스커빌 가의 개

셜록 홈스 시리즈 ❸

배스커빌 가의 개

셜록 홈스 시리즈 ❸

아서 코난 도일 지음 | 공경희 옮김

더클래식

배스커빌 가의 개
The Hound of the Baskervilles

Contents

1
셜록 홈스

이따금 밤새하는 경우가 아니면 아침에 깨어 있는 모습을 보기 힘든 셜록 홈스가 아침식탁에 앉아 있었다. 나는 벽난로 앞 깔개에 서서, 전날 밤 손님이 두고 간 지팡이를 집어 들었다. 매끈하고도 굵은 나무 단장은 끝에 공 장식이 달린 '페낭 로이어' 스타일이었다. 공 아래쪽 널따란 은테에 '왕립 외과학회 회원 제임스 모티머에게 C.C.H.의 친구들 증정'이라고 각인되어 있었다. 연도는 1884년. 늙수그레한 개업의들의 단장처럼 품격과 견고함을 갖춘 지팡이였다.

"흠, 왓슨. 자네는 그것을 어떻게 보나?"

홈스는 나를 등지고 앉았고, 난 아무 기척도 하지 않던 참이었다.

"내가 뭘 하는지 어떻게 알았나? 자네 뒤통수에 눈이 달린 모양이군."

"내 앞에 반들반들하게 닦은 은도금 커피 주전자가 있지. 말해보게, 왓슨. 우리 손님의 단장을 어떻게 보나? 아쉽게도 그를 만나지 못해서 무슨 용건인지 모르니, 우연히 두고 간 물건이 중요한 실마리가 될 수밖에. 자네가 단장을 살펴보고 그를 어떤 사람으로 짐작하는지 들어보자고."

나는 홈스의 추리 방식에 최대한 맞춰가며 대답했다. "지인들이 이런 감사의 선물을 한 걸로 봐서 닥터 모티머는 성공한 의사로 평판이 좋을 것 같네."

"좋아! 대단한데!" 홈스가 말했다.

"또 그가 걸어서 왕진을 많이 다니는 시골 의사일 가능성이 있다는 생각이 드네."

"어째서 그런가?"

"이 단장은 처음에는 아주 매끈했겠지만 이렇게 낡은 걸 보면, 런던의 개업의가 갖고 다닌다고는 상상되지 않거든. 도톰한 쇠테가 닳은 걸 보면, 그가 이걸 들고 많이 걸어다닌 게 확실하네."

"제법 그럴듯하군!" 홈스가 말했다.

"그리고 'C.C.H.의 친구들'도 있네. 어떤 사냥(Hunt) 클럽이라고 봐야겠지. 그가 지역 사냥 모임 회원들에게 의학적인 도움을 주어서, 단체가 보답으로 작은 공로패를 준 거야."

"정말이지 왓슨, 대단한데." 홈스가 말했다. 그는 의자를 뒤로 밀면서 담배에 불을 붙였다. 홈스가 말을 이었다. "자네의 설명은 워낙 엄청나서 내 작은 성과들을 빛나게 하지. 그걸로 볼 때 자네는 습관적으로 자기 능력을 과소평가한다고 말할 수밖에 없네. 스스로 빛나지 않을지언정 자네는 빛을 만들어내네. 어떤 이들은 천재성은 없지만 그것을 자극하는 능력이 출중하지. 고백컨대 난 자네 덕을 크게 본다네, 친구."

홈스가 이런 말을 하기는 처음이었고, 난 그의 말에 짜릿한 쾌감을 느꼈다고 인정해야겠다. 그의 수사기법에 감탄해서 홍보를 해도 홈스가 시큰둥하기에 자주 속상하던 참이었다. 또 홈스의 기법을 배워서 적용하고 인정을 받으니 어깨가 으쓱했다. 이제 그는 내 손에서 단장을 빼앗아 몇 분간 맨눈으로 관찰했다. 그러더니 흥미로운 표정을 지으면서 담배를 내려놓고, 단장을 창가로 가져가서 돋보기로 다시 살폈다.

"기본적이긴 해도 흥미로워." 그는 늘 앉는 소파 자

리로 돌아오면서 말했다. "분명히 단장에 한두 가지 힌트가 있네. 이게 몇 가지 추론의 근거를 제공하는군."

"내가 놓친 부분이라도 있나?" 나는 으스대면서 물었다. "내가 간과한 중요한 대목은 없으리라 자신하네만."

"자네 추리의 대부분이 오류라네, 왓슨. 자네에게 자극받는다는 말은, 실은 자네의 오류들을 살핀 덕분에 진실에 다가가는 경우도 가끔 있다는 뜻이었어. 이번 경우 자네가 완전히 틀리지는 않았네. 이 사람은 분명히 시골의 개업의네. 또 상당히 많이 걸어 다니지."

"그러면 내가 옳았군."

"거기까지만."

"하지만 그 이상 뭐가 있다고."

"아니지, 아니야, 왓슨. 그게 전부가 아니지. 결코 그렇지 않아. 예를 들어 의사에게 단장을 증정한 측은 사냥 클럽이 아닌 병원으로 추정하고 싶군. 또 그 병원 앞의 'C. C.'란 머리글자는 '차링 크로스(Charing Cross)'로 보는 게 상당히 자연스럽겠지."

"그럴지도 모르지."

"가능성이 그 방향으로 뻗어 있네. 그리고 이것을 작업가설로 삼는다면, 이 미지의 방문객을 연상할 새로운 토대가 생기네."

"흠, 그럼 'C.C.H.'가 '차링 크로스 병원(Hospital)'이라고 가정한다면 어떤 추측을 더 끌어낼 수 있을까?"

"그 자체로 떠오르는 게 없나? 자네는 내 추리기법들을 알지. 그 방식들을 적용해보라고!"

"이 사람이 시골에 가기 전에 런던에서 의사 노릇을 했다는 뻔한 결론 외에는 아무 생각도 나지 않네."

"그보다 더 파고들 수 있을 것 같은데. 이런 관점에서 보라구. 이런 것은 언제 증정할 가능성이 가장 클까? 친구들이 언제쯤 뜻을 모아 그에게 선의를 표할까? 닥터 모티머가 개업하려고 병원을 퇴직한 시기였음이 분명하지. 우린 선물 증정이 있었다는 사실은 확실히 아네. 런던 종합병원에서 시골 진료소로 가는 변화가 분명히 있었지. 그렇다면 그 변화가 생겼을 때 선물 증정이 있었다고 말하면 지나친 추정일까?"

"타당성이 있는 것 같군."

"이제 그가 병원의 정식 의료진이었을 리 없다는

건 알겠지. 뛰어난 의사만 런던에서 그런 직위를 차지할 수 있고, 그런 인물이라면 시골로 흘러들지 않을 테니까. 그러면 닥터 모티머는 어떤 존재였을까? 병원에서 일했지만 정식 의료진이 아니라면, 외과나 내과 수련의였을 수밖에 없지. 의대졸업반 학생이나 다름없는 위치거든. 그리고 단장에 새겨진 연도를 보면 5년 전에 떠났네. 그러니 자네가 추측한 중후한 중년의 개업의는 허공으로 사라지는군, 친애하는 왓슨. 그 대신 30세 이하의 다정하고 야심 없고 칠칠치 못한 젊은 친구가 등장하는 거야. 그는 애완견을 키우고, 테리어보다 크고 마스티프보다는 작은 종이라고 대략 그려볼 수 있겠네."

나는 미심쩍게 웃었고, 셜록 홈스는 소파에 등을 기대며 고리 모양의 담배 연기를 천장으로 내뿜었다.

내가 말했다. "뒷부분 말인데 자네의 추리를 확인할 의도는 없지만, 적어도 그의 나이와 경력에 관련해 몇 가지 알아내는 것은 어렵지 않지." 나는 의학서가 꽂힌 서가에서 의료연감을 빼서 이름을 찾았다. 모티머가 서너 명 있었지만, 우리 손님일 가능성이 있는 사람은 단 한 명이었다. 나는 그의 경력을 읽어 내려갔다.

"모티머, 제임스, M.R.C.S(왕립외과대학), 1882, 그림펜, 다트무어, 데번. 1882년부터 1884년 차링 크로스 병원에서 외과 수련의. 〈질병은 격세유전인가?〉라는 논문으로 비교병리학 잭슨 상 수상. 스웨덴 병리학회 객원 회원. 〈격세유전의 몇 가지 기현상〉(랜싯 1882) 〈우리는 진화하는가?〉(심리학 저널, 1882. 3) 저술. 그램펜, 토슬리, 하이배로우 지역 보건소장."

홈스가 놀리듯 씩 웃으면서 말했다. "지역 사냥 클럽 이야기는 없지만, 자네의 대단히 예리한 관찰 결과처럼 시골 의사이긴 하군, 왓슨. 내 추리가 딱딱 들어맞는 것 같네. 내가 제대로 기억한다면, 다정하고 야심 없고 칠칠치 못하다는 수식어들 말일세. 내 경험상 이 세상에서 다정한 사람만 감사장을 받고, 야심 없는 사람만 시골에서 일하려고 런던을 저버리지. 또 남의 방에서 한 시간이나 기다리다가 명함 한 장 안 남기고 덜렁 단장만 두고 갔다면 칠칠하지 못한 위인일 수밖에."

"그러면 개는?"

"이 단장을 물고 주인 뒤를 쫓아가는 습관이 있네.

단장이 묵직하지만 개가 가운데를 단단히 물어서 아주 선명한 이빨 자국이 생겼지. 이빨 자국의 간격으로 미루어, 텈은 테리어치고는 너무 넓고 마스티프치고는 너무 좁다는 게 내 의견일세. 그렇다면, 아! 털이 곱슬곱슬한 스패니얼이었을지 모르겠군."

그는 일어나서 방 안을 오락가락하면서 말했다. 그러다가 후미진 창 앞에 섰다. 홈스의 말투가 너무 자신만만해서 난 놀라 힐끗 올려다보았다.

"이보게, 어떻게 그렇게 자신있게 말할 수 있지?"

"아주 간단한 이유 때문이야. 바로 우리 문간에 그 개가 보이고, 개 주인이 벨을 울리네. 부탁인데 거기 그대로 있게, 왓슨. 손님의 직업이 자네와 같으니, 자네가 곁에 있으면 내게 도움이 될 걸세. 이제 드라마틱한 운명의 순간이네, 왓슨. 계단을 올라오는 발소리가 나면 운명이 삶 속으로 들어오고, 그것이 길조인지 흉조인지 알 수 없지. 과학자인 닥터 제임스 모티머가 범죄전문가인 셜록 홈스에게 무슨 볼일이 있을까? 들어오세요!"

전형적인 시골 의사를 기대하던 내게 우리 손님의

등장은 놀라웠다. 닥터 모티머는 장신으로 호리호리하고, 긴 매부리코에 잿빛 눈이 날카로웠다. 양미간이 좁고, 금테 안경 너머로 눈이 초롱초롱했다. 행색은 전문가답지만 좀 너저분해서, 외투는 구질구질하고 바지는 나달나달했다. 젊은데도 벌써 등이 구부정했다. 그는 고개를 내밀고 자비를 구하는 태도로 걸었다. 그는 방에 들어서다가 홈스가 손에 든 단장을 보자, 환호성을 터뜨리면서 냉큼 달려갔다. "정말 다행입니다. 이걸 여기 뒀는지, 선원 사무소에 뒀는지 확실치 않았거든요. 세상을 다 준대도 이 단장과 바꾸지 않을 겁니다." 그가 말했다.

"증정 받은 것 같군요." 홈스가 말했다.

"그렇습니다."

"차링 크로스 병원에서?"

"제가 결혼했을 때 그곳에 다니던 친구 한둘이 주었습니다."

"이런, 이런. 난감하군!" 홈스가 고개를 저으면서 중얼댔다.

닥터 모티머는 살짝 당황해서 안경 너머로 눈을 깜

SP

빡였다.

"어째서 그게 난감하지요?"

"선생이 우리의 추리를 엉클어서 말이지요. 결혼했다고요?"

"그렇습니다. 결혼했고, 그래서 병원을 떠났고, 그곳 고위직으로 승진할 희망은 완전히 사라졌지요. 제 가정을 꾸려야 했으니까요."

"자, 자, 결국 우리가 아주 틀리진 않았구먼. 그러면 이제 닥터 제임스 모티머……." 홈스가 말했다.

"'씨'라고 부르십시오. '씨'면 됩니다. 겨우 왕립외과대학 출신인걸요."

"그리고 분명히, 아주 정확한 분이겠지요."

"얼치기 과학도지요, 홈스 씨. 광활한 미지의 바닷가에서 조개를 줍는 사람에 불과합니다. 제가 말씀드리는 분이 셜록 홈스 씨라 짐작됩니다만……."

"아니요, 이 사람은 내 친구인 닥터 왓슨입니다."

"뵙게 되어 반갑습니다. 친구분의 성함과 더불어 선생님의 성함을 익히 들었습니다. 홈스 씨에게 무척 관심이 생기네요. 이런 장두의 두개골이나 또렷한 안와 위의 발달을 보게 될 줄 예상하지 못했거든요. 혹시 선생님의 두정부 틈새를 쓰다듬어보면 안 될까요? 어느 인류학 박물관이든 원본을 구하기 전까지는 환영할 만한 두상을 가지셨습니다. 불쾌하게 굴려는 의도는 없습니다만, 솔직히 말해 그 두상이 탐납니다."

셜록 홈스는 이 이상한 손님에게 의자에 앉으라고 손짓하며 말했다. "나 못지않게 생각에 몰두하는 타입이신가봅니다. 검지를 보니 담배를 직접 말아 피우시는군요. 주저 말고 한 대 피우시지요."

닥터 모티머는 종이와 담배 가루를 꺼내서, 놀랄 만치 능숙한 솜씨로 담배를 말았다. 떨리는 긴 손가락은 곤충의 촉수처럼 예민하고 민첩하게 움직였다.

홈스는 말이 없었지만 기민한 눈초리로 볼 때, 이상한 손님에게 흥미를 느끼는 게 분명했다.

마침내 홈스가 입을 열었다. "엊저녁에 여기 오셨고 오늘 재차 방문하는 영광을 베푼 걸로 볼 때, 내 두개골을 살필 목적만 있는 건 아니지요?"

"그렇습니다. 맞습니다. 그 일도 할 기회를 얻어서 기쁘긴 합니다만. 찾아뵌 이유는, 제가 비현실적인 사람임을 깨달았기 때문입니다. 또 갑자기 아주 심각하고 괴상망측한 문제에 직면해서이기도 합니다. 제가 알아내기로는 선생님이 유럽의 전문가들 중 두 번째인……."

"이봐요! 누가 으뜸인지 물어봐도 되겠습니까?" 홈스가 퉁명스레 물었다.

"알퐁스 베르티옹 같은 정밀한 과학 정신의 소유자지요. 그의 방식에는 늘 그런 정신이 필요할 겁니다."

"그러면 그 사람에게 조언을 구하는 편이 낫지 않겠소?"

"정밀한 과학 정신으로 보면 그렇다는 뜻이었습니다. 하지만 실제 활동하는 분으로는 선생님이 단연 특출하다고 인정받지요. 제가 본의 아니게 언짢게 해드렸는지요."

홈스가 말했다. "조금 그랬소. 더 끌지 말고, 도움을 구하려는 문제의 요점을 명확히 말하는 편이 좋겠군요."

2

배스커빌 가문의 저주

"제 주머니에 문서가 들어 있습니다." 닥터 제임스 모티머가 말했다.

"당신이 방에 들어올 때 그게 눈에 들어오더군요." 홈스가 대답했다.

"오래된 문서입니다."

"위조한 게 아니라면 18세기 초지요."

"그걸 어떻게 아실 수 있습니까?"

"당신이 말하는 내내 문서의 한 귀퉁이가 보였으니까요. 추정 연대의 오차가 10년 이상 나면 전문가 체면이 서지 않을 겁니다. 내가 이 주제에 관해 쓴 간단한 논문을 읽어봤겠지만, 난 문건의 연도를 1730년대로 추정합니다."

"정확한 연대는 1742년입니다." 닥터 모티머가 가슴 주머니에서 문서를 꺼내면서 말했다. "이 가문의 문건을 찰스 배스커빌 경이 제게 맡겼습니다. 석 달 전 그의

비극적인 돌연사로 데번셔가 한바탕 난리가 났습니다. 저는 그의 주치의일 뿐 아니라 개인적으로도 친구였다고 할 수 있을 겁니다. 배스커빌 경은 정신력이 강하고, 빈틈없고 현실적인 데다 저처럼 상상력이 없는 사람이었습니다. 그럼에도 이 문건을 무척 심각하게 받아들였지요. 그런 결말을 맞을 준비를 하더니 이미 하고 계셨습니다."

홈스는 손을 내밀어 문건을 받아서, 무릎에 대고 반듯이 폈다.

"긴 s와 짧은 s를 번갈아 쓴 게 보일 거야. 왓슨. 내가 시대를 파악할 수 있었던 특징들 중 하나지."

나는 홈스의 어깨 너머로 누런 종이와 빛바랜 활자를 쳐다보았다. 상단에 '배스커빌 홀'이라고 적혀 있고, 그 밑에 큼직하게 휘갈겨 쓴 '1742'라는 숫자가 있었다.

"일종의 진술서로 보이는데요."

"그렇습니다, 배스커빌 집안에 내려오는 어떤 전설에 대한 진술입니다."

"하지만 내게 자문을 구하려는 일은 최근에 벌어진

현실적인 사건으로 짐작됩니다만."

"아주 최근의 일입니다. 스물네 시간 내에 해결해야 될 무척 현실적이고 긴급한 용건이지요. 하지만 진술서가 짧은 데다 사건과 밀접한 관계가 있습니다. 허락하시면 제가 읽어드리겠습니다."

홈스는 할 수 없다는 듯 의자에 기대앉아, 손끝을 모으고 눈을 감았다. 닥터 모티머는 진술서를 밝은 곳으로 비추면서, 특이하고 고풍스런 글을 갈라지는 고음으로 낭독했다.

배스커빌 가의 사냥개의 유래에 대해서는 설왕설래하지만, 나는 휴고 배스커빌의 직계 자손으로 이야기를 내 아버지에게 들었고, 아버지는 그 아버지에게 들었으므로, 여기 피력하는 그대로 사건이 일어났다는 확신을 갖고 서술하겠다. 또 너희가 믿어주면 좋겠구나, 아들들아. 죄를 벌하시는 정의의 하나님은 큰 은혜로 죄를 사해주시기도 하리라는 것을. 또 기도와 회개로 지워지지 않을 정도로 무거운 저주는 없다는 것을. 그러니 이 이야기에서 과거의 결과를 두려워하기보다 장차 신중해야 된다는 것을 배우거라. 우리 가문이 그다지도 애통하게 시달린 더러운 욕정들이 다시 흐트러져서 예전으로 돌아가는 일이 없을지언정.

그러면 청교도 혁명 시기에 학식 있는 클래런던 경이 서술한 역사에 주목하기를 적극적으로 권한다. 이 배스커빌 영지를 보유한 이는 휴고 배스커빌이었지. 그가 몹시 거칠고 상스럽고 극악한 사람이었다는 걸 부정할 수 없구나. 사실 이웃들이야 인근에 성인군자가 없다는 걸 알기에 그냥 넘겼을지 모르겠다. 하지만 그는 분명히 방종하고 잔학한 기질의 소유자였고, 그래서 서부 지방에서 그는 악명을 떨쳤단다. 이 휴고란 자는 배스커빌 영지 인근의 땅을 소유한 자작농의 딸을 우연히 사랑하게 되었지(사실 그 빛나는 말 아래 아주 음침한 욕정이 있었다고 알려졌다만). 하지만 사리분별 잘 하고 평판이 좋은 아가씨는 그의 악명이 두려워서 그를 피하려 했지. 그러다 성 미카엘 축일에 사달이 났지. 휴고가 못돼 먹은 놈팡이 대여섯과 농가에 몰래 들어가 처녀를 납치했거든. 처녀의 아버지와 오빠들이 집을 비운 걸 휴고는 알고 있었어. 그들은 처녀를 배스커빌 대저택에 데려와서 위층 방에 집어넣고, 밤마다 하던 습관대로 늦도록 술판을 벌였지. 이제 위층에서는 딱한 아가씨가 아래층에서 올라오는 노랫소리와 고함과 무지막지한 욕설에 혼비백산했겠지. 휴고 배스커빌은 일단 술이 들어가면, 말한 사람조차도 저주받을 무서운 말들을 내뱉었다고 하니까. 결국 공포에 시달리던 아가씨는, 아주 용감하거나 민첩한 남자나 했을 법한 일을 감행했지. 남쪽 담장을 덮은 (여전히 덮고 있는) 담쟁이덩굴을 이용해서 처마 밑에서 내려와, 황무지를 지나 집 쪽으로 달아났거든. 저택에서 처녀 집의 거리가 15킬로미터쯤 됐지.

얼마 후 손님들을 두고 음식과 술을, 아마 더 나쁜 것들도 잡혀온 아가씨에게 가져간 휴고는 새장이 비고 새는 달아나버렸음을 알았지. 순간 그는 귀신들린 사람처럼 변했던 것 같아. 부리나케 계단을 내려가 식당에 들어가서, 대형 식탁으로 펄쩍 올라가는 바람에 술병과 음식 접시가 허공으로 날아갔지. 그는 패거리 앞에서 고래고래 소리쳤지. 계집애를 잡을 수만 있다면 그 밤에 몸과 영혼을 악령에게 바치겠노라고. 놈들은 더 만취해서 악독해진 휴고의 분노에 경악해서 서 있다가, 사냥개 떼를 풀어 그녀를 쫓게 하자고 소리쳤지. 휴고가 집에서 뛰쳐나가면서 마부들에게 암말에 안장을 얹고 개들을 풀어놓으라고 윽박질렀지. 그는 사냥개들에게 처녀의 손수건을 주고, 개들을 옆으로 나란히 세워, 고함을 지르면서 달빛 쏟아지는 황무지를 내

달렸단다.

한동안 무뢰한들은 순식간에 벌어진 일을 이해하지 못하고 놀라 서 있었지. 그러다 곧 황무지에서 벌어질 어마어마한 일을 상상하며 정신을 차렸지. 이제 사방이 소란해졌다. 누구는 총을 가져오라고 외치고, 누구는 말들을 데려오라고 하고, 누구는 술병을 더 가져오라고 했지. 하지만 결국 머리가 복잡한 와중에 일부가 정신을 차려 마음을 수습했고, 열세 명 전원이 말을 타고 추적을 시작했지. 머리 위 하늘에 달빛이 환했고 그들은 잽싸게 따라붙어, 처녀가 집으로 가려면 거쳐야 되는 길을 달렸다.

2~3킬로미터쯤 갔을 때 황무지에서 밤을 새는 목동을 만나자, 도망자를 봤느냐고 큰소리로 물었지. 목동은 혼비백산해서 말도 제대로 못했지만, 마침내 사실 가련한 아가씨와 그녀를 뒤쫓는 사냥개들을 봤다고 대답했지. '하지만 그것만 본 게 아닙니다'라고 목동이 덧붙였어. '휴고 배스커빌이 검은 말을 타고 내 앞을 지났고, 꿈에도 보기 싫은 악마 같은 사냥개가 그 뒤를 조용히 달려갔습죠.' 그러자 취한 패거리는 목동에

게 욕을 퍼붓고 뛰쳐나갔어. 하지만 곧 그들은 살에 소름이 돋았지. 입에 흰 거품을 문 검은 말이 황무지 위를 달려오고 있었거든. 암말은 고삐와 빈 안장을 질질 끌면서 지나갔어. 무뢰한들은 겁이 나서 서로 바싹 붙었지만, 그래도 계속 황무지를 내달려 쫓아갔지. 각자 혼자였다면 부리나케 말 머리를 돌렸겠지만. 다닥다닥 모여 더디게 달리다가 결국 사냥개들을 만났어. 개들은 용맹하고 혈통 좋기로 유명했지만, 황무지에 있는 깊은 계곡인지 골짜기인지의 초입에 모여 낑낑대고 있었어. 일부는 슬그머니 내뺐고, 몇 마리는 목둘레 털을 곤두세우고 이글이글한 눈으로 앞쪽 좁은 계곡을 내려다보고 있었지.

일행은 멈추었고, 짐작되겠지만 몇 명은 출발할 때보다 술이 좀 깼지. 대부분은 더 가려고 하지 않았지만, 가장 대담하거나 취한 세 명은 말을 타고 계곡을 내려갔지. 이제 트인 공간이 나왔고, 아주 큰 돌 두 개가 있었어. 고대에 이름 모를 부족들이 세운 그 돌들은 지금도 거기 있단다. 달이 빈터를 환히 비추었고, 그 중앙에 공포와 피로로 죽은 딱한 처녀가 쓰러져 있었지. 하지만 무모한 세 무뢰한의 머리칼이 곤두선 것은 아가씨의 시신 때문도, 그 옆에 널브러진 휴고 배스커빌의 시신 때문도 아니었지. 그것은 휴고 위에 버티고 서서 그의 목덜미를 물어뜯는 놈 때문이었어. 거기 끔찍한 것이, 커다란 검은 야수가 있었지. 모습은 사냥개와 비슷했지만, 세상에서 처음 보는 큰 덩치였어. 그들이 보는 앞에서 개는 휴고 배스커빌의 목덜미를 뜯었어. 그러다 개가 불타는 듯한 눈으로 입을 벌리고 그들을 쳐다봤지. 그러자 세 사람은 겁나서 비명을 질렀고, 계속 소리치면서 죽어라 황무지를 내달렸어. 한 명은 이 광경을 목격한 바로 그 밤에 죽었고, 나머지 둘은 평생 폐인으로 살았다는 말이 전해온단다.

이것이 이후 집안에 재앙을 가져왔다는 사냥개가 나타난 내력이란다, 아들들아. 내가 이 이야기를 기록하는 것은, 애매한 짐작만 하기보다는 명확히 아는 게 덜 겁나기 때문이란다. 또 집안사람 여럿이 불행한 죽음을 맞은 것을 부인할 수 없지. 갑작스런 죽음, 잔혹한 죽음, 미스터리한 죽음을 당했지. 하지만 하나님이 무한한 은혜 가운데 우리를 지켜주시기를. 신은 성경에

서 엄포하듯 무고한 이들을 3, 4대 넘게 영원히 벌하 지는 않으실지니. 아들들아, 이에 나는 너희를 그 신께 위탁하며, 너희에게 조언하노니 악령이 기세등등한 어두운 시간에 황무지를 지나지 않도록 조심하여라.
이것은 휴고 배스커빌이 딸 엘리자베스에게는 함구하라는 당부와 더불어 아들 로저와 존에게 주는 글이다.

닥터 모티머는 이 특이한 글을 다 읽자, 안경을 이마 위로 올리고 셜록 홈스를 건너다보았다. 홈스는 하품을 하더니 담배꽁초를 벽난로에 던졌다.

"그래서요?" 홈스가 물었다.

"흥미롭지 않으십니까?"

"동화 수집가한테는 그렇겠지요."

닥터 모티머는 주머니에서 접힌 신문을 꺼냈다.

"저, 홈스 씨. 조금 더 최근의 일을 알려드리겠습니다. 이것은 올해 4월 14일 자 〈데번 카운티 크로니클〉입니다. 그 며칠 전에 일어난 찰스 배스커빌 경의 사망에 관련된 사실들이 간략히 나와 있지요."

내 친구는 몸을 약간 숙였고, 집중하는 표정이 되었

다. 우리 손님은 안경을 다시 쓰고 기사를 읽기 시작했다.

다음 선거에서 중부 데번의 자유당 후보로 회자되던 찰스 배스커빌 경의 최근 서거는 그 지역을 침울하게 했다. 찰스 경은 배스커빌 홀에 비교적 짧은 기간 거주했지만, 다정한 성격과 대단한 자비심은 그를 접한 모든 이들의 애정과 존경을 받았다. 졸부의 시대에, 쇠락한 유서 깊은 집안의 후손이 자수성가해서 집안의 위신을 다시 세우려고 귀향하는 것은 신선한 일이다. 잘 알려진 것처럼 찰스 경은 남아프리카 투자로 막대한 부를 축적했다. 운이 다할 때까지 투자하는 자들보다 현명한 그는 이익금을 챙겨 들고 잉글랜드로 돌아왔다. 그가 배스커빌 홀에 거주한 지 고작 2년이 흘렀고, 재건과 개선 계획이 얼마나 원대했는지는 익히 알려졌지만 그의 유고로 중단되었다. 자식이 없는 그는 평소에 막대한 재산을 인근 지역에 베풀고 싶다는 바람을 공공연히 피력했기에, 그의 요절을 애통해할 사람이 많을 만도 하다. 그가 지역과 군내 자선단체들에 보낸 기부 소식은 이 칼럼에 자주 게재된 바 있다.

찰스 경의 사망과 관련된 정황들이 검시로 완전히 해소되진 않았지만, 적어도 그 지역의 미신에서 비롯된 풍문은 잠재울 수 있다 하겠다. 의문의 사건을 의심하거나 사인이 부자연스러운 원인으로 짐작할 만한 이유는 없다. 찰스 경은 독신이었고 독특한 기질의 소유자였다고 할 만하다. 상당한 재산이 있지만 소탈하게 지냈기에 배스커빌 홀의 입주 하인은 베리모어 부부뿐으로 남편은 집사, 아내는 가정부로 일했다. 그들의 증언은 한동안 찰스 경의 건강에 이상이 있었음을 시사하고 친구 몇 명도 확인했다. 특히 심장질환 때문에 안색 변화, 호흡곤란, 심한 불안 우울증을 보였다. 고인의 친구이자 주치의인 닥터 제임스 모티머도 같은 취지의 증언을 한 바 있다.

사건의 진상은 간단하다. 찰스 경은 매일 밤 자기 전, 배스커빌 홀의 유명한 주목 오솔길을 산책하는 습관이 있었다. 베리모어 부부의 증언은 이것이 그의 의례였음을 보여준다. 5월 4일 찰스 경은 다음 날 런던으로 출발한다는 의사를 밝히고 베리모어에게 여장을 꾸리라고 지시했다. 그날 밤 그는 평소처럼 심야 산책에 나섰고, 도중에 습관대로 시가를 피웠다. 그는 돌아오지 않았다. 열두 시경 베리모어는 저택 문이 아직도 열린 것을 알고 염려되어 등잔을 켜들고 주인을 찾아 나섰다. 그날은 비가 내렸기에 오솔길을 내려간 찰스 경의 족적이 쉽게 눈에 띄었다. 이 길 중간에 황무지로 나가는 문이 있다. 찰스 경이 여기서 잠시 서 있었던 흔적이 있었다. 그러다가 그는 오솔길을 내려갔고, 그 길 끝에서 그의 주검이 발견됐다.

여전히 묘연한 한 가지는 배리무어의 증언으로, 황무지 문을 지난 후 주인의 족적이 변해서 그곳부터는 발끝으로 걸은 것 같다고 한다. 당시 황무지의 멀지 않은 곳에 머피라는 집시 말장수가 있었지만, 술에 취해서 상태가 안 좋았던 듯하다. 그는 비명을 들었지만 어느 쪽에서 소리가 났는지 명확하게 말하지 못했다. 찰스 경의 시신에서 폭력 징후는 발견되지 않았고, 의사가 놀랄 만치 얼굴이 일그러져 있었다. 어찌나 심했는지 처음에 닥터 모티머는 앞에 누운 시신이 친구이자 담당 환자임을 믿지 않으려 했다. 지적하지만, 심장마

비로 인한 호흡곤란과 사망의 경우 드물지 않은 징후라고 한다. 장기 기질성 질환이 드러난 부검 결과가 이런 설명을 뒷받침했고, 검시 배심원들은 의학적 증거에 부합한 판결문을 제출했다. 이것은 잘된 일이다. 찰스 경의 상속자가 홀에 정착해 안타깝게도 중단된 선행을 재개하는 것이 가장 중요하기 때문이다. 평범한 부검 결과가 사인과 관련해서 퍼진 그럴듯한 소문에 종지부를 찍지 않았다면, 배스커빌 홀의 입주자를 구하기 어려웠을 것이다. 찰스 경의 남동생의 아들인 헨리 배스커빌이 여전히 생존해 있다면 가장 가까운 친척이다. 그의 소식이 마지막으로 전해진 것은 아메리카에서였고, 그에게 큰 상속에 대해 알리기 위한 조사가 진행 중이다.

닥터 모티머는 신문을 접어서 주머니에 집어넣었다.

"이게 찰스 배스커빌 경의 사망과 관련해서 공개된 사실들입니다, 홈스 씨."

셜록 홈스가 대답했다. "당신에게 감사해야겠군요. 확실히 흥미로운 점들이 보이는 사건입니다. 당시 나도 신문 기사를 눈여겨봤지만 바티칸의 보석 사건에 온 정신을 쏟았거든요. 또 교황님의 기대에 부응하기 위해 긴장해서, 흥미로운 영국 사건을 몇 가지를 놓쳤지요. 공개된 사실들 모두 이 기사에 나와 있다고 했습니까?"

"그렇습니다."

"그러면 공개되지 않은 점들을 말해보시지요." 홈스가 몸을 기대고 손끝을 모으더니, 더할 수 없이 태연하고 담담한 표정을 지었다.

강렬한 감정을 보이기 시작한 닥터 모티머가 대답했다. "그것은 제가 아무에게도 털어놓지 않은 이야기를 한다는 뜻입니다. 검시관의 조사 때 밝히지 않은 이유는, 과학자로서 대중의 미신을 확인해주는 듯한 입장이 되기 싫어서였습니다. 안 그래도 흉흉한 소문을 더 키운다면, 신문에 나온 대로 배스커빌 홀이 빈집으로 남으리란 걱정이 앞서더군요. 이 두 가지 이유 때문에 혼자만 알아도 무방하다고 생각했습니다. 말해봤자 얻을 실질적인 이익이 없었으니까요. 하지만 지금 홈스 씨께 정직하지 않을 무슨 이유가 있겠습니까.

황무지는 주민이 별로 없어서, 가까운 이웃끼리 무척 자주 어울립니다. 그런 연유로 찰스 배스커빌 경과 잦은 만남을 가졌습니다. 래프터 홀의 프랭클랜드 씨와 동식물학자인 스태플턴 씨를 제외하면 반경 수 킬로미터 안에 교육받은 사람이 없거든요. 찰스 경은 내

성적이었지만, 병에 걸린 후로는 저와 가까이 지냈습니다. 공통 관심사인 과학 덕분에 계속 그렇게 지냈지요. 그는 남아프리카에서 많은 과학 정보를 가져왔고, 우린 쾌적한 저녁 시간을 함께하면서 부시먼과 호텐토트족의 인체 구조를 비교하곤 했지요.

지난 몇 달 새 찰스 경의 신경이 한계점까지 곤두선 게 훤히 보였습니다. 제가 읽어드린 이 전설을 그는 심각하게 받아들였지요. 정도가 심해서, 저택 단지에서는 산책했지만, 무슨 일이 있어도 야밤에 황무지로 나가지 않으려 했습니다. 홈스 씨야 믿기 힘드시겠지만, 찰스 경은 가문에 드리운 소름끼치는 운명을 확신했고 조상의 기록들도 그가 의기소침하게 하는 데 한몫했지요. 그는 늘 유령 같은 존재에 대한 생각에 사로잡혀 있었습니다. 밤에 왕진을 다니면서 이상한 것을 보거나 사냥개가 으르렁대는 소리를 듣지 않았냐고 두어 번 묻더군요. 그는 사냥개에 대해서는 대여섯 차례 물었고, 그때마다 흥분해서 떨리는 목소리였습니다.

비극적인 사건이 일어나기 삼 주 전 저녁, 마차를 타고 그의 집에 갔던 기억이 선합니다. 우연하게도 그가

SP

문간에 있더군요. 이륜마차에서 내려서 찰스 경 앞에 섰는데, 그는 경악할 공포에 사로잡힌 표정으로 제 어깨 너머를 응시하더군요. 얼른 몸을 돌렸더니 마침 뭔가 힐끗 눈에 들어왔습니다. 제가 보기엔 커다란 검은 송아지가 진입로 입구를 지나는 것 같았습니다.

찰스 경이 너무 흥분하고 놀랐기에, 저는 동물이 있던 자리에 가서 살펴봐야 했습니다. 하지만 동물은 사라졌더군요. 이 사건이 그의 마음에 최악의 인상을 남긴 것 같았습니다. 저는 밤새 곁을 지켰고, 그가 아까 보인 감정을 설명한 것도 바로 그때였습니다. 또 처음에 읽어드린 글을 제게 맡기더군요. 이 작은 사건을 말씀드린 이유는, 뒤이어 비극이 일어난 걸로 봐서 중요한 듯했기 때문입니다. 하지만 당시에는 아주 사소한 사건이고 찰스 경이 흥분하는 게 지나치다는 확신이 들었습니다.

그런 이유로 찰스 경에게 런던행을 조언한 사람도 저였습니다. 심장도 좋지 않은데 황당무계한 이유더라도 불안 속에서 살면 건강에 지대한 영향을 받으니까요. 복잡한 도시에서 몇 달 지내면 다른 사람이 되어 돌아올 것 같았습니다. 우리 둘 모두와 친구인 스태플턴 씨도 그의 건강 상태를 걱정했고 저와 의견이 같았습니다. 그런데 마지막 순간에 이 끔찍한 재앙이 일어난 겁니다.

찰스 경이 사망한 밤, 집사인 베리모어는 시신을 발견하자 마부 퍼킨스를 말에 태워 제게 보냈습니다. 저는 늦도록 깨어 있던 참이라 사고가 발생한 지 한 시간 내에 배커스빌 홀에 도착할 수 있었습니다. 살펴보고, 검시에서 언급된 모든 사실들을 확인했습니다. 발자국을 따라 주목 오솔길을 내려가다가, 황무지 문에서 그가 기다렸던 것으로 보이는 지점을 봤습니다. 이후의 족적 모양의 변화를 감지했고, 폭신한 자갈길에 베리모어의 족적을 제외하면 다른 족적이 없는 것을 알았습니다. 마침내 조심스럽게 시신을 확인했지요. 제가 도착할 때까지 건드리지 않고 놔둔 상태더군요. 찰스 경은 엎드려서 양팔을 뻗었고 손가락은 땅에 박혀 있었습니다. 극심한 감정으로 얼굴이 일그러졌는데, 어찌나 심한지 누구인지 알아보기 힘들 정도였습니다. 어떤 종류의 외상도 없는 것은 분명했습니다. 하지만 조사에서 베리모어가 잘못 말한 대목이 있었습니다. 그는 시신 근처의 땅바닥에 아무 흔적도 없었다고 말했습니다. 아무것도 못 봤겠지요. 하지만 저는 봤습니다. 조금 떨어진 곳이었지만 막 생긴 또렷한 자국이었습니다."

"발자국입니까?"

"발자국입니다."

"남자 것입니까, 여자 것입니까?"

닥터 모티머는 잠시 우리를 묘하게 쳐다보더니, 소리를 낮춰서 속삭이다시피 대답했다.

"홈스 씨, 그것은 커다란 사냥개 발자국이었습니다!"

3

문제

고백컨대 이 말을 듣자 나는 등골이 오싹했다. 의사의 떨리는 목소리에서, 본인도 우리에게 한 이야기에 무척 동요한 모양이었다. 홈스는 솔깃해서 몸을 숙였고, 무척 흥미로울 때 보이는 침착하고 담담한 눈빛을 빛냈다.

"그걸 봤습니까?"

"선생님을 보듯 확실해요."

"그런데도 아무 말 하지 않았다?"

"무슨 도움이 됐겠습니까?"

"어째서 다른 사람들은 그걸 못 봤지요?"

"족적이 시신에서 20미터쯤 떨어져 나 있었고, 다들 무심코 지나쳤지요. 이 전설을 몰랐다면 저 역시 그랬을 겁니다."

"황무지에는 목양견이 많지요?"

"맞는 말씀이지만 그것은 목양견이 아니었습니다."

"개가 컸다고 했습니까?"

"거구였습니다."

"하지만 개가 시신에 접근하지 않았고요?"

"그렇습니다."

"그날 밤 날씨가 어땠습니까?"

"습하고 사나웠지요."

"하지만 실제로 비가 내리지는 않았고요?"

"그렇습니다."

"오솔길은 어떻게 생겼습니까?"

"3.5미터 높이의 늙은 주목이 빽빽한 생울타리가 양쪽으로 서 있습니다. 그 가운데 보행로는 폭이 2.5미터가량 됩니다."

"생울타리와 보행로 사이에 뭔가 있습니까?"

"네, 양쪽으로 폭 1.8미터쯤 되는 풀밭이 있지요."

"문이 난 곳에서 주목 울타리를 지날 수 있고요?"

"그렇지요, 황무지로 나가는 쪽문이 있습니다."

"다른 출구가 있습니까?"

"없습니다."

"그러면 주목 오솔길에 들어가는 길은, 본채에서 나오거나 황무지로 난 문으로 들어가는 방법뿐이군요?"

"오솔길의 맨 끝에 있는 정자를 지나면 출구가 나옵니다."

"찰스 경이 그곳까지 갔던가요?"

"아닙니다. 그는 거기서 50미터쯤 떨어진 곳에 쓰러져 있었습니다."

"이제 말해보시지요, 닥터 모티머. 이건 중요한 사안입니다. 당신이 본 족적들은 풀밭이 아닌 보행로에 나 있었습니까?"

"풀밭에서는 어떤 족적도 못 봤습니다."

"족적은 황무지 문과 같은 쪽의 통행로에 있었습니까?"

"그렇습니다. 황무지 문이 있는 쪽 통행로의 가장자리에 있었습니다."

"참으로 흥미로운 얘기군요. 한 가지 더. 쪽문이 닫혀 있던가요?"

"닫혀서 자물통이 채워져 있었습니다."

"높이가 어느 정도였습니까?"

"1.2미터가량."

"그러면 누구라도 문을 넘어올 수 있었겠네요?"

"그렇지요."

"그러면 쪽문 옆에서 어떤 흔적들을 봤습니까?"

"특별한 건 없었습니다."

"이럴 수가! 아무도 조사하지 않았습니까?"

"아니요, 제가 직접 조사했지요."

"그런데 아무것도 발견하지 못했나요?"

"좀 당황스럽긴 했습니다. 찰스 경이 십여 분간 거기 있었던 게 분명했거든요."

"그걸 어떻게 압니까?"

"시가 재가 두 배로 떨어져 있었으니까요."

"대단하네요! 이분은 우리랑 기질이 같은 동료라고 해도 되겠군, 왓슨. 그런데 흔적은?"

"찰스 경은 작은 자갈밭 전체에 족적을 남겨놓았습

니다. 다른 흔적은 눈에 띄지 않았습니다."

셜록 홈스는 손을 무릎에 뻗으면서 답답해하는 몸짓을 했다.

그가 외쳤다. "내가 거기 있었다면 좋았을 텐데! 이건 확실히 유난히 흥미로운 사건이고, 정밀한 전문가에게는 좋은 기회인데. 나라면 그 자갈길에서 많은 걸 읽어냈겠지만, 비가 내려서 뭉개지고 호기심 많은 농부들의 발자국으로 엉망이 됐겠지. 아, 닥터 모티머, 닥터 모티머. 먼저 날 부를 생각을 하지 않다니요! 당신 책임이 큽니다."

"홈스 씨를 부르려면 이 사실들을 세상에 공개해야 했을 테고, 그걸 꺼린 이유는 이미 말씀드렸습니다. 게다가, 게다가……."

"왜 망설입니까?"

"가장 예리하고 노련한 탐정이라도 무력한 영역이 있습니다."

"초자연적인 일이라는 뜻입니까?"

"꼭 그렇게 말하지는 않았습니다."

"그랬지요. 하지만 당신은 분명히 그렇게 생각하

지요."

"사건 이후 자연의 순리에 어긋나는 몇 가지 사건이 제 귀에 들려서 그럽니다, 홈스 씨."

"예를 들면?"

"끔찍한 사건이 일어나기 전, 몇 사람이 황무지에서 짐승을 봤다고 하는데 이 배스커빌 악마와 똑같습니다. 과학적으로 밝혀진 어떤 동물과도 닮지 않은 괴물이었답니다. 다들 큰 짐승이 번뜩이고 무시무시하고 유령 같았다고 말합니다. 제가 그들을 각각 만나봤는데 깐깐한 촌사람, 대장장이, 황무지 농부입니다. 이구동성으로 괴기스런 유령에 대해 말하더군요. 그런데 그 모양새가 전설 속 악마개 그대로입니다. 분명히 말씀드리는데, 주변 지역에 공포가 퍼졌고 무모한 사람이 아니라면 밤에 황무지를 지나려 하지 않습니다."

"그러면 교육받은 과학도인 당신도 그게 초자연적인 존재라고 믿는군요?"

"뭘 믿어야 될지 모르겠습니다."

홈스는 어깨를 으쓱했다.

홈스가 말했다. "난 지금까지 현실 세계에 국한해서만 수사해왔습니다. 미력하나마 악과 싸워왔지만, 창조주의 역할을 맡는 것은 아무래도 과욕일 겁니다. 하지만 족적이 실체가 있다는 것은 당신도 인정하고 있지요?"

"전설 속 사냥개도 사람의 목덜미를 뜯을 정도로 실체가 있었습니다만 악마 같았다는 점에는 변함이 없지요.”

“당신이 초자연주의자로 완전히 넘어갔다는 걸 알겠군요. 하지만 닥터 모티머, 대답해보십시오. 이런 관점을 가진 양반이 왜 내게 조언을 구하러 왔습니까? 당신은 찰스 경의 사망을 조사할 필요가 없다고 말하면서 동시에 내가 그 일을 해주기를 바라는군요.”

“홈스 씨가 그 일을 해주기를 바란다고 말한 적은 없는데요.”

“그러면 내가 뭘 도와주면 되겠소?”

“헨리 배스커빌 경을 어떻게 하면 좋을지 조언해주십시오. 그가……” 닥터 모티머는 손목시계를 보면서 말을 이었다. “한 시간 15분 후에 워털루 역에 도착할 겁니다.”

“그가 상속자인가요?”

“그렇습니다. 찰스 경이 사망하자, 저희는 이 젊은 신사를 수소문했고 캐나다에서 농사를 짓는다는 걸 알았습니다. 전해진 소식에 따르면 다재다능한 인물입니다. 의료인이 아니라 찰스 경의 재산관리인 겸 유언 집행자로 드리는 말씀입니다.”

"다른 상속 청구인은 없나보군요?"

"그렇습니다. 추적할 수 있었던 다른 친척은 로저 배스커빌로, 찰스 경의 3형제 중 막내 동생입니다. 차남은 젊어서 죽었고, 그의 아들이 바로 헨리라는 청년입니다. 3남인 로저는 집안의 골칫거리였습니다. 배스커빌의 내력인 오만방자한 일면을 물려받았고, 휴고의 가족사진에 있는 이미지 그대로였다더군요. 그는 잉글랜드가 너무 엄격해서 못 있겠다면서 중앙아메리카로 내뺐고, 1876년 거기서 황열병으로 죽었습니다. 헨리는 배스커빌 가계의 마지막 자손입니다. 한 시간 후면 저는 워털루 역에서 그를 만납니다. 오늘 아침에야 사우스햄튼에 도착했다는 전보를 받았습니다. 자, 홈스 씨, 제가 그를 어떻게 해야 된다고 조언하시겠습니까?"

"본가로 데려가지 그럽니까?"

"네, 그게 자연스러워 보이지요. 하지만 거기 가는 배스커빌 집안사람은 다 비참한 운명을 맞이한다는 걸 생각해봐주십시오. 만약 찰스 경이 눈감기 전에 저와 대화할 수 있었다면, 마지막 후손이자 거액의 상속자인 이 청년을 거기 데려오지 말라고 했을 겁니다. 하지만 그가 거기 있어야 가난한 황량한 동네가 발전할 수 있다는 걸 부인할 수 없지요. 배스커빌 홀이 빈집이 되면 찰스 경이 시작한 모든 선행은 물거품이 될 겁니다. 이 문제에 대해 너무 제 이익에 연연하는 게 아닌가 싶어서 홈스 씨께 전후 사정을 말씀드리고 조언을 구하는 겁니다."

홈스는 잠시 궁리했다.

"간단히 정리하면 문제는 이렇군요. 당신이 보기에, 악령이 다트무어를 배스커빌 집안사람에게 안전하지 않은 곳으로 만든다는 거지요. 당신의 견해가 바로 그 거지요?"

"적어도 그렇게 볼 만한 증거가 있다고 말할 수 있을 겁니다."

"그래요. 하지만 당신의 초자연 이론이 맞다면, 그것은 청년이 데번셔에 있든 런던에 있든 똑같이 작용될 겁니다. 악마가 교구 성구실도 아닌 그 동네에서만 힘을 쓰는 건 아닐 터이니."

"이런 일들을 직접 접하시면 이 문제를 더 심각하게 보실 겁니다, 홈스 씨. 그러면 제가 이해한 바로, 선생님의 조언은 청년이 런던과 마찬가지로 데번셔에서도 안전할 거라는 거군요. 그는 오십 분 후에 옵니다. 제가 어떻게 권해야 할까요?"

"택시마차를 불러서, 내 현관을 긁어대는 개를 데리고 워털루 역으로 가라고 권하겠습니다. 워털루 역에서 헨리 배스커빌 경을 만나십시오."

"그런 다음에는?"

"그런 다음에는 내가 이 문제에 대해 결정할 때까지 그 사람에게 아무 말도 하지 마십시오."

"결정하시려면 시간이 얼마나 걸리겠습니까?"

"스물네 시간. 닥터 모티머, 내일 열 시에 여기 다시 찾아와주면 고맙겠습니다. 그리고 헨리 배스커빌 경과 동행한다면 장차 내가 계획을 시행하는 데 도움이 될 겁니다."

"그렇게 하겠습니다, 홈스 씨." 닥터 모티머는 소맷부리에 약속 내용을 적고는, 묘하고 얼빠진 상태로 급히 나갔다. 계단 끝에서 홈스가 그를 세웠다.

"질문이 하나 더 있는데요, 닥터 모티머. 찰스 배스커빌 경이 죽기 전 서너 명이 황무지에서 이 유령을 봤다고요?"

"세 명이었습니다."

"이후 그것을 본 사람이 있습니까?"

"그런 말은 들은 적이 없습니다."

"고맙습니다. 안녕히 가십시오."

홈스가 차분한 표정을 지으며 자리로 돌아왔다. 흡족한 일이 있어서 내심 흐뭇하다는 뜻이었다.

"외출하려나, 왓슨?"

"내가 도울 만한 일이 없다면."

"없네, 친구. 자네에게 도움을 구하는 것은 행동에 돌입한 때지. 그런데 몇 가지 면에서 굉장하고 진짜 독특한 사건이군. 브래들리 상점을 지날 때, 주인에게 가장 독한 살담배 1파운드를 올려 보내라고 해주겠나? 고맙네. 또 자네가 저녁 전까지 귀가하지 않으면 좋겠네. 난 오늘 아침 들어온 아주 흥미로운 문제에 대해 생각나는 것들을 추려볼 거야."

홈스가 집중해서 모든 증거를 가늠하고 이런저런 추론을 세울 때는 혼자 있어야 된다는 걸 난 알았다. 이 시간에 그는 추리들을 서로 대조하면서 어떤 항목이 중요하고 어떤 항목이 불필요한지 결정했다. 그래서 나는 클럽에서 하루를 보냈고, 저녁이 되도록 베이커 가로 돌아가지 않았다. 귀가해서 거실에 앉은 것은 아홉 시가 다 되어서였다.

문을 열면서 받은 첫인상은 불이 난 게 아닌가 하는 것이었다. 방 안에 연기가 자욱해서 테이블 위의 등잔 불빛이 뿌옇게 보였다. 하지만 방에 들어서서 곧 매운

독한 담배 연기인 걸 알자 걱정이 잦아들었다. 싸한 담배 연기가 목에 걸려서 기침이 나왔다. 연기 속에서 어렴풋이 홈스가 보였다. 그는 나이트가운 차림으로 안락의자에 웅크리고 앉아, 검은 사기 파이프를 입에 물고 있었다. 주변에 종이 두루마리 몇 개가 뒹굴었다.

"감기 걸렸나, 왓슨?" 홈스가 물었다.

"아니, 이 지독한 공기 때문이지."

"자네 말을 듣고 보니 좀 매캐하긴 하군."

"매캐하다고! 못 견딜 지경이구먼."

"그럼 창문을 열라구! 종일 클럽에서 있었나보군."

"세상에 홈스!"

"내가 맞았나?"

"정확하네. 그런데 어떻게 알았지?"

내 어리둥절한 표정을 보고 그가 웃었다.

"자넨 기분 좋은 신선한 면이 있단 말이야, 왓슨. 그래서 자네 덕분에 내 소소한 능력이 발휘되는 게 즐겁다니까. 어떤 신사가 비 내리고 질척한 날 출타하네. 저녁에 모자와 구두가 여전히 반들거리는 말끔한 상태로 돌아오지. 따라서 그는 종일 틀어박혀 있었지. 가까운 친구가 있지도 않네. 그렇다면 그는 과연 어디 있었을까? 뻔하지 않은가?"

"흠, 좀 그렇긴 하군."

"세상에는 뻔한 일들이 넘쳐나는데 모두가 그것을 볼 수 있는 건 아니지. 나는 어디 있었을 것 같은가?"

"역시 틀어박혀 있었군."

"자네 생각과 달리 난 데번셔에 다녀왔네."

"머릿속으로?"

"정답. 몸은 이 안락의자에 있었고, 생각 없이 커피 두 주전자와 엄청난 양의 담배를 소비한 걸 보니 유감스럽군. 자네가 나간 후 스탬포드에서 육지측량부가 제작한 황무지 지도를 구해왔네. 하루 종일 지도에 정신이 팔렸네. 길을 찾을 수 있었으니 어깨가 으쓱한걸."

"대축적지도인가보군."

"초대축적이지." 그는 지도를 펼쳐서 무릎 위에 올리고 말을 이었다. "여기가 우리와 관계 있는 특정 구역이네. 저기 가운데가 배스커빌 홀이고."

"주위에 숲이 있군."

"맞네. 그 이름으로 나오진 않지만 주목 오솔길이 여기를 따라 쭉 뻗어 있을 거야. 오른쪽으로 황무지가 있고. 여기 작은 건물이 모인 곳이 그림펜 마을이고, 거기 우리 친구 닥터 모티머의 거처가 있지. 보다시피 반경 8킬로미터 내에는 집이 아주 드문드문 있네. 여기가 진술서에서 언급된 래프터 홀이지. 여기 있는 집이 동식물학자의 집일 테고. 내 기억이 맞다면 이름이 스태플턴이지. 여기 황무지 농가 두 채가 있군. 하이 토르와 파울마이어. 그리고 22킬로미터 남짓 떨어진 곳에 프린스타운 기결수 교도소가 있네. 이 흩어진 지점들 사이와 주변에 을씨년스럽고 우중충한 황무지가 있지. 그러면 여기가 비극이 일어났고 우리가 재연을 도울 무대로군."

"틀림없이 황량한 곳일 거야."

"그렇네, 배경은 그럴듯하지. 악령이 인간사에 관여하고 싶다면……."

"그러면 자네는 초자연적인 설명 쪽으로 기울었군."

"악의 대리인들은 인간일 거야, 그렇지 않나? 애초에 두 가지 질문이 우리를 기다리고 있지. 하나는 범행이

실제로 일어났는가, 두 번째는 어떤 범죄가 어떻게 벌어졌는가. 물론 닥터 모티머의 추측이 맞아서 우리의 상대가 초자연적인 세력이라면, 수사는 종쳤지. 하지만 이런 결말에 이르기 전에 다른 가설들을 다 살펴봐야 하네. 괜찮다면 저 창문을 닫는 게 좋겠군. 특이한 일이지만 매캐한 공기가 정신 집중에 도움이 된다네. 생각할 거리들에 포함시키지는 않았지만, 그게 내 확신의 논리적인 결과거든. 자네도 사건에 대해 궁리해봤지?"

"그랬지. 하루를 보내면서 상당히 많이 생각했네."

"자네의 견해는 어떤가?"

"상당히 난감하네."

"틀림없이 나름의 특징이 있지. 사건에 차별되는 점들이 있네. 예를 들면 족적 변화. 그 부분을 어떻게 생각하나?"

"모티머는 망자가 오솔길의 그 부분에서 발꿈치를 들고 걸었다고 말했지."

"그는 사인 조사에서 어느 멍청이가 한 말을 반복했을 뿐이야. 왜 오솔길을 발꿈치를 들고 걷겠나?"

"그럼 뭐지?"

"고인은 뛰었던 거야, 왓슨. 죽어라 뛰었지, 죽기 살기로 뛰었지. 그렇게 달아나다가 심장이 터져서 넘어져서 죽은 거지."

"뭘 피하려고 했을까?"

"거기 우리의 문제가 있지. 고인이 달아나기 전에 두려움에 사로잡혔음을 보여주는 것들이 있네."

"그걸 어떻게 알 수 있지?"

"공포의 원인이 황무지를 지나 그에게 왔다고 가정하는 걸세. 혼비백산했으니 집 쪽이 아니라 집에서 멀어지는 쪽으로 달렸을 것 아닌가. 그렇게 보는 게 합당하겠지. 떠돌이의 증언이 사실이라면, 찰스 경은 아무 도움도 받지 못할 방향으로 달리면서 도와달라고 외쳤지. 그리고 그는 밤에 누굴 기다렸을까, 왜 집 안이 아니라 주목 오솔길에서 기다렸을까?"

"고인이 누군가를 기다리고 있었다고 생각하나?"

"그는 연로하고 병약했네. 저녁 산책 습관은 이해되지만, 그날은 땅이 질퍽하고 날씨가 험했네. 닥터 모티머가 시가 재로 추리했듯, 찰스 경이 오 분이나 십 분간 거기 서 있는 게 자연스러운가? 닥터 모티머는 내 예상보다 훨씬 현실적인 감각이 있군그래."

"하지만 찰스 경은 매일 밤 밖에 나갔는걸."

"그가 매일 저녁 황무지에서 기다리지는 않았겠지. 오히려 그가 밤에 황무지를 피했다는 증거가 있네. 그런데 그날 밤 그는 거기서 기다렸네. 런던으로 떠나기 전날 밤이었지. 사건의 윤곽이 잡히는군, 왓슨. 맞아떨어지는걸. 바이올린을 건네 달라고 부탁해도 될까? 이 사건에 대한 깊은 고민은 미루어두자고. 아침에 닥터 모티머와 헨리 배스커빌 경을 만나면 도움이 될 테니."

4
헨리 배스커빌 경

일찌감치 아침 식탁이 치워졌고, 홈스는 나이트가운 차림으로 약속된 면담을 기다렸다. 의뢰인들은 시간을 지켜서, 괘종시계가 열 시를 알린 순간 닥터 모티머가 들어섰고 젊은 준남작이 뒤따랐다. 헨리 경은 서른 살 정도로 보였고, 검고 예리한 째진 눈을 한 아주 다부진 체격의 남자였다. 검은 눈썹은 숱이 많고, 얼굴은 강인하고 호전적이었다. 불그스름한 모직 양복 차림이었고, 늘 야외에서 보내는 사람처럼 그을린 얼굴이었다. 하지만 안정된 눈빛과 조용한 단호한 몸가짐에서 신사의 면모가 우러났다.

"이분은 헨리 배스커빌 경입니다." 닥터 모티머가 소개했다.

헨리 경이 말했다. "네, 그렇습니다. 그리고 이상한 일이 있습니다, 셜록 홈스 씨. 여기 제 친구가 오늘 아침에 선생님을 찾아뵙자고 권하지 않았어도 저는 혼자서라도 찾아왔을 겁니다. 선생님이 작은 퍼즐들을 맞춘다고 들었고, 오늘 아침 제 능력으로는 역부족인 벅찬 퍼즐 하나가 생겼거든요."

"앉으시지요, 헨리 경. 런던에 도착한 후 특이한 경험을 했다는 말로 이해하면 되겠습니까?"

"중요한 일은 아닙니다, 홈스 씨. 그저 장난일 것 같긴 합니다. 이걸 편지라고 해도 될지 모르겠지만 이 편지가 오늘 아침 제게 도착했습니다."

그가 탁자에 봉투를 내려놓자, 우리 모두 그 위로 몸을 숙였다. 주소란에 '헨리 배스커빌 경, 노섬벌랜드 호텔'이라고 엉성한 필체로 적혀 있었다. '차링 크로스' 소인이 찍혔고 발송일은 전날 저녁이었다.

"당신이 노섬벌랜드 호텔에 간다는 걸 누가 알았습니까?" 홈스가 우리 손님을 힐끗 보면서 물었다.

“아무도 알았을 리 없지요. 닥터 모티머를 만난 후에 결정한 일인걸요.”

“하지만 닥터 모티머는 틀림없이 이미 거기 들렀겠지요?”

“아닙니다, 저는 친구 집에 머물고 있습니다. 저희가 이 호텔에 가리라 예상할 만한 징후는 없었습니다.” 의사가 대답했다.

"흠! 누군가 당신의 움직임에 관심이 많은가보군요." 홈스는 봉투에서 종이를 꺼냈다. 풀스캡판 인쇄지의 절반이 네 번 접혀 있었다. 그는 편지를 펴서 탁자에 반듯하게 올렸다. 편지지 중간에 인쇄된 단어들을 풀로 붙여 만든 문장이 있었다. 이런 글이었다.

본인의 삶이나 이성이 가치 있다면
황무지에서 멀어지기를.

'황무지'라는 단어만 잉크로 적혀 있었다.

헨리 배스커빌 경이 입을 열었다. "자, 이제 말씀을 해주시지요, 홈스 씨. 도대체 이게 무슨 뜻이고, 누가 제 일신상에 이리도 관심이 있을까요?"

"당신의 생각은 어떻습니까, 닥터 모티머? 아무튼 이 일에는 초자연적인 요소가 없다는 걸 인정해야겠지요?"

"그렇긴 합니다만, 이것을 초자연적인 사건이라고 믿는 사람이 벌인 일일 가능성도 있습니다."

헨리 경이 날카롭게 물었다. "무슨 일 말입니까? 여러분 모두 제 일을 저보다 훨씬 잘 아는 것 같군요."

"이 방을 떠나기 전에 우리가 아는 것을 헨리 경께 다 말씀드리겠다고 약속합니다." 홈스가 대답했다. "하지만 양해해주신다면 먼저 이 흥미로운 문건에 집중하겠습니다. 문건은 틀림없이 엊저녁에 만들어져서 발송됐습니다. 어제 자 〈타임스〉가 있나, 왓슨?"

"여기 구석에 있네."

"신문을 펼쳐서 머리기사들이 실린 간지를 꺼내주겠나?"

그는 얼른 신문을 훑끔대면서, 기사를 아래위로 훑었다. 홈스가 말을 이었다. "자유무역에 관한 주요기사가 있군요. 기사의 일부를 읽어드리겠습니다.

……보호 관세로 본인의 소매업이나 제조업이 번성하리라 상상하는 우를 흔히 범한다. 하지만 그런 입법이 되면 결국 국가가 부에서 멀어지기 쉽고, 우리 수입품의 가치를 축소하고, 이 섬의 일반적인 삶의 여건이 저하된다는 것이 이성적인 견해다……

"자네는 이 기사를 어떻게 생각하나, 왓슨? 탄복할 만한 의견이라고 생각하지 않나?" 홈스가 흡족해서 양손을 비비면서 환하게 웃었다.

닥터 모티머는 직업적인 관심을 갖고 홈스를 쳐다보았고, 헨리 경은 당황한 듯 검은 눈으로 날 응시했다.

헨리 경이 말했다. "저는 관세 같은 것은 잘 모릅니다만, 편지와 관련해서라면 우리가 엉뚱한 얘기로 빠진 것 같군요."

"그와 반대로 우린 바싹 쫓고 있는 것 같은데요, 헨리 경. 여기 왓슨은 두 분보다 제 방식을 잘 알지요. 그런데 이 친구조차 이 문장의 중요성을 파악하지 못하나봅니다."

"그렇다네. 솔직히 무슨 관련이 있는지 모르겠네."

"왓슨 이 친구야, 아주 밀접한 관련이 있어서 하나에서 다른 하나가 나온다네. '본인' '본인의' '삶' '이성' '가치' '에서' '멀어지'를 봐. 이래도 이 어휘들을 어디서 오렸는지 모르겠나?"

"맙소사, 맞는 말씀입니다! 흠, 정말 똑똑하시군요!" 헨리 경이 소리쳤다.

"행여 의심이 남아 있다면, '에서'와 '멀어지'가 한꺼번에 잘려 있군요."

"와, 이런. 정말이군요!"

닥터 모티머가 놀라서 내 친구를 보며 말했다. "정말이지, 홈스 씨. 그런 줄은 꿈에도 몰랐습니다. 신문에서 단어들을 오려냈다는 말은 이해가 됩니다. 하지만 어느 신문인지 지목하고 주요 기사의 일부라는 것까지 밝히는 것은, 듣도 보도 못한 대단한 일입니다. 어떻게 그걸 아셨습니까?"

"흑인의 두개골과 에스키모의 두개골을 구분할 수 있겠지요, 닥터 모티머."

"확실히 그렇지요."

"그걸 어떻게 압니까?"

"그게 제 특별한 취미니까요. 차이가 확연합니다. 안와 위쪽의 돌출, 얼굴 각도, 상악골 곡선……."

"이것도 특별한 취미고, 차이점도 똑같이 확연합니다. 〈타임스〉 기사의 간격이 있는 3포인트 버조이스 활자와 싸구려 석간신문의 허접한 활자의 큰 차이가 내 눈에는 보입니다. 흑인과 에스키모의 차이처럼 말입니다. 활자를 분간하는 것은 특별 범죄 전문가에게 가장 기초적인 지식의 한 갈래입니다. 고백하자면 아주 젊어서는 〈리즈 머큐리〉와 〈웨스턴 모닝 뉴스〉의 활자를 혼동했지만요. 하지만 〈타임스〉 사설은 확실히 구분되고, 이 단어들은 바로 그 신문에서 오렸을 수 있지요. 어제 문건이 만들어졌으니, 어제 신문에서 단어들을 찾을 수 있는 가능성이 가장 크고요."

헨리 배스커빌 경이 말했다. "네, 이해했습니다, 홈스 씨. 누군가 이 메시지를 가위로 잘라냈고……."

"손톱 가위입니다. '멀어지'를 두 번에 잘라야 했으니 날이 아주 짧은 가위라는 걸 알 수 있습니다."

"그렇군요. 그러면 누군가 날이 짧은 가위로 메시지를 오려서 풀로 붙였군요."

"고무풀입니다." 홈스가 말했다.

"종이에 고무풀로 붙였군요. 하지만 왜 '황무지'라는 단어를 써야 했는지 알고 싶습니다."

"인쇄된 활자를 찾을 수가 없었으니까요. 다른 어휘들은 다 간단하고 어느 기사에나 들어 있지만 황무지는 흔하지 않을 테지요."

"아, 그렇게 설명이 되겠군요. 이 메시지에서 다른 점을 읽어내셨나요, 홈스 씨?"

"한두 가지 시사점이 있는데, 먼저 모든 단서를 지우려고 극도의 노력을 기울였습니다. 주소가 보다시피 어설픈 필체로 적혀 있습니다. 또한 〈타임스〉는 고학력자가 아니면 보지 않는 신문입니다. 따라서 못 배운 사람으로 보이고 싶은 고학력자가 만든 편지로 봐도 무방할 겁니다. 필체를 감추려는 노력은, 헨리 경이 필체를 알거나 알게 된다는 의미겠지요. 또 단어들이 반듯하지 않고 어떤 것은 나머지보다 쭉 위로 붙은 게 보일 겁니다. 예를 들어 '삶'은 제자리를 벗어나 있습니다. 그것은 붙인 사람이 덜렁대는 성격이거나 현재 불안하다는 뜻일 테지요. 저는 후자로 보고 싶군요. 분명히 사안이 중대했고, 이런 편지를 만든 사람이 덜렁댈 리 만무하니까. 그가 서두른다면, 왜 서둘러야 하느냐는 흥미로운 질문이 생깁니다. 어떤 편지든 아침 일찍 발송되면 헨리 경이 호텔을 떠나기 전에는 전달되는데 말이지요. 편지를 쓴 사람은 방해 받을 것을 겁냈을까요? 그렇다면 누구한테?"

"이제 우린 추리의 영역으로 접어드는군요." 닥터 모티머가 말했다.

"아, 가능성들을 평가해서 가능성이 가장 큰 것을 선택하는 영역에 접어드는 겁니다. 상상을 과학적으로 이용하면 항상 추리의 출발점으로 삼을 실질적인 토대가 생깁니다. 흔히 이것을 추측이라 부르겠지만, 나는 이 주소를 쓴 곳이 어느 호텔이었다고 확신합니다."

"대체 어떻게 그렇게 말할 수 있습니까?"

"주의 깊게 살피면, 펜과 잉크 모두 글쓴이를 애먹였다는 것을 알 수 있습니다. 펜은 한 단어를 쓰는 동안 두 번 갈라졌고, 짧은 주소를 쓰는 동안 세 번이나 말랐다는 것은 잉크병의 잉크가 바닥났음을 보여줍니다. 음, 개인 소유의 펜이나 잉크병은 그런 상태가 되는 일이 없고 두 가지 상태가 겹치는 경우는 더욱 드물지요. 하지만 호텔 잉크와 호텔 펜은 다르지요. 잉크가 부족하지 않을 때가 거의 없으니까요. 그렇습니다. 차링 크로스 인근 호텔들의 휴지통을 뒤져서 오리고 남은 〈타임스〉 사설을 찾으면 이 기묘한 메시지를 보낸 사람을 알아낼 수 있다고 장담합니다. 어! 이게 뭐지?"

홈스는 단어들이 붙은 종이를 눈앞에 바싹 갖다 대더니 신중하게 살폈다.

"왜 그러십니까?"

그가 종이를 내려놓으면서 대답했다. "아무것도 아닙니다. 워터마크도 없는 백지군요. 이 이상한 편지에서 알아낼 건 다 알아낸 듯합니다. 헨리 경. 혹시 런던에 온 이후 다른 특별한 일은 없었나요?"

"아, 아닙니다, 홈스 씨. 그런 일은 없었습니다."

"미행하거나 감시하는 사람을 본 적도 없습니까?"

우리 손님이 대답했다. "이거 두툼한 삼류소설로 직행한 것 같군요. 대관절 왜 누가 저를 미행하거나 감시하겠습니까?"

"우리가 그걸 알아낼 겁니다. 이 문제를 조사하기 전에 우리에게 밝힐 일은 더 없습니까?"

"저, 무엇이 밝힐 만한 일인지에 따라 다르겠지요."

"평소 생활과 다른 점은 뭐든 밝힐 가치가 있을 겁니다."

헨리 경이 빙긋 웃었다.

"인생의 대부분을 미국과 캐나다에서 살아서 영국식 생활을 잘 모릅니다. 하지만 신발 한 짝을 잃어버리는 것은 이곳 일상에서 평범한 일은 아니겠지요."

"신발 한 짝을 잃어버렸습니까?"

"헨리 경, 그저 엉뚱한 데 있을 겁니다. 호텔에 돌아가면 신발을 찾을 겁니다. 이런 사소한 일로 홈스 씨를 성가시게 할 필요가 있을까요?" 닥터 모티머가 외치듯

말했다.

"아니, 홈스 씨가 평범하지 않은 일은 뭐든 말하라고 해서요."

"그렇습니다, 어처구니없는 일이어도 상관없습니다. 신발 한 짝을 잃어버렸다고 했습니까?"

"분명 어딘가 엉뚱한 데 있을 겁니다. 어젯밤에 문밖

에 양쪽을 내놨는데 아침에 보니 한 짝만 있더군요. 구두닦이에게도 이해되는 답을 듣지 못했습니다. 가장 아쉬운 것은 어젯밤에 스트랜드 가에서 구입한 구두라서 아직 신어보지도 않았다는 점입니다."

"어째서 신지도 않은 구두를 닦으라고 내놓았습니까?"

"무두질한 구두인데 광택을 한 번도 내지 않아서요. 그래서 객실 밖에 내놓았지요."

"그러면 어제 런던에 도착하고 곧장 외출해서 구두를 구입했군요?"

"쇼핑을 제법 많이 했지요. 여기 닥터 모티머가 함께 다녀주었습니다. 제가 거기서 지주가 되어야 하니 차림새도 걸맞아야 될 테니까요. 캐나다에서는 대충 입고 살았다고 할까요. 여러 물건 중 그 갈색 구두는 6달러 주고 샀는데, 발을 넣어보기도 전에 한 짝을 잃어버린 겁니다."

홈스가 대꾸했다. "훔쳐봤자 별로 소용없는 물건 같군요. 솔직히 말해, 머지않아 없어진 신발을 찾을 거라는 닥터 모티머의 견해에 동의합니다."

"그러면 자, 여러분." 준남작이 단호하게 말했다. "별 것 아니지만 제가 아는 바를 충분히 말한 것 같습니다. 약속대로, 우리가 어떤 일에 휘말렸는지 다 말해주실 때가 됐습니다."

홈스가 대답했다. "대단히 지당한 말씀입니다. 닥터 모티머, 우리에게 얘기한 그대로 들려주는 게 최선인 듯합니다만."

부탁을 받은 우리 과학도는 주머니에서 종이를 꺼냈고, 전날 아침에 밝힌 그대로 상황을 설명했다. 헨리 배스커빌 경은 골똘히 들으면서 이따금 놀라서 탄식했다.

긴 설명이 끝나자 그가 말했다. "아, 제가 저주를 대물림받았나봅니다. 물론 아주 어려서부터 사냥개 얘기를 들었습니다. 집안에 내려오는 애완동물 얘기처럼 들었지요. 한 번도 그 이야기를 심각하게 생각하지 않았습니다. 하지만 백부가 돌아가신 일에 대해 생각하면 머릿속이 온통 끓어오르는 것 같고 아직 명확히 정리가 안 됩니다. 홈스 씨도 이 사건을 의논할 상대가 경찰인지 목사인지 결정 못하신 것 같군요."

"그렇습니다."

"그리고 호텔로 제게 편지가 왔군요. 사건이 맞아떨어지는 것 같네요."

"황무지에서 무슨 일이 벌어지는지 우리보다 잘 아는 자가 있음을 보여주는 듯합니다." 닥터 모티머가 말했다.

홈스가 응수했다. "또 누군가 경에게 우호적이라는 것도 보여줍니다. 그들이 위험하다며 편지로 경고하는 걸 보면 말입니다."

"혹은 자기들의 목적을 위해 나를 겁줘서 쫓아내고 싶은 거겠지요."

"아, 물론 그럴 가능성도 있지요. 흥미로운 가능성들을 가진 문제를 소개해준 닥터 모티머에게 큰 신세를 지는군요. 하지만 이제 우린 헨리 경이 배스커빌 홀에 가도 되는가 하는 현실적인 문제를 정해야 됩니다."

"제가 왜 가면 안 되죠?"

"위험이 도사린 듯싶습니다."

"이 집안의 악령으로 인한 위험 말입니까, 아니면 인간으로 인한 위험 말입니까?"

"글쎄요, 그게 파헤쳐야 될 사항입니다."

"어느 쪽이든 제 대답은 확고합니다. 지옥의 악령 따윈 없습니다, 홈스 씨. 그리고 제가 조상들의 집에 들어가는 것을 막을 사람이 이 세상에는 없습니다. 그것을 제 최종적인 답으로 받아주시면 되겠습니다." 그는 양미간을 찌푸리며 말했고 얼굴이 검붉어졌다. 배스커빌의 불같은 성미가 마지막 자손에게 대물림된 게 확실했다. 헨리 경이 말했다. "그런데 제가 들은 이야기를 곰곰이 새겨볼 여유가 필요합니다. 앉은 자리에서 이해하고 결정하기에는 사안이 큽니다. 혼자 조용한 시간을 갖고 결정을 내리고 싶습니다. 저, 이렇게 하시지요. 홈스 씨, 지금 열한 시 반이니 곧장 호텔로 돌아가겠습니다. 친구이신 닥터 왓슨과 함께 두 시에 호텔로 오셔서 저희와 점심을 함께하시지요. 그즈음이면 이 일에 대한 생각을 더 분명히 말씀드릴 수 있을 겁니다."

"그래도 괜찮겠나, 왓슨?"

"좋네."

"그러면 찾아가겠습니다. 택시마차를 불러드릴

까요?"

"걷고 싶습니다. 사건 때문에 마음이 뒤숭숭해서요."

"제가 기꺼이 같이 걷도록 하지요." 닥터 모티머가 말했다.

"그러면 두 시에 다시 뵙지요. 안녕히 가십시오!"

손님들이 계단을 내려가는 발소리와 현관문이 닫히는 소리가 났다. 순식간에 홈스는 나른한 몽상가에서 활동가로 변했다.

"모자랑 신발을 챙겨, 왓슨. 얼른! 꾸물거릴 시간이 없네!"

홈스는 나이트가운 바람으로 침실에 달려갔다가 몇 초 후 코트를 입고 나타났다. 우린 서둘러 계단을 내려가 거리로 나섰다. 닥터 모티머와 헨리 경이 2백 미터쯤 앞서서 옥스퍼드 가 쪽으로 걸어가고 있었다.

"내가 뛰어가서 두 사람을 세울까?"

"제발 그러지 말게, 왓슨. 자네만 참아준다면 자네와 동행하는 것으로 족하네. 우리 친구들이 현명하군. 산보하기에 딱 좋은 아침나절이구먼."

우리는 걸음을 재촉했고 앞서 가는 사람들과 거리가

반으로 줄었다. 그러다 백 미터쯤 거리를 두고서 그들을 따라 옥스퍼드 가로 접어들었다가 리젠트 가를 내려갔다. 그들이 한 차례 멈춰 서서 상점 진열장을 들여다보자, 홈스도 똑같이 따라했다. 잠시 후 홈스는 만족스러운 탄성을 가볍게 내뱉었고, 나는 그의 열정적인 눈길을 따라가 이륜마차를 보았다. 남자 한 명을 태우고 맞은편 길에 정차했던 마차가 이제 다시 천천히 움직였다.

"여기 우리 범인이 있군, 왓슨! 따라오게! 다른 건 못해도 그자의 얼굴은 똑똑히 봐두자구."

그때 마차의 옆 창으로 우리를 보는 덥수룩한 검은 수염과 날카로운 눈이 보였다. 순간 마차 지붕의 들창이 열리고 마부에게 지시가 내려지자, 마차는 리젠트 가를 부리나케 달렸다. 홈스는 열심히 두리번대며 다른 마차를 찾았지만, 빈 택시마차는 눈에 띄지 않았다. 다른 마차들을 누비며 힘껏 쫓아갔지만, 그 이륜마차는 벌써 시야에서 사라져버린 뒤였다.

"이럴 수가!" 홈스는 숨을 몰아쉬며 나타나서 씁쓸하게 중얼댔다. 마차들을 누비느라 신경이 곤두서서

하얗게 질린 얼굴이었다. 그가 말을 이었다.

"이런 불운이 어디 있으며 이런 어설픈 일처리가 어디 있을까? 왓슨, 자네가 정직한 사람이라면 이 실수도 기록해서 원인을 밝혀야 하네!"

"그자가 누구였나?"

"나도 모르지."

"스파이인가?"

"글쎄, 우리가 들은 바로 추측해보면, 헨리 경이 런던에 도착한 후 누군가 밀착해서 따라붙은 게 분명하군. 그게 아니라면 그가 노섬벌랜드 호텔을 선택했다는 걸 어떻게 그리 금방 알아냈겠나? 첫날 그를 미행했다면, 이튿날도 따라다닌다고 봐야겠지. 닥터 모티머가 전설에 대한 진술을 낭독할 때, 내가 창가에 두어 번 다가갔던 걸 봤겠지?"

"그래, 기억하네."

"거리에서 배회하는 자들이 있는지 둘러봤지만 아무도 못 봤네. 우리의 적수는 똑똑한 인물이네, 왓슨. 이 문제는 아주 깊은 곳을 건드리네. 편지를 보낸 것이 호의에서인지 악의에서인지 최종 결정을 못 내렸지만,

그 역량과 술수가 의식되는군. 우리 친구들이 떠나자, 난 보이지 않는 미행자를 추적하리라는 희망을 품고 곧장 따라 나왔네. 그가 걸어서 미행하지 않은 걸 보면 지략이 대단하네. 택시마차를 타고 다니면 뒤에서 천천히 쫓아가거나 급히 앞질러서 의심을 피할 수 있지. 그 방법에는 또 다른 장점이 있어서, 그들이 택시를 잡아탄다 해도 얼마든지 쫓아갈 수 있네. 하지만 확실한 단점도 있다네."

"택시마부라는 암초가 있지."

"바로 맞췄네."

"택시마차 번호를 보지 않은 게 정말 아쉽군!"

"이보게 왓슨, 내가 우왕좌왕했다고 그 번호도 안 봤을 것 같나? 마차번호는 2704호라네. 하지만 한동안은 그를 찾아봤자 소용없겠지."

"자네는 더할 나위 없이 잘 대처했군."

"우리는 택시마차를 본 순간 곧장 몸을 돌려 다른 방향으로 걸어야 했네. 그러다 여유 있게 다른 마차를 잡아타고 제법 거리를 두고 앞 마차를 따라갔어야 했어. 혹은 노섬벌랜드 호텔로 가서 거기서 기다렸으면 더 좋았겠지. 미지의 사내가 헨리 경을 뒤쫓아 숙소로 오면, 우린 그가 부린 수작을 파악해서 그가 어디로 가는지 알아낼 기회가 있었겠지. 현 상황에서는 준비 없이 설치다가, 민첩하고 실력 있는 상대에게 한 방 맞고 닭 쫓던 개 꼴이 됐군."

이런 대화를 나누면서 홈스와 나는 리젠트 가를 느릿느릿 내려갔다. 닥터 모티머와 동행은 오래전에 앞에서 사라졌다.

홈스가 말했다. "우리가 쫓아가봤자 도움될 게 없네. 미행자는 떠났고 다시 나타나지 않을 걸세. 손에 쥔 카드들을 살펴보고 단호하게 조처해야 하네. 마차에 탄 사내의 얼굴을 명확히 설명할 수 있겠나?"

"확실하게 말할 수 있는 것은 턱수염뿐인데."

"나도 마찬가지네. 그걸로 미루어 가짜 수염일 가능성이 크지. 교묘하게 일처리를 하는 영리한 자가 외모를 속일 목적이 아니라면 수염을 기를 이유가 있을까. 이리 들어가세, 왓슨!"

그는 심부름센터로 들어갔고, 점장의 환대를 받았다.

"아, 윌슨. 전에 운이 좋아 작은 사건을 도운 일을 잊지 않았군요?"

"그럼요, 잊지 않았다 말다요. 선생님이 제 체면과 어쩌면 목숨까지도 구해주셨는걸요."

"아이고, 과장이 심하군요. 윌슨, 카트라이트라는 직원이 수사 중에 능력을 발휘했던 기억이 나는데요."

"그렇습니다, 여전히 이곳에서 근무합니다."

"그를 불러줄 수 있습니까? 고맙군요! 그리고 이 5파운드를 잔돈으로 바꿔주면 좋겠습니다."

밝고 초롱초롱한 인상의 열네 살 소년이 정장의 부름을 받고 나타났다. 소년은 유명한 탐정을 존경하는 눈빛으로 보면서 서 있었다.

홈스가 말했다. "호텔 명부 좀 보여줘. 고마워! 자, 카트라이트, 여기 호텔 스물세 군데의 이름이 있고, 전부 차링 크로스와 가까운 지역이야. 보이지?"

"네."

"네가 이 호텔들을 차례로 도는 거야."

"네."

"갈 때마다 호텔 밖에 있는 짐꾼에게 1실링씩 주도록. 여기 23실링을 받아."

"네."

"짐꾼에게 어제 나온 쓰레기를 보고 싶다고 말해. 중요한 전보를 잘못 배달해서 그걸 찾는 중이라고 둘러대면 될 거야. 알아들었니?"

"네."

"하지만 실제로 찾아야 될 것은, 가위로 오려서 구멍

이 난 〈타임스〉의 간지란다. 이 페이지야. 쉽게 구별할 수 있지 않을까?"

"네."

"호텔마다 현관 짐꾼은 호텔 안의 짐꾼에게 가보라고 할 게다. 그에게도 1실링씩 주도록 해라. 여기 23실링 받거라. 아마 스물세 곳 중 스무 곳은 전날 나온 쓰레기를 소각하거나 치웠을 거야. 나머지 세 군데서 종이 더미를 보여줄 테니 거기서 신문을 찾으면 된다. 물론 찾을 가능성은 희박하지. 긴급 상황에 대비해 10실링을 갖고 있으렴. 저녁이 되기 전에 베이커 가로 전보를 보내 결과를 알려다오. 왓슨, 이제 전보로 2704호 마부의 신원을 알아내는 일만 남았군. 그런 다음 본드가의 화랑 한 곳에 들러 호텔에 가기 전까지 시간을 때우세."

5

끊어진 세 가닥 실

셜록 홈스는 마음을 자유자재로 다스리는 능력이 대단했다. 두 시간 동안 그는 우리가 관여하게 된 묘한 사건을 잊은 듯, 현대 벨기에 거장들의 그림에 완전히 몰입했다. 화랑에서 나올 때부터 노섬벌랜드 호텔에 도착할 때까지 그림 이야기만 했다. 사실 그는 그림을 잘 몰랐다.

호텔 직원이 말했다. “헨리 배스커빌 경께서 위층에서 기다리십니다. 손님이 도착하면 즉시 위층으로 안내하라고 당부하셨습니다.”

“내가 투숙객 명부를 보면 결례가 되겠소?” 홈스가

물었다.

"아닙니다."

투숙객 명부에는 배스커빌 아래로 이름 두 개가 더 있었다. 하나는 뉴캐슬에서 온 테오필러스 존슨과 가족, 다른 하나는 알턴의 하이롯지에 사는 올드모어 부인과 하녀였다.

홈스가 직원에게 말했다. "분명히 내가 아는 존슨일 겁니다. 잿빛 머리에 다리를 저는 변호사가 아닌가요?"

"아닙니다. 이 존슨 씨는 탄광주로 아주 활동적인 신사십니다. 선생님과 비슷한 연배고요."

"직업을 잘못 안 게 아닙니까?"

"그럴 리가요! 존슨 씨는 여러 해 전부터 이 호텔에 투숙하셔서, 저희가 아주 잘 아는 분입니다."

"아, 그렇다면 확실하겠군요. 올드모어 부인도 마찬가지입니다. 내가 기억하는 이름 같은데요. 이렇게 궁금해 하는 걸 양해해줘요. 한 친구를 만나러 와서 다른 친구를 발견하는 경우가 많으니까."

"올드모어 부인은 편찮으십시다. 부군이 전에 글로스터 시장이셨지요. 부인은 런던에 오시면 늘 저희를 찾아오십니다."

"고맙소. 내가 아는 분이라고 우길 수 없겠군요." 같이 위층으로 올라가면서 홈스가 나직하게 말을 이었다. "직원에게 질문한 덕에 가장 중요한 사실을 밝혀냈네, 왓슨. 이제 우리 친구에게 그다지도 관심 많은 자들이 같은 호텔에 진을 치지 않았음이 밝혀졌네. 봤다시피, 그들은 헨리 경을 감시하려고 안달하지만 그에게 모습을 보이지 않으려고 똑같이 안달한다는 뜻이지. 이건 아주 중요한 걸 시사하고 있지."

"그게 시사하는 게 뭔데?"

"그게 시사하는 것은…… 이런, 도대체 무슨 일입니까?"

우린 계단 끝에 올라서다가 헨리 경과 딱 마주쳤다. 헨리 경은 화가 나서 상기된 얼굴이었다. 그는 낡은 흙투성이 구두 한 짝을 들고 있었다. 헨리 경은 얼마나 화가 났는지 말도 못하고 있다가, 겨우 입을 열자 아침보다 미국식 억양이 훨씬 심한 사투리로 말했다.

"이 호텔은 날 얼간이 취급하는 것 같군요. 주의하지 않으면 놀릴 상대를 잘못 골랐다는 걸 알게 될 거요.

흥, 저 직원이 내 사라진 구두를 찾지 못하면 큰코다칠 거요. 원 장난질도 분수가 있지, 이번에는 선을 넘었단 말입니다, 홈스 씨."

"아직도 신발을 찾고 있습니까?"

"그렇습니다. 찾으려고 합니다."

"그게 새 갈색 구두라고 했지요?"

"그랬지요. 그런데 이제 낡은 검정 구두가 없어졌습니다."

"세상에! 설마 지금 그 말은……."

"그게 제가 하려는 말입니다. 제 구두는 통틀어 세 켤레밖에 안 됩니다. 새로 산 갈색, 낡은 검정색, 지금 신은 에나멜가죽 구두가 전부입니다. 어젯밤 저들은 갈색 구두 한 짝을 가져갔고, 오늘은 검정색 한 짝을 빼돌렸습니다. 흠, 찾았나? 말을 해보라구, 그렇게 빤히 서서 쳐다보지만 말고!"

안절부절못하는 독일인 웨이터가 다가온 참이었다.

"못 찾았습니다, 손님. 제가 호텔 전체에 수소문 했지만, 구두에 대해서는 듣지 못했습니다."

"저런, 해지기 전에 그 신발이 돌아오지 않으면, 매니저를 만나서 당장 이 호텔에서 나가겠다고 알릴 거요."

"찾겠습니다, 손님. 조금만 참아주시면 제가 찾아드리겠다고 약속합니다."

"제대로 하시오. 이 도둑 소굴에서 물건을 도난당하고도 멍하니 있지만은 않을 테니. 자, 자, 홈스 씨. 이런 사소한 일로 시끄럽게 해서 죄송합니다."

"시끄럽게 할 만한 일이란 생각이 듭니다."

"아, 이 일을 아주 심각하게 보시는군요."

"경의 짐작에는 어찌 된 일 같습니까?"

"짐작할 엄두도 나지 않습니다. 괴상망측하고 이상하기 짝이 없는 일을 당하는 것 같군요."

"이상하기 짝이 없는 것은 어쩌면……." 홈스가 생각에 잠겨 중얼댔다.

"선생님은 어떻게 생각하시는지요?"

"아직 단정하진 않겠습니다. 이 사건은 아주 복잡합니다, 헨리 경. 백부의 사망과 연관해 생각해보자면, 지금껏 다룬 주요 사건 5백 건 중 이렇게 깊이 들어간 사건은 없습니다. 하지만 실마리 몇 가닥을 쥐고 있으니, 한두 가닥은 진실로 이어지겠지요. 엉터리 가닥을 캐느라 시간을 낭비할지 몰라도 조만간 적절한 가닥을 잡게 될 겁니다."

우리는 유쾌하게 오찬을 하면서도, 우리가 모인 이유인 사건 이야기는 꺼내지 않았다. 나중에 개인 응접실로 물러가서야 홈스는 배스커빌 경의 의향을 물었다.

"배스커빌 홀로 갈 작정입니다."

"그러면 언제?"

"주말에요."

홈스가 말했다. "전반적으로 현명한 결정으로 판단됩니다. 경이 런던에서 미행을 당하고 있다는 증거가 다수 있고, 이 대도시의 수백만 거주자 중 이들이 누구인지, 무슨 목적인지 알아내기는 어렵습니다. 그들이 악의를 가졌다면, 경에게 해를 입힐 테고 우린 그걸 막지 못할 겁니다. 닥터 모티머, 오늘 아침 우리 집에서부터 미행당한 걸 몰랐습니까?"

닥터 모티머는 아연실색했다.

"누가 미행했다는 겁니까?"

"안타깝게도 그걸 알려드릴 수가 없군요. 다트무어의 이웃이나 지인들 중 검은 수염이 덥수룩한 사람이 있습니까?"

"아니요. 아니, 어디 보자, 아, 그래요. 찰스 경의 집사인 베리모어가 검은 수염이 덥수룩하네요."

"흠! 베리모어는 지금 어디에 있습니까?"

"배스커빌 홀을 관리하지요."

"그가 실제로 거기 있는지, 아니면 런던에 있을 가능성이 있는지 확인해보는 게 좋겠군요."

"어떻게 확인할 수 있을까요?"

"전보를 써 주십시오. '헨리 경을 맞을 채비가 끝났소?' 그 정도면 족할 겁니다. 주소는 배스커빌 홀의 베리모어 씨로 하지요. 가장 가까운 전신국이 어디지요? 그림펜. 잘 됐습니다, 그림펜 우체국장 앞으로 다른 전보를 보낼 겁니다. '베리모어 본인에게 전보 전달 요망. 부재 시 노섬벌랜드 호텔의 헨리 배스커빌 경에게 반송 요망.' 그러면 베리모어가 데번셔에서 제자리를 지키는지 아닌지 저녁 전에 알게 될 겁니다."

헨리 배스커빌이 대답했다. "그렇겠지요. 그런데 닥터 모티머, 도대체 베리모어가 누굽니까?"

"세상을 떠난 옛 관리인의 아들입니다. 그 집안이 4대째 배스커빌 홀을 관리했습니다. 제가 알기에 베리모어 부부는 여느 촌사람들처럼 얌전합니다."

헨리 경이 말했다. "동시에 배스커빌 홀에 주인이 없으면, 멋진 저택은 이들 차지고, 할 일도 별로 없겠군요."

"그거야 그렇지요."

"찰스 경이 베리모어에게 유산을 남겼습니까?" 홈스가 물었다.

"그와 부인이 각각 5백 파운드씩 받았습니다."

"이런! 그들은 이 돈을 받을 줄 알았나요?"

"그럼요. 찰스 경은 유서 내용을 밝히셨지요."

"그거 무척 흥미롭군요."

"찰스 경으로부터 유산을 받은 이들 모두를 의심하지 않으면 좋겠습니다. 저 역시 천 파운드를 받았거든요."

"그랬군요! 그밖에 또 누가?"

"개인들과 다수의 공공 자선단체가 조금씩 받았지요. 남은 돈은 전부 헨리 경에게 돌아갔습니다."

"그러면 남은 액수가 얼마나 되는지요?"

"74만 파운드입니다."

홈스는 놀라서 눈썹을 치떴다. 그가 말했다. "그런 거액이 관련된 줄은 몰랐습니다."

"찰스 경이야 부유한 걸로 유명했지만, 저희는 유가

증권을 확인하고서야 그가 얼마나 거부였는지 알았습니다. 저택 자산의 총 가치는 백만 파운드에 가까웠습니다."

"맙소사! 필사적으로 달려들 만도 하군요. 불쾌한 얘기지만 양해하십시오, 헨리 경. 만약 우리 친구에게 무슨 일이 생기면 누가 재산을 상속받습니까?"

"찰스 경의 동생인 로저 배스커빌은 혼인하지 않고 사망했으므로, 재산은 먼 친척인 데스먼드 일가가 물려받습니다. 제임스 데스먼드는 웨스터모어랜드에 사는 연로한 목회자입니다."

"고맙습니다. 이런 세세한 사항들이 다 흥미롭습니다. 제임스 데스먼드를 만난 적이 있습니까?"

"네, 그가 한 번 찰스 경을 만나러 왔지요. 후덕한 외모에 성자 같은 삶을 사는 분입니다. 찰스 경이 자꾸 권해도 한사코 재산 양도를 사양했던 기억이 납니다."

"그러면 이 검소한 사람이 찰스 경의 수십만 파운드를 상속받는 거군요."

"그렇게 지정되어 있으니 그가 저택의 상속자가 되겠지요. 또 돈도 상속받을 겁니다. 현 소유자가 다르게 유언하지 않는다면요. 물론 현재 소유자는 재산을 뜻대로 처분할 수 있습니다."

"유서를 작성했습니까, 헨리 경?"

"아닙니다, 홈스 씨. 아직 안 했습니다. 그럴 짬이 없었지요. 상황이 어떻게 돌아가는지 겨우 어제 안 걸요. 하지만 어떤 경우든 돈은 작위와 저택과 함께 가야 될 것 같습니다. 그게 가여운 백부의 유지였으니까요. 저택 임자가 저택을 유지할 돈이 없다면 어떻게 배스커빌 가문의 영광을 재연하겠습니까? 집, 땅, 현금이 함께 가야 됩니다."

"그렇지요. 자, 헨리 경. 지체 없이 데번셔에 내려가는 것이 현명한 처사라는 데 동감입니다. 그런데 한 가지 조건을 걸어야 되겠습니다. 경이 혼자 가는 것은 절대 안 됩니다."

"닥터 모티머가 같이 돌아갈 건데요."

"하지만 닥터 모티머는 진료를 해야 되고, 저택과 수 킬로미터 떨어져서 거주합니다. 그는 다시없는 선의를 가졌지만, 경을 돕지 못할 겁니다. 헨리 경. 누군가 늘 곁에 있을 믿음직한 사람을 동반해야 됩니다."

"직접 가주실 수 있겠습니까, 홈스 씨?"

"위급한 상황이 되면 직접 내려가겠습니다. 하지만 다양한 자문 업무가 있고, 여러 군데서 계속 도움을 청하니 무한정 런던을 비울 수 없는 처지를 이해해주십시오. 현재 잉글랜드에서 큰 존경을 받는 분들이 협박범에게 시달리고 있고, 비참한 추문을 막을 수 있는 사람도 나밖에 없습니다. 내가 다트무어에 가는 게 현재로서는 어렵다는 것을 알아주십시오."

"그러면 누구를 추천하시겠습니까?"

홈스는 내 팔을 잡았다.

"내 친구가 일을 맡아준다면, 경이 곤경에 처할 때 그보다 더 곁을 잘 지켜줄 사람은 없을 겁니다. 장담할 수 있지요."

그 제안에 나는 어안이 벙벙했지만, 대답할 새도 없이 배스커빌 경이 내 손을 덥석 잡고 마구 흔들었다.

"아, 그렇군요. 정말 친절하십니다, 닥터 왓슨. 제가 어떤 사정인지 아시고, 이 일을 저 못지않게 잘 이해하시지요. 같이 배스커빌 홀에 내려가서 저를 살펴주시면 신세를 잊지 않겠습니다."

나는 늘 모험에 사로잡혔고, 홈스의 말과 동반을 요청하는 헨리 경의 적극성에 우쭐했다.

내가 대답했다. "기꺼이 가겠습니다. 이보다 시간을 보람되게 쓸 수는 없을 겁니다."

홈스가 말했다. "그러면 나한테 세세히 보고하게. 분명히 위급한 상황이 올 테니, 그때 어떻게 처신할지 알려주겠네. 헨리 경, 토요일까지는 모든 채비가 끝날까요?"

"닥터 왓슨은 괜찮으시겠습니까?"

"좋습니다."

"그러면 다른 소식이 없으면 토요일에 패딩턴 역의 열시 반 출발하는 기차에서 만나지요."

우리가 떠나려고 일어났을 때, 배스커빌 경이 환호성을 지르면서 방구석으로 갔다. 그는 캐비닛 아래서 갈색 구두 한 짝을 꺼냈다.

"없어진 구두입니다!" 그가 외쳤다.

"모든 난관이 이렇게 수월하게 해결되면 좋겠군!" 셜록 홈스가 말했다.

닥터 모티머가 말했다. "그런데 참으로 이상한 일이

군요. 점심 식사 전에 제가 이 방을 샅샅이 뒤졌는데 그 때는 이 구두가 없었거든요."

배스커빌 경이 맞장구쳤다. "저도 마찬가지입니다. 구석구석 찾아봤습니다만."

"그때는 이 신발이 분명히 없었습니다."

"그렇다면 점심 식사를 하는 사이 웨이터가 갖다놨겠군요."

독일인 웨이터가 불려왔지만, 그는 모르는 일이고

알아봐도 답을 얻을 수 없다고 털어놓았다. 종잡을 수 없는 작은 사건들이 정신없이 이어지는 와중에 한 가지 일이 더해졌다. 찰스 경의 사망에 관련된 우울한 사연은 차치한다 하더라도, 불과 이틀 새 묘연한 일들이 연달아 일어났다. 거기에는 활자를 오려 붙인 편지, 마차에 탄 검은 수염의 염탐꾼, 사라진 새 갈색 구두, 사라진 낡은 검은 구두, 이제 되찾은 새 갈색 구두가 포함되었다. 베이커 가로 돌아가는 택시마차에서 홈스는 조용히 앉아 있었다. 찌푸린 이맛살과 날카로운 얼굴로 볼 때, 그 역시 나처럼 이 이상하고 무관해 보이는 사건들을 끼워 맞출 방안을 모색하느라 바빴다. 오후 나절과 저녁이 되도록 홈스는 앉아서 담배를 피우며 생각에 잠겨 있었다.

저녁 식사 직전, 전보 두 통이 전해졌다.

첫 번째 전보는,

방금 베리모어가 홀에 있다는 연락 받음.

- 배스커빌

두 번째 전보는,

지시대로 호텔 스물세 곳을 방문했으나,
안타깝게도 오려진 〈타임스〉를 못 찾았음.
-카트라이트

"실마리 두 개가 사라졌군, 왓슨. 번번이 엇나가는 사건보다 자극적인 것은 없지. 우린 다른 냄새를 찾아 다녀야겠군."

"아직 염탐꾼을 태워준 마부가 남아 있네."

"맞아. 그의 이름과 주소를 알려고 등록소에 전보를 보냈네. 지금쯤 내 질문에 대답이 온대도 놀랄 게 없지."

하지만 알고 보니 그때 울린 벨소리는 대답 이상의 만족을 주었다. 문이 열리고 험한 인상의 사내가 들어섰다. 바로 그 택시마차의 마부였다.

"이 주소에 사는 신사가 2704호를 캐물었다고 사무소에서 들었는뎁쇼. 마차를 7년간 몰았는데 손님한테 불평을 들은 적이 없습니다요. 직접 뵙고 뭐가 못마땅하신지 여쭈려고 차고지에서 곧장 이리로 왔습니다."

홈스가 대답했다. "당신에게는 아무 불만도 없소, 마부 양반. 오히려 내 질문에 제대로 대답하면 반 파운드를 드리리다."

마부가 중얼댔다. "이야, 운수대통한 날이구먼. 물어보실 말이 뭡니까요?"'

"우선 이름과 주소를 알려주시오. 혹시 다시 필요할지 모르니."

"보로우 터피 가 3번지에 사는 존 클레이턴입니다요. 제 마차는 워털루 역 인근 쉬플리 차고지 소속이굽쇼."

셜록 홈스가 받아 적었다.

"자, 클레이턴. 오늘 오전 열 시경, 이 집에 와서 지켜보다가 두 신사를 쫓아 리젠트 가를 내려간 손님에 대해 빠짐없이 말해보시오."

마부는 놀라고 좀 당황한 듯했다. 그가 말했다. "아이쿠, 제가 힘들여 말할 게 뭐 있겠습니까. 신사분이 제가 아는 걸 이미 훤히 아시는 것 같은뎁쇼. 사실인즉 그 손님은 탐정이라면서 아무에게도 자기에 대해 발설하면 안 된다고 했습죠."

"이보시오, 이건 무척 위중한 일이니 내게 숨기는 게 있으면 당신이 곤란한 지경에 빠질 거요. 손님이 마부에게 탐정이라고 말했다고 했소?"

"네, 그랬습니다요."

"그가 그 말을 언제 했소?"

"마차에서 내릴 때였습죠."

"그 외에 다른 이야기도 했소?"

"자기 이름을 말하던걸요."

홈스는 얼른 의기양양하게 날 힐끗 보았다. "아, 그 자가 자기 이름을 말했다? 이거 조심성이 없었군. 자기 이름이 뭐라고 했소?"

마부가 대답했다. "셜록 홈스 씨라고 했습니다요."

내 친구가 마부의 대답을 들은 순간처럼 경악하는 것은 처음 봤다. 한동안 홈스는 말없이 생각에 잠겼다. 그러다가 껄껄 웃었다.

그가 말했다. "한 방 먹었군, 왓슨. 부인 못할 한 방이야! 내 플뢰레 칼만큼이나 빠르고 유연한 칼끝이 느껴지는군. 그때도 난 제대로 공격당했는데. 그러니까 그의 이름이 셜록 홈스였다?"

"맞습니다요. 그게 그 손님의 이름이었습죠."

"좋소! 그를 어디서 태웠는지, 또 어떤 일이 있었는지 전부 말해보시오."

"아홉 시 반쯤 트라팔가 광장에서 손님이 저를 부르

셨습죠. 자기가 탐정이라면서, 하루 종일 시키는 대로 하고 아무것도 묻지 않으면 2기니를 주겠다고 했습니다요. 웬 떡이냐 싶어서 냉큼 그러겠다고 했습죠. 먼저 노섬벌랜드 호텔로 갔고, 거기서 두 신사가 나와 택시 마차를 탈 때까지 기다렸습니다요. 우리가 마차를 따라갔고 그 마차는 이 근방 어디서 멈췄습죠."

"바로 이 현관 앞에서." 홈스가 말했다.

"글쎄, 확실히 장담은 못하겠지만 손님은 미리 알았던 눈치던 걸요. 우린 도로 중간쯤에 마차를 세우고 한 시간 반가량 기다렸습니다요. 그때 두 신사가 우리 옆을 지나 걸어갔고, 우린 쫓아서 베이커 가를 내려가다가……."

"알고 있소." 홈스가 말했다.

"리젠트 가를 절반 넘게 내려갔습니다요. 그때 손님이 들창을 올리더니, 최대한 빨리 워털루 역으로 달리라고 외치더구먼요. 저는 말을 채찍질했고, 10분도 안 되어 거기 당도했습니다요. 그러자 그는 인심 좋게 2기니를 주고 역으로 향했습니다요. 떠나가면서 그 양반이 몸을 돌리고 말했습죠. '혹시 알고 싶다면 자네가 태우고 온 사람은 셜록 홈스일세.' 그래서 제가 그 이름을 아는 겁니다요."

"그렇군요. 이후로 그 손님은 못 봤소?"

"그가 역으로 들어간 후로는 못 봤습니다요."

"그러면 셜록 홈스란 사람은 어떻게 생겼습니까?"

택시마부는 머리를 긁적이면서 대답했다. "저기, 결코 설명하기 쉽지 않은 분이라서요. 나이는 마흔 살 정도, 선생님보다 7~8센티미터 작은 중키였고요. 멋쟁이 차림새에 검은 수염의 끝을 네모지게 다듬고, 안색은 창백하더구먼요. 말씀드릴 수 있는 건 그게 전부입니다요."

"눈 색깔은?"

"음, 기억이 안 나는데요."

"더 기억나는 게 없소?"

"그렇네요, 더 없습니다요."

"그러면 여기 반 파운드가 있소. 더 알려줄 게 있다면 반 파운드 더 주겠소. 잘 가시오!"

"안녕히 계십쇼. 그리고 감사합니다요!"

존 클레이턴은 흐뭇하게 웃으면서 물러갔다. 홈스

가 내게 몸을 돌리고 어깨를 으쓱하면서 애처롭게 웃었다.

그가 말했다. "세 번째 실오라기도 툭 끊어졌고, 우린 출발점으로 되돌아왔군. 교활한 악당 같으니! 놈은 우리 집을 알고, 헨리 배스커빌 경이 나와 상의할 줄도 알고 있었네. 리젠트 가에서 나를 봤고, 내가 택시마차 번호를 외워 마부에게 연락할 것도 예상했지. 그래서 이 뻔뻔한 메시지를 보낸 걸세. 왓슨, 분명히 말하는데 이번 상대는 우리의 호적수가 될 만한 인물일세. 런던에서는 내가 된통 당했네. 데번셔에 가서 자네에게 행운이 따르기를 빌 수밖에. 하지만 영 찜찜하군."

"뭐가 말인가?"

"자네를 보내는 일 말일세. 이건 추악한 사건이네, 왓슨. 추악하고 위험천만한 사건이고, 알면 알수록 마음이 편치 않네. 맞아, 자네는 웃겠지만, 자네가 무사히 베이커 가로 돌아온다면 난 정말 기쁘겠네."

6

배스커빌 홀

약속한 날 헨리 배스커빌 경과 닥터 모티머는 떠날 준비를 마쳤고, 우리는 예정대로 데번셔로 출발했다. 셜록 홈스는 나와 마차를 타고 역으로 갔고, 헤어지기 전에 마지막 당부와 조언을 했다.

그가 말했다. "난 추정이나 의혹으로 자네에게 편견을 심어주지 않겠네, 왓슨. 그저 자네가 사실들을 최대한 충분히 보고해주면 좋겠네. 그러고 추리는 내게 맡겨두면 되네."

"어떤 종류의 사실들을 말하는 건가?" 내가 물었다.

"사건과 무관할지라도 관련 있어 보이는 것은 뭐든.

특별히 헨리 배스커빌과 이웃들의 관계나 찰스 경의 죽음과 관련된 새로운 정황들. 지난 며칠간 몇 가지 조사를 했지만 원하는 결과를 못 얻었네. 확실한 한 가지는 다음 상속자인 제임스 데스먼드가 대단히 인심 좋은 노신사라는 점이야. 이 협박을 한 장본인이 아니란 뜻이지. 사실 용의자 명단에서 그를 제외해도 될 것 같네. 그러면 황무지에서 실제로 헨리 배스커빌 경 주변에 있을 사람들이 남네."

"우선 이 베리모어 부부를 내보내야 되지 않을까?"

"절대 그렇지 않네. 그거야말로 가장 큰 실수일 거야. 만일 부부가 결백하다면, 몰인정하고 부당한 처사가 되겠지. 또 그들이 죄가 있다면 우린 그들에게 죄를 뼛속까지 느끼게 할 기회를 놓치게 되지. 아니, 안 돼. 용의자 명단에 그들을 계속 올려두자구. 그다음으로, 내 기억이 맞다면 저택에 마부가 한 명 있지. 황무지에 농부 두 명이 있고. 우리 친구 닥터 모티머는 완전히 정직할 테고, 그의 아내가 있는데 그녀에 대해 우린 전혀 모르네. 또 동식물학자 스태플턴이 있고, 그의 누이가 있네. 대단히 매력적인 아가씨라더군. 래프터 홀의 프랭클랜드 씨가 있는데, 그 역시 우리가 모르는 부분이네. 그 외에 이웃 한두 명이 더 있지. 이들이 자네가 대단히 집중해서 살필 대상일세."

"최선을 다하겠네."

"무기는 챙겼겠지?"

"그래. 무기를 소지하는 게 좋을 것 같더군."

"두말하면 잔소리지. 밤낮으로 권총을 가까이 지니고, 한시도 방심하지 말게."

우리 친구들은 이미 일등칸 좌석을 마련해놓고, 플랫폼에서 기다리고 있었다.

홈스의 질문에 닥터 모티머가 대답했다. "아닙니다, 아무 새로운 소식도 없습니다. 한 가지는 장담할 수 있지요. 지난 이틀 간 저희가 뒤를 밟힌 적이 없다는 겁니다. 외출할 때마다 신경 써서 살폈으니, 미행당했으면 분명히 알아차렸을 겁니다."

"항상 두 분이 같이 다녔겠지요?"

"어제 오후만 제외하면요. 저는 보통 런던에 올 때마다 하루 여가를 갖습니다. 그래서 외과대학 박물관에서 시간을 보냈습니다."

SP.

"저는 공원에 가서 사람 구경을 했습니다. 하지만 아무 일 없었습니다." 헨리 배스커빌 경이 대답했다.

홈스가 고개를 저으면서 몹시 심각한 표정으로 대꾸했다. "그래도 경솔한 행동이었습니다. 헨리 경, 당부하는데 혼자 다니지 마십시오. 그러다 크게 불행한 일을 당할 겁니다. 나머지 구두 한 짝을 찾았습니까?"

"아닙니다, 완전히 사라졌습니다."

"그래요. 그거 무척 흥미롭군요. 그럼 잘 가십시오." 기차가 플랫폼에서 미끄러지기 시작하자 홈스가 덧붙여 말했다. "닥터 모티머가 읽어준 옛 전설에 나오는 구절을 명심하십시오, 헨리 경. 악령이 힘을 얻는 어두운 시간에 황무지를 얼씬대면 안 됩니다."

기차가 출발한 후 플랫폼을 돌아보니, 장신의 단정한 홈스가 꼼짝 않고 서서 우리를 바라보고 있었다.

기차 여행은 빠르고 쾌적했다. 나는 두 동행자와 친해졌고 가끔 닥터 모티머의 스패니얼 개와 놀았다. 몇 시간 후 갈색 토양이 붉은색으로 변했고 벽돌이 화강암으로 바뀌었다. 산울타리가 말끔히 쳐진 초지에서 붉은 소 떼가 푸른 풀을 뜯고, 풍성한 채소들은 이곳이

습하지만 비옥한 풍토임을 보여주었다. 헨리 경은 차창 밖을 골똘히 쳐다보면서, 데번셔의 낯익은 풍경을 알아볼 때마다 반가워 탄성을 질렀다.

그가 말했다. "이곳을 떠난 후 세상 곳곳을 다녔지만 이곳과 견줄 만한 곳은 없었답니다, 닥터 왓슨."

"데번셔 사람들은 누구나 고향을 걸고 맹세하더군요." 내가 대답했다.

닥터 모티머가 말했다. "지방색도 있지만 그런 혈통이 있습니다. 여기 우리 친구를 슬쩍만 봐도 켈트족의 둥근 두상을 갖고 있지요. 그러니 켈트족다운 열정과 강한 애착심을 가졌겠지요. 가여운 찰스 경의 두상은 게일과 아일랜드가 반반인 아주 드문 종류였습니다. 하지만 헨리 경은 아주 어려서 배스커빌 홀을 떠나지 않았습니까?"

"아버지가 돌아가셨을 때 저는 십대였고, 배스커빌 홀에 와본 적이 없었습니다. 아버지는 남해안의 작은 집에 사셨지요. 아버지를 여의자 곧장 아메리카에 사는 친구에게 갔습니다. 닥터 왓슨만큼이나 저에게도 이곳은 새롭습니다. 황무지를 보고 싶어 안달이 나는군요."

"그렇습니까? 그러면 그 바람은 쉽게 이루어지겠네요. 저기 황무지가 보이기 시작하니까요." 닥터 모티머가 차창 밖을 손으로 가리켰다.

네모진 초록 들판과 나지막이 굽은 수풀 위로 아련한 잿빛 언덕이 솟아 있었다. 꿈속의 이상한 나라처럼 신기한 뾰족한 봉우리가 희미하게 아른거렸다. 헨리 경은 오래 그곳을 응시하며 앉아 있었고, 진지한 표정은 그에게 귀향이 어떤 의미인지 말해주었다. 혈족이 오랜 세월 지배하고 깊은 자취를 남긴 신비한 곳을 처음 보는 셈이었다. 모직 양복을 입고 아메리카 사투리를 쓰는 그는 평범한 기차 칸에 앉아 있지만, 표정이 풍부한 가무잡잡한 얼굴에서 유서 깊은 가문의 거침없고 늠름한 후손임이 드러났다. 자부심, 용맹, 강인함이 깃든 짙은 눈썹, 감성적인 콧방울, 큰 갈색 눈. 섬뜩한 황무지에서 힘들고 위험한 일을 겪더라도, 모험을 용감하게 함께해나갈 동지라는 믿음을 주었다.

기차가 작은 노변 역에서 정차하자 우리 모두 내렸다. 역 밖의 낮고 흰 담장 뒤에 콥종 말 두 필이 끄는 사륜 마차가 대기 중이었다. 우리의 도착이 대단한 일인지, 역장과 짐꾼들이 몰려들어 짐을 옮겨주었다. 쾌적하고 소박한 시골이지만, 문 옆에서 검은 제복의 병사 두 명을 보고 난 깜짝 놀랐다. 그들은 짧은 라이플총에 기대서서 앞을 지나는 우리를 보고 날카롭게 흘끔거렸다. 왜소하고 다부진 주름투성이 마부가 헨리 배스커빌에게 인사를 했다. 몇 분 후 마차는 넓고 하얀 도로를 쏜살같이 내달렸다. 길 양쪽으로 초지가 굽이치듯 높아지고, 빼곡한 파란 나뭇잎 사이로 오래된 박공지붕 집들이 보였다. 하지만 햇볕 드는 평온한 전원 뒤로는 침울한 황무지가 길게 펼쳐져 있었고, 저녁 하늘에는 음산한 언덕들이 뾰족뾰족 솟아 있었다.

마차가 옆길로 들어서서 구불구불한 긴 길을 올라갔다. 수백 년간 바퀴 자국이 패여 양쪽으로 생긴 둔치에 젖은 이끼와 통통한 고사리가 지천으로 자라 있었다. 갈색으로 변하는 고사리와 얼룩덜룩한 검은 딸기나무가 기우는 햇빛 속에서 반짝였다. 계속 경사진 길을 오르다가 좁은 화강암 다리를 지나, 잿빛 바위들 사이를 물거품을 내며 콸콸 흐르는 개천을 빙 돌았다. 도로와 개천은 낮은 참나무와 전나무가 빽빽한 깊은 계곡을 감아 돌며 이어졌다. 굽이를 돌 때마다 헨리 경은 환호성을 지르면서 열심히 주위를 둘러보고 질문 공세를 했다. 그의 눈에는 매사 아름다웠겠지만, 내 눈에는 한 해가 저무는 기색이 역력한 시골이 울적해 보였다. 길에 주단처럼 깔린 누런 낙엽들이 마차가 지나가자 들썩였다. 썩는 낙엽을 밟으니 바퀴 소리가 잦아들었다. 마치 귀향하는 배스커빌 상속자의 마차 앞에 자연이 던지는 서글픈 선물처럼 느껴졌다.

"아이고! 이게 무슨 일이지?" 닥터 모티머가 외쳤다.

가파르게 굽이 도는 곳 앞에 히스꽃 무더기가 펼쳐졌다. 황무지의 외진 불룩 솟은 지대였다. 꼭대기에는 마치 받침대에 놓인 기마상처럼 흐트러짐 없는 기마병이 또렷이 보였다. 가무잡잡하고 굳은 얼굴로 팔뚝에 라이플총을 걸치고 조준하던 병사는 우리가 지나가는 도로를 감시하는 중이었다.

"이게 무슨 일인가요, 퍼킨스?" 닥터 모티머가 물었다.

마부가 앉은 채로 몸을 반쯤 돌렸다.

“프린스타운 교도소에서 죄수 한 명이 탈옥했답니다. 탈옥한 지 이제 사흘 됐고 간수들이 모든 도로와 역을 감시하지만 아직 탈옥수의 그림자도 못 봤다는군요. 이 부근 농부들이 불안해하는데 그럴 만하지요.”

“흠, 정보를 제공한 사람은 5파운드를 받을 텐데.”

“그거야 그렇지만 목을 베일 위험에 비하면 5파운드가 대수입니까. 저기 말입니다, 이 탈옥수는 여느 죄수와 다르거든요. 무슨 짓이든 저지를 놈이란 말입니다.”

“도대체 그자가 누굽니까?”

“노팅힐 살인범 셀던입니다.”

나도 그 사건을 똑똑히 기억했다. 극악무도한 범죄였고, 살인자의 행위들이 잔악해서 홈스가 관심을 가졌던 사건이었다. 사형 언도가 감형된 것은 범인의 정신이 온전한지에 대한 의문 때문이었다. 그만큼 범인의 행위는 무자비했다. 우리 마차가 등성이를 넘어서자 넓은 황무지가 펼쳐졌고, 군데군데 비뚤비뚤한 돌무더기와 바위산이 있었다. 황무지 고지대에서 찬바람이 불어와 우린 부르르 떨었다. 거기 어딘가 외진 곳에 이 악마 같은 죄수가 숨어 있었다. 야수처럼 굴에 몸을 숨기고, 그를 쫓아낸 세상에 대한 악감정을 가슴 가득 품고 있었다. 예기치 못한 일까지 더해져서, 을씨년스런 황무지와 찬바람과 어두워지는 하늘이 음산하기 짝이 없었다. 헨리 경조차 입을 다물고 코트 자락을 더 바싹 여몄다.

뒤쪽과 아래쪽에 우리가 지나온 비옥한 시골이 있었다. 뒤돌아보니 해 질 녘 비스듬한 빛줄기가 개천을 금빛 실타래로 만들고, 새로 쟁기질한 붉은 흙과 넓게 자란 수풀 위에서 빛났다. 앞쪽 길은 점점 썰렁하게 험해졌고, 황갈색과 올리브빛 오르막길 여기저기 큰 돌들이 솟아 있었다. 이따금 오두막 앞을 지날 때면, 담장과 지붕을 돌로 만든 건물은 담쟁이덩굴조차 자라지 않아 을씨년스러운 윤곽선이 고스란히 드러났다. 갑자기 대접처럼 움푹한 패인 곳이 보였다. 오랜 세월 거친 비바람을 맞아 비틀리고 굽은 참나무들과 전나무들이 여기저기 있었다. 수풀 사이로 가느다란 탑 두 개가 높이 솟아 있었다. 마부가 채찍으로 그곳을 가리켰다.

"배스커빌 홀입니다." 그가 말했다.

저택 주인은 일어나서 뺨이 상기된 채 눈을 반짝이

며 바라보았다. 몇 분 후 마차는 관리인 숙소 앞의 문에 도착했다. 미로 같은 멋진 나뭇가지 문양의 철문이 있고, 양옆에 세월을 간직한 기둥이 있었다. 기둥 여기저기 이끼가 끼었고, 꼭대기에 배스커빌 가문의 문장인 멧돼지 머리상이 놓여 있었다. 검은 화강암으로 지은 구옥은 허물어지고 서까래 기둥들만 남았지만 그 앞쪽에 반쯤 짓다 만 신축 건물이 있었다. 찰스 경이 남아프리카에서 가져온 금으로 이룬 첫 결실이었다.

문을 지나 넓은 진입로로 접어들자, 낙엽 더미 때문에 다시 바퀴 소리가 잦아들었다. 늙은 수목 가지들이 우리 머리 위로 단단한 터널을 만들었다. 배스커빌 경은 길고 어두운 진입로를 올려다보면서 몸을 떨었다. 진입로 끝에 저택이 유령처럼 희미하게 빛났다.

"바로 여기였나요?" 헨리 배스커빌이 낮은 소리로 물었다.

"아닙니다, 아니에요. 주목 오솔길은 다른 쪽에 있습니다."

젊은 상속자는 침울한 표정으로 주위를 힐끗 둘러보았다.

그가 말했다. "이런 곳이니 가엾은 백부께서 불행이 닥치리라 예상했을 만하죠. 누구라도 겁먹게 생겼네요. 나는 6개월 내에 이곳에 전등을 한 줄로 설치할 겁니다. 바로 여기 홀 앞에 백열등 전구가 켜지면 다시는 무서울 일이 없을 겁니다."

진입로가 탁 트인 잔디밭으로 이어지면서 앞에 건물이 나타났다. 어슴푸레한 빛 속에서 중앙에 육중한 본채가 있고 지붕이 있는 현관이 보였다. 건물 전면에 담쟁이덩굴이 늘어지고, 여기저기 덩굴이 끊긴 곳은 거뭇한 너울 아래로 창이나 문장을 새긴 방패가 보였다. 이 본채에서 탑 두 개가 솟았고, 탑에는 오래된 총안이 있고 구멍이 숭숭 나 있었다. 작은 탑의 좌우에 더 현대적인 검은 화강암 별채들이 있었다. 중간 문설주가 있는 큰 창문들에서 여린 불빛이 새어나왔고, 가파르게 솟은 지붕의 굴뚝에서 한 줄기 검은 연기가 피어 올랐다.

"어서 오십시오, 헨리 경! 배스커빌 홀에 잘 오셨습니다!"

키 큰 사내가 현관 그늘에서 나와 마차 문을 열었다.

집에서 비치는 노란 불빛에 여인의 윤곽도 보였다. 그녀가 나와서 사내를 도와 마차에서 짐을 내렸다.

닥터 모티머가 말했다. "저는 곧장 집에 가봐도 괜찮겠습니까, 헨리 경? 아내가 기다려서요."

"같이 저녁을 드시면 좋겠는데요."

"아닙니다, 가봐야 됩니다. 나중에 제가 해야 될 일이 있을 거예요. 남아서 집 구경을 시켜드리고 싶지만, 저보다 베리모어가 더 잘 안내해드릴 겁니다. 안녕히 계십시오. 그리고 제가 도울 일이 있으면 밤이든 낮이든 망설이지 말고 전갈을 보내십시오."

진입로를 내려가는 바퀴 소리가 멀어지자, 헨리 경과 나는 집으로 들어갔고 무거운 현관문이 닫혔다. 우리가 들어선 곳은 그지없이 멋들어진 곳이었다. 크고 높은 두꺼운 서까래는 세월의 때가 묻어나는 아름드리 참나무 들보였다. 높은 장작 받침대 뒤쪽에 고풍스런 대형 벽난로가 있었고, 장작이 탁탁 소리를 내며 타올랐다. 헨리 경과 나는 오랜 마차 여행으로 언 손을 난로 위로 뻗었다. 그러고 나서 고색창연한 높고 얇은 색유리창과 참나무 패널 장식, 벽에 걸린 사슴머리들, 문장

이 박힌 방패를 둘러보았다. 중앙 램프의 여린 불빛 속에서 사방이 침침하고 음울해 보였다.

헨리 경이 말했다. "상상했던 그대로입니다. 딱 유서 깊은 집안의 본가 모습 아닙니까? 바로 이 저택에서 5백 년 간 내 조상들이 살아왔다는 걸 생각해보십시오. 그 생각을 하니 마음이 경건해집니다."

주위를 둘러보던 그의 가무잡잡한 얼굴이 소년의 열

정으로 환해지는 것을 나는 보았다. 헨리 경이 선 자리에 불빛이 비쳤지만, 벽에 긴 그림자가 생겨서 머리 위에 검은 휘장이 드리운 것 같았다. 집사인 베리모어가 짐을 각자의 방으로 옮기고 돌아왔다. 이제 그는 잘 훈련된 하인답게 정중한 태도로 우리 앞에 섰다. 베리모어는 눈에 띄는 사내였다. 훤칠한 키와 네모 모양의 검은 수염, 유난히 흰 피부가 특이했다.

"바로 저녁 식사를 하시겠습니까?"

"준비가 되었나?"

"몇 분이면 준비됩니다. 두 분의 침실에 각각 더운 물을 갖다놓았습니다. 아내와 저는 헨리 경께서 새 하인들을 들이실 때까지 기쁜 마음으로 곁에 머물겠습니다. 하지만 새로운 상황이 되었으니, 집안에 새 일손이 상당수 필요하다는 걸 이해하시겠지요."

"어떤 새로운 상황 말인가?"

"찰스 경께서는 아주 간소하게 생활하셔서 저희가 웬만큼 시중들 수 있었다는 뜻입니다. 당연히 헨리 경은 찾아오는 손님이 많을 테고 그러니 살림살이가 달라져야 될 겁니다."

"자네 부부가 떠나고 싶다는 뜻인가?"

"주인께서 편하실 때 그러겠습니다."

"하지만 자네 일가는 수 대째 우리와 함께 지냈잖나? 내가 여기 살기 시작하자마자 오랜 집안 전통을 깬다면 애석한 일일 걸세."

나는 집사의 흰 얼굴에 떠오르는 감정을 읽을 수 있었다.

"저도 그런 마음이고 제 아내도 마찬가지입니다. 하지만 솔직히 말씀드리면, 저희 둘 다 찰스 경과 정이 깊게 들어서 그분이 돌아가신 것에 큰 충격을 받았고 몹시 고통스럽습니다. 저희는 다시는 배스커빌 홀에서 마음 편히 못 지낼 것 같습니다."

"그러면 어떻게 할 작정인가?"

"장사를 시작해 자리를 잘 잡을 거라고 믿어 의심치 않습니다. 찰스 경께서 너그럽게도 저희에게 그럴 밑천을 남겨주셨고요. 그러면 이제 두 분께 방을 보여드리는 게 좋겠습니다."

예스러운 현관홀에서 양쪽으로 난 계단을 오르면 난간이 있는 길쭉한 사각형 회랑이 나왔다. 이 중심부에서 양쪽 끝까지 복도가 있고 거기 침실들이 있었다. 내 방은 배스커빌 경의 침실과 같은 구역에 있었고, 옆방이나 다름없었다. 방들은 집의 중심부보다 훨씬 현대적인 데다 환한 벽지와 많은 촛불을 켠 덕에 여기 도착해서 생긴 침울한 첫인상이 사라졌다.

하지만 현관홀에서 비껴 있는 식당은 그늘지고 우중충한 공간이었다. 길다란 방에는 계단 하나 위의 단상이 가족석이었고, 아래쪽이 식솔들의 자리였다. 한쪽 끝에 아래쪽이 내려다보이는 연주석이 있었다. 머리 위로 검은 기둥들이 솟았고, 그 뒤쪽 천장은 연기 그을음이 있었다. 예전 연회 때처럼 횃불들이 줄줄이 켜져 밝고 떠들썩했다면, 포근한 분위기였겠지. 하지만 지금은 검은 양복을 걸친 신사 둘이 갓을 씌운 등잔에서 나오는 작은 둥근 불빛 속에 앉아 있으니, 목소리가 작아지고 풀이 죽었다. 엘리자베스 시대의 기사부터 황태자 조지의 섭정 시대 멋쟁이까지 다양한 차림의 컴컴한 조상들이 우리를 내려다보았다. 말없이 거기 있는 그들의 존재가 우리를 주눅 들게 했다. 우리는 말수가 없었고, 식사를 마치고 현대적인 당구실로 물러가서 담배를 피울 수 있게 되자 나는 더없이 반가웠다.

헨리 경이 입을 열었다. "이런, 아주 활기찬 곳은 아니군요. 좀 듣기 좋게 말할 수도 있겠지만 당장은 그럴 기분이 아닙니다. 이런 집에 혼자 살았다면 백부께서 안절부절못하셨을 만합니다. 그런데 괜찮으시면 오늘 밤은 일찍 쉬도록 하시지요. 혹시 아침이 되면 상황이 좀 나아 보일지 모르겠습니다."

나는 잠자리에 들기 전에 커튼을 옆으로 밀고 창밖을 내다보았다. 창문이 현관 앞쪽의 잔디밭에 면해 있었다. 바람이 일자 뒤쪽의 두 군데 잡목림이 한숨 같은 소리를 토하면서 흔들렸다. 휙휙 지나는 구름 떼 사이로 반달이 나타났다. 찬 달빛 속에서 나무들 틈으로 간간이 바위의 윤곽선과 길고 낮게 휘어진 쓸쓸한 황무지가 보였다. 커튼을 치면서, 마지막 본 인상이 나머지 분위기와 맞아떨어진다고 느꼈다.

하지만 거기서 끝나지 않았다. 나는 답답하고 정신이 말똥말똥해서 이리저리 뒤척이며, 좀체 오지 않는 잠을 청했다. 멀리서 15분마다 시계종이 쳤지만 그 소리를 제외하면 고택은 죽은 듯 고요했다. 그러다 갑자

기, 그 야밤에 명확히 울려 퍼지는 소리가 내 귀에 들렸다. 잘못 들었을 리 없었다. 여인의 흐느낌이었다. 슬픔을 가누지 못하고 소리 죽여 숨이 멎도록 우는 소리. 나는 침대에서 일어나 앉아서 골똘히 귀를 기울였다. 멀리서 들려온 소리일 리 없으니 집 안에서 나는 소리가 분명했다. 반 시간 동안 온 신경을 곤두세우고 기다렸건만, 시계 종소리와 벽의 담쟁이덩굴이 버스럭대는 소리만 들릴 뿐이었다.

7

메리피트 하우스의 스태플턴 일가

이튿날 아침의 싱그러움은 전날 경험한 침울한 잿빛 배스커빌 홀의 첫인상을 지우고도 남을 만큼 아름다웠다. 헨리 경과 아침 식사를 할 때, 세로로 나뉜 높은 창으로 빛이 들어 방패 모양 문장의 옅은 색들을 바닥에 쏟아냈다. 짙은 패널 장식이 금빛 햇살 속에서 황동처럼 빛났기에, 바로 여기가 전날 밤 우리의 영혼을 수심에 젖게 한 곳임을 알아차리기 어려울 정도였다.

준남작이 말했다. "문제는 이 집이 아니라 우리 자신이었나봅니다! 여행하느라 지치고 마차를 타고 달리면서 추위에 떠느라, 이곳을 우울하게 느낀 겁니다. 이제 상쾌하고 기운이 나니 모든 게 다시 한번 활기차군요."

내가 대꾸했다. "하지만 전부 상상이었던 것만은 아닙니다. 예를 들어 혹시 밤중에 누군가, 제 생각으로는 여자가 흐느끼는 소리를 들으셨습니까?"

"그거 이상하군요. 얼핏 잠이 들었는데 그런 소리가 난 것 같았거든요. 한참 기다렸는데 다시 소리가 나지 않기에, 전부 꿈이었다고 결론 내렸습니다."

"저는 소리를 분명히 들었고, 실제로 여인의 흐느낌이었다고 확신합니다."

"어찌 된 일인지 당장 알아봐야겠습니다." 그가 종을 울려 베리모어를 불러서, 우리가 간밤에 경험한 일을 설명해줄 수 있는지 물었다. 주인의 질문을 듣던 집사의 흰 얼굴이 더 창백해지는 것 같았다.

베리모어가 대답했다. "집에 있는 여자는 두 사람뿐입니다, 헨리 경. 한 사람은 주방 하녀인데 다른 채에서 잡니다. 다른 한 명은 제 안사람이니, 그녀가 낸 소리였을 리 없다는 답을 드릴 수 있겠습니다."

하지만 그의 대답은 거짓말이었다. 조반을 마친 후 난 우연히 긴 복도에서 베리모어 부인을 봤는데, 햇살

이 그녀의 얼굴에 잔뜩 쏟아졌다. 크고 시무룩한 무거운 얼굴이었고, 입매는 야무진 인상을 주었다. 하지만 충혈된 눈은 감추지 못했고, 그녀는 부은 눈으로 날 힐끗 보았다. 그렇다면 간밤에 흐느낀 사람은 베리모어 부인이었고, 그녀가 울었다면 틀림없이 남편이 알았을 터였다. 그런데 집사는 탄로날 위험이 큰데도 그런 일이 없었다고 잡아뗐다. 베리모어가 왜 이런 짓을 했을까? 또 어째서 부인은 그리 섧게 울었을까? 안 그래도 검은 수염을 기른 창백한 미남자는 묘연하고 침울한 데가 있었다. 찰스 경의 시신을 처음 발견한 사람도 그였고, 노신사의 사망과 관련해 알려진 정황은 다 그의 진술이었다. 우리가 리젠트 가의 택시마차에서 본 사내가 베리모어였을 가능성이 있을까? 그 수염이었대도 무방할 듯했다. 마부가 설명한 인상착의보다 좀 키가 컸지만, 그 정도야 얼마든지 착각할 수 있었다. 어떻게 하면 이 부분을 말끔히 해결할 수 있을까? 그림펜 우체국장을 만나 시험용 전보를 베리모어가 직접 수령했는지 알아보는 게 맨 먼저 할 일임이 자명했다. 어떤 대답을 얻든지 최소한 셜록 홈스에게 보고할 거리는 생기겠지.

아침 식사 후 헨리 경이 검토할 문건이 잔뜩 있었고, 따라서 내가 나들이하기에 적당한 시간이었다. 6킬로미터 남짓 황무지 가장자리를 상쾌하게 걷다보니 마침내 작은 회색 마을이 나왔다. 유난히 큰 건물 두 채가 있었고, 알고 보니 여관과 닥터 모티머의 자택이었다. 마을 식료품점도 운영하는 우체국장은 그 전보를 똑똑히 기억했다.

그가 말했다. "확실히 지시대로 전보를 베리모어 씨에게 배달했습니다."

"누가 전보를 배달했습니까?"

"여기 있는 아들 녀석입니다. 제임스, 지난주에 네가 베리모어 씨에게 전보를 전하지 않았니?"

"그랬지요, 아버지. 제가 전해드렸어요."

"베리모어 씨에게 직접?" 내가 물었다.

"음, 당시 베리모어 씨는 다락에 있어서 직접 전할 수가 없었어요. 그래서 베리모어 부인에게 드렸고, 즉시 남편에게 전해주겠다는 다짐을 받았어요."

"베리모어 씨를 봤니?"

"그건 아닙니다. 그는 다락에 있었거든요."

"그를 보지 않았는데 그가 다락에 있었던 걸 어떻게 알지?"

우체국장이 초조해서 끼어들었다. "저기, 남편이 어디 있는지 부인만큼 잘 아는 사람이 있나요. 그가 전보를 못 받았습니까? 실수가 있다면 베리모어 씨가 직접 항의할 텐데요."

더 따져 물어도 소득이 없을 것 같았다. 홈스가 계략을 썼건만 집사가 런던에 없었다는 증거가 되지 않았다. 만약 살아 있을 때의 찰스 경을 마지막으로 본 사람과 잉글랜드에 온 새 상속자를 처음 미행한 사람이 동일인이라면? 그러면 어떻게 되나? 그는 누군가의 하수인일까, 아니면 따로 무서운 꿍꿍이가 있을까? 배스커빌 일가에게 고통을 주고 어떤 이익을 얻을 수 있을까? 〈타임스〉 사설에서 도려낸 이상한 경고문이 생각났다. 그가 한 짓일까, 아니면 그의 계획을 저지하려는 사람이 벌인 일일 수도 있을까? 그럴듯한 동기는, 헨리 경의 말처럼 배스커빌을 겁줘서 내쫓으면 베리모어 부부가 안락한 집을 영원히 차지한다는 것밖에 없었다. 하지만 그 정도로는 젊은 준남작 주변에 보이지 않는 그물을 짜는 듯한, 음흉하고 교묘한 작전이 충분히 설명되지 않았다. 홈스는 오랜 세월 민감한 사건들을 수사했지만 이렇게 복잡한 경우는 처음이라고 말했었다. 나는 우중충하고 적적한 길을 걸어 돌아가면서 기도했다. 친구가 수사 중인 사건들에서 벗어나, 여기 와서 내가 진 무거운 책임을 덜어줄 수 있기를.

갑자기 뒤에서 뛰어오는 발소리와 내 이름을 부르는 소리에 생각을 멈추었다. 닥터 모티머라고 예상하고 몸을 돌렸지만, 놀랍게도 모르는 사람이 쫓아오고 있었다. 왜소한 마른 체격에 말쑥하게 면도한 얼굴은 깔끔했다. 누런 머리, 뾰족한 턱, 서른에서 마흔 사이, 회색 양복을 입고 밀짚모자를 쓴 사내였다. 그는 어깨에 식물표본을 담는 양철 상자를 메고 한 손에 초록색 잠자리채를 들고 있었다.

사내는 내가 서 있는 곳으로 헐레벌떡 다가와서 말했다.

"제가 넘겨짚는 것을 양해해주시겠지요, 닥터 왓슨. 여기 황무지에 사는 사람들은 허물이 없어서 정식으로

소개받을 때까지 기다리지 않거든요. 저와도 친구인 모티머에게 제 이름을 들어보셨을 것 같습니다만. 제가 메리피트 하우스의 스태플턴입니다."

"잠자리채와 상자로 스태플턴 씨인 줄 짐작했지요. 스태플턴 씨가 동식물학자인 걸 알았으니까요. 그런데 저를 어떻게 아셨습니까?"

"모티머에게 다녀오는 길입니다. 박사님이 진료소 앞을 지나실 때 그가 창문에서 보고 알려주었습니다. 집이 같은 방향이니 따라와서 인사드리자고 생각했지요. 헨리 경께서도 먼 여정에 무탈하시지요?"

"아주 잘 계십니다. 감사합니다."

"찰스 경의 안타까운 서거 후, 새 준남작이 여기 거주하지 않으실까 다들 걱정했습니다. 유복한 분께 이런 곳에 내려와 묻혀 살라는 것은 과한 요구지요. 하지만 그게 이 시골에 얼마나 중요한지는 말할 필요가 없을 겁니다. 헨리 경이 이 문제에 대해 미신적인 공포심을 느끼시진 않겠지요?"

"그건 아닐 겁니다."

"물론 박사님도 집안에 내려오는 악마개의 전설을 아시겠지요?"

"들어본 적 있습니다."

"이 부근 농부들이 얼마나 잘 속는지, 참 유별나지요! 황무지에서 그런 것을 봤다고 맹세할 위인이 수두룩하다니까요." 스태플턴은 웃으면서 말했지만, 눈빛에서 상황을 심각하게 보는 기미를 읽을 수 있었다. 그가 말을 이었다. “찰스 경은 그 이야기에 완전히 사로잡혔고, 그게 비극적인 죽음에 이르게 했다고 저는 믿습니다.”

“하지만 어떻게 말입니까?”

“그분은 워낙 신경이 곤두서서, 어떤 개가 나타났어도 심장병에 치명타가 됐을 겁니다. 찰스 경은 마지막 밤에 주목 오솔길에서 그 비슷한 것을 봤을 거란 생각이 듭니다. 저는 그런 일이 벌어질까 노심초사했었지요. 저는 그 노신사를 무척 좋아했고, 심장이 약한 걸 알았거든요.”

“그걸 어떻게 아셨습니까?”

“친구 모티머에게 들었지요.”

“그러면 어떤 개가 찰스 경을 쫓아갔고, 그 결과 공포에 질린 그분이 죽었다고 생각하십니까?”

“그보다 그럴듯한 설명이 있습니까?”

“저는 어떤 결론에도 이르지 못했습니다.”

“셜록 홈스 씨는요?”

이 말에 난 일순간 숨을 멈추었지만, 그의 태연한 얼굴과 담담한 눈빛으로 봐서 놀라게 하려는 의도는 없는 눈치였다.

스태플턴이 다시 말했다. "저희가 닥터 왓슨을 모르는 체 해봤자 무슨 소용이 있겠습니까. 여기 사는 저희도 박사님의 수사 기록물을 접한답니다. 홈스 씨를 돋보이게 하면서 박사님도 드러나기 마련이지요. 모티머가 박사님의 성함을 알려주면서 그분임을 부인하지 못하더군요. 닥터 왓슨이 여기 계시다면 셜록 홈스 씨도 이 일에 관심이 있다는 뜻이니, 당연히 그분의 견해가 궁금하지 않겠습니까."

"그 질문에는 답을 드리지 못할 것 같군요."

"홈스 씨께서 친히 찾아와주시는 영광을 저희가 누리게 될지 여쭤봐도 될까요?"

"당장은 그가 런던을 떠날 수가 없어서요. 처리할 다른 사건들이 있습니다."

"이렇게 아쉬울 데가! 암울한 상황에 빠진 저희에게 그분이 빛을 밝혀주실 수 있으련만. 조사하시다가 혹시 제가 도울 일이 있으면 말씀만 하세요. 의심하는 내용이나 조사의 목적만 알려주시면 당장이라도 제가 도움이나 조언을 드릴 수 있습니다."

"제가 여기 온 것은 그저 친구인 헨리 경을 방문하기 위해서고, 어떤 종류의 도움도 필요치 않습니다."

"잘하셨습니다! 경계하는 신중한 태도가 지당하지요. 가당찮은 참견을 했다가 꾸지람을 들었군요. 다시는 그 일을 입에 올리지 않겠노라 약속하겠습니다."

큰길에서 좁은 풀밭길이 갈라지는 지점에 이르렀다. 좁은 길은 황무지 위로 구불구불하게 이어졌다. 우측으로 여기저기 큰 바윗돌이 있는 가파른 언덕은 과거의 화강암 채석장이었다. 우리 쪽으로 거뭇한 절벽이 있었고, 후미진 곳에서 양치식물과 검은 딸기 덤불이 자랐다. 멀리 봉우리 위로 잿빛 깃털 같은 연기가 떠다녔다.

스태플턴이 말했다. "이 황무지 길을 조금만 가면 메리피트 하우스가 있습니다. 제 누이를 소개하는 기쁨을 누릴 수 있게 한 시간만 내주시면 좋을 텐데요."

헨리 경 곁에 있어야 된다는 게 맨 먼저 든 생각이었다. 하지만 그의 서재 책상에 흩어진 서류와 청구서 더미가 떠올랐다. 내가 도움이 될 리 만무했다. 또 홈스는 황무지의 이웃들을 지켜봐야 된다고 강조했었다. 나는 스태플턴의 초대를 받아들였고, 우리는 나란히 오솔길을 내려갔다.

"근사한 곳입니다, 황무지는." 그가 물결치는 구릉을 둘러보면서 말했다. 웃자란 초록 파도가 넘실대고, 들쭉날쭉한 대리석 물마루들이 물거품을 일으키며 환상적인 물살을 연출했다. 스태플턴이 말을 이었다. "황무지는 싫증이 나지 않습니다. 여기 담긴 놀라운 비밀들은 이루 짐작하지 못할 겁니다. 너무도 광활하고 너무도 메마르고 너무도 신비롭습니다."

"그러면 선생은 여기를 잘 압니까?"

"이곳에 온 지 겨우 이 년 됐습니다. 주민들은 저를 신입이라고 부를 겁니다. 저희는 찰스 경이 정착한 직후에 왔거든요. 하지만 취미 덕에 주변의 시골을 사방팔방 누비고 다녔고, 저보다 이 지역을 잘 파악하는 사람이 없다고 장담합니다."

"지역을 파악하기가 어렵습니까?"

"아주 어렵지요. 예를 들면 여기 북쪽으로 이상한 봉우리들이 툭툭 솟은 너른 벌판이 있지요. 뭔가 눈에 띄는 점이 있습니까?"

“이곳에서는 드물게 말이 질주하기 좋겠는데요.”

“당연히 그렇게 생각할 테고, 그 생각 때문에 전에 많은 목숨이 희생됐습니다. 저기 밝은 초록빛이 빼곡히 있는 곳들이 보이십니까?”

“네, 다른 지역보다 비옥해 보이는군요.”

스태플턴이 웃음을 터뜨렸다.

그가 말했다. “저기가 대 그림펜 늪입니다. 사람이든 동물이든 한 발만 헛디뎌도 목숨을 빼앗기지요. 바로 어제 황무지의 조랑말 한 마리가 그 안으로 들어가는 것을 봤습니다. 그놈은 나오지 못했지요. 제법 오래 늪 밖으로 머리를 내밀고 있었지만 결국 늪에 빨려 들고 말았습니다. 건기에도 그곳을 건너는 것은 위험하지만, 이 가을비가 그치면 무시무시한 곳이 됩니다. 하지만 저는 늪 한가운데까지 갔다가도 살아 나올 수 있습니다. 아이구, 딱한 조랑말이 또 있네.”

갈색 덩어리가 초록빛 사초 사이에서 뒹굴며 버둥대고 있었다. 조랑말은 긴 목을 고통스럽게 뒤틀면서 위로 솟구쳤고 곧 무서운 비명이 황무지에 퍼졌다. 나는 공포감에 얼어붙었지만 스태플턴은 나보다 강한 신경을 가진 듯했다.

"끝나버렸군요! 늪이 망아지를 잡아먹었습니다. 이틀 동안 두 마리가 당했고, 알지 못하는 숫자는 그보다 더 될 겁니다. 망아지들은 마른 날씨에 거기 들어가기 때문에 늪에 발목을 붙잡힐 때까지는 그 차이를 모릅니다. 고약한 곳이지요, 대 그림펜 늪은."

"그런데 선생은 늪지를 지날 수 있다고요?"

"그렇습니다, 아주 민첩한 사람이라면 선택할 수 있는 오솔길이 한두 곳 있지요. 제가 그 길들을 찾아냈습니다."

"그런데 그리 무서운 곳에 들어가고 싶은 이유가 뭡니까?"

"흠, 뒤쪽의 언덕들이 보이시지요? 저곳은 사방이 지날 수 없는 수렁이라 고립된 섬이나 다름없습니다. 오랜 세월 늪이 언덕들 주위에 포진해 있었지요. 그곳에만 사는 희귀식물들과 나비들이 있습니다. 그 안으로 들어갈 기지만 있다면요."

"언젠가 저도 한 번 운을 시험해봐야겠습니다."

스태플턴은 놀란 표정으로 나를 쳐다보았다.

SP

"아이고, 그런 생각일랑 아예 접어두시지요. 박사님이 목숨을 잃으면 제가 죄를 뒤집어쓸 테니까요. 장담하는데 박사님이 살아서 돌아올 가능성은 전혀 없습니다. 특정한 표지물들을 기억해야만 가능한데 저는 기억할 수가 있지요."

"어라! 이게 무슨 소리인가요?" 내가 외쳤다.

형언할 수 없는 처연한 낮은 신음이 황무지에 퍼졌다. 소리가 허공을 메웠지만 어디서 나는 건지 가늠되지 않았다. 둔탁한 웅웅 소리가 굵직한 포효로 변했다가, 다시 구슬픈 웅웅 소리로 잦아들었다. 스태플턴은 이상야릇한 표정으로 나를 쳐다보았다.

"괴상한 곳이지요, 황무지는!" 그가 말했다.

"도대체 저게 무슨 소리입니까?"

"농부들 말로는 배스커빌 가문의 사냥개가 먹이를 찾는 소리랍니다. 저도 한두 번 들어봤지만 이렇게 요란한 경우는 처음입니다."

두려움에 심장이 오그라들었다. 나는 군데군데 초록빛 골풀이 자라 넘실대는 대지를 두리번댔다. 뒤에서 까마귀 한 쌍이 시끄럽게 우는 것 외에 드넓은 황무지에 아무 기척도 없었다.

내가 말했다. "선생은 교육받은 분입니다. 설마 그런 어처구니없는 말을 믿으시지 않겠지요? 이렇게도 괴이한 소리의 출처가 뭐라고 생각하십니까?"

"이따금 늪지는 괴상한 소리를 냅니다. 진흙이 자리를 잡거나 물이 솟구치거나 그런 소리일 겁니다."

"아니, 아닙니다. 살아 있는 무언가가 내는 소리였습니다."

"흠, 어쩌면요. 알락해오라기가 윙윙거리는 소리를 들어보셨습니까?"

"아니요, 들어본 적 없습니다."

"대단히 희귀한 조류입니다. 사실 지금은 잉글랜드에서 멸종되었지만, 황무지에서는 별별 일이 다 생길 수 있거든요. 그렇습니다, 우리가 들은 소리가 마지막 남은 알락해오라기의 울음소리였다고 해도 놀랍지 않습니다."

"이렇게 섬뜩하고 이상한 소리는 난생처음 들어봤습니다."

"그렇습니다. 아주 불가사의한 곳이지요. 저쪽의 산

비탈을 보십시오. 저것들이 뭐 같습니까?"

몹시 가파른 비탈에 돌로 된 잿빛 고리들이 적어도 스무 개쯤 있었다.

"뭔가요? 양 우리입니까?"

"아닙니다. 우리 조상들의 집들입니다. 선사시대 사람들은 황무지에 밀집해서 살았고, 이후 특별한 거주자가 없어서 선사시대 그대로 집터가 남아 있습니다. 저것들은 지붕이 없는 선사시대 움집입니다. 궁금해서 들어가봤더니, 불을 피운 터와 잠자리까지 볼 수 있었습니다."

"하지만 제법 마을 티가 나는데요. 사람이 살았던 게 언제입니까?"

"신석기 시대지요. 연대는 모릅니다."

"뭘 하면서 살았나요?"

"이 산비탈에서 소를 키웠고, 돌도끼 대신 청동검이 사용되기 시작하자 땅에서 주석을 캘 줄 알게 되었습니다. 맞은편 산의 크게 패인 곳을 보십시오. 저것이 선사시대 사람들의 흔적입니다. 네, 황무지에서 아주 독특한 곳들을 만나실 겁니다, 닥터 왓슨. 앗, 잠깐만 실례하겠습니다! 저건 분명히 사이클로피데스 나비입니다."

작은 파리인지 나방인지가 우리 앞쪽 길에서 퍼덕댔고, 그 순간 스태플턴은 엄청나게 힘차고 민첩하게 뛰쳐나갔다. 실망스럽게도 곤충은 너른 늪으로 곧장 날아갔고, 스태플턴은 잠시도 멈추지 않고 이 풀숲에서 저 풀숲으로 곤충망을 휘두르며 쫓아다녔다. 잿빛 양복과 휙휙 갈지자로 움직이는 모습이 거대한 나방이라 해도 무방할 듯했다. 나는 그의 민첩성에 감탄했고, 위태로운 늪에서 실족할까 걱정하면서 지켜보았다. 그때 발소리가 들려서 돌아보니, 한 여인이 나와 가까운 곳에 서 있었다. 그녀는 연기가 피어 오르는 메리피트 하우스 쪽에서 걸어왔지만, 지면이 움푹 꺼져 있어서 아주 가까이 다가오도록 보이지 않았던 것이었다.

물으나마나 미스 스태플턴이었다. 황무지에는 여인이 없다시피 했고, 난 그녀에 대해 들어 알고 있었다. 누군가 그녀를 미인이라고 했던 기억도 났다. 다가오는 여인은 확실히 아름답고 아주 드문 타입이었다. 남매지간이 달라도 이렇게 다를 수 있을까. 스태플턴은 보통 색깔의 피부, 금발에 잿빛 눈을 가진 반면, 누이는 내가 잉글랜드에서 본 중 가장 검은 머리칼과 날씬하고 우아한 장신의 체구였다. 단아하고 선이 고운 얼굴은 너무나 반듯해서, 감성적인 입매와 예쁜 진지한 검은 눈이 아니라면 무표정해 보일 터였다. 흠잡을 데 없는 얼굴과 기품 있는 차림새 때문에 적적한 황무지 오솔길에 기묘한 유령이 서 있는 것 같았다. 그녀는 오빠를 쳐다보다가, 내가 몸을 돌리자 내 쪽으로 서둘러 걸어왔다. 나는 모자를 들어 인사하면서 설명을 하려 했지만, 그녀가 내뱉은 말 때문에 다른 생각을 하게 되었다.

"돌아가세요! 곧장 런던으로 돌아가라구요, 당장!" 그녀가 말했다.

나는 어안이 벙벙한 채 그녀를 빤히 쳐다볼 수밖에 없었다. 그녀는 타는 눈빛으로 날 노려보면서, 조바심을 내며 발을 쾅쾅 굴렀다.

"설명할 수가 없어요. 하지만 제발 시키는 대로 하세요. 돌아가서 다시는 황무지에 발을 들이지 말아요." 그녀는 낮고 다급하게 말했고, 묘하게 혀 짧은 소리를 냈다.

“하지만 저는 방금 도착했는데요.”

그녀가 버럭 소리쳤다. “이봐요! 도움이 되는 경고를 하는데 모르겠어요? 런던으로 돌아가요! 오늘 밤에 떠나요! 무슨 일이 있어도 여기 얼쩡대지 말라구요! 쉿, 오라버니가 오고 있어요! 내가 한 말에 대해 아무 말도 하지 말아요. 저기 쇠뜨기말들 틈에 있는 난초를 꺾어 주시겠어요? 황무지에는 난초가 아주 많지만, 물론 이곳이 가장 아름다운 절기가 지나서 오셨네요.”

스태플턴은 곤충을 쫓아가다가 포기하고, 힘이 들어 거친 숨을 몰아쉬며 돌아왔다.

“어이, 베릴!” 그가 인사를 건넸다. 전혀 다정하지 않은 말투였다.

“저기, 잭. 많이 덥겠네요.”

“그래, 내가 사이클로피데스를 쫓아갔거든. 늦가을에는 보기 드물고 희귀한 종이지. 그런 놈을 놓쳐서 아깝네!” 그는 태연하게 대꾸했지만, 째진 눈을 빛내며 누이와 나를 연신 번갈아 보았다.

“서로 인사를 나누었구나.”

“네, 헨리 경께 황무지가 가장 아름다운 절기가 지나서 오셨다고 말했어요.”

“아이고, 이분을 누구로 아는 거냐?”

“헨리 배스커빌 경이 아니고 누구시겠어요.”

내가 나섰다. “아닙니다. 저는 그저 평민일 뿐이고 그의 친구지요. 닥터 왓슨이라고 합니다.”

표정이 풍부한 그녀의 얼굴이 발끈해서 빨개졌다.

"우리가 엉뚱한 이야기를 나누었네요." 베릴이 말했다.

"아니, 대화를 나눌 짬이 얼마나 있었다고." 그녀의 오빠가 여전히 의심하는 눈빛으로 끼어들었다.

"난 닥터 왓슨을 일개 방문객이 아닌 주민처럼 대했거든요. 난초가 필 때가 아직 안 됐는지 지났는지 이분이랑 무슨 상관이 있겠어요. 하지만 메리피트 하우스를 보러 가시지 않겠어요?"

얼마 걷지 않아 집이 나왔다. 황무지에 있는 썰렁한 집은 예전 번성기에 양을 치던 사람의 농가였지만, 지금은 개조해서 현대적인 주택으로 변했다. 집 주위에 과수원이 있었지만, 황무지가 그렇듯 나무들이 크다 말고 꺾여서 전체적으로 초라하고 우울한 분위기였다. 주름투성이 노인이 우리를 맞이했다. 추레한 코트를 걸친 이 하인이 집안 관리인인 듯했다. 하지만 안에 들어가 품위 있게 꾸며진 큰 방들을 보니 안주인의 취향을 알 수 있었다. 창밖의 끝없이 화강암이 솟은 황무지가 먼 지평선까지 펼쳐진 풍경에 놀라지 않을 수가 없었다. 무엇이 이 고등교육을 받은 사내와 아리따운 여인을 이런 곳에서 살게 만들 수 있었을까.

내 생각을 읽기라도 한 듯 스태플턴이 물었다. “거주지로 이런 곳을 선택했다는 게 조금 이상하지 않습니까? 하지만 저희는 제법 행복하게 지낸답니다. 그렇지 않니, 베릴?”

“무척 행복하죠.” 그녀가 대답했지만, 자신 있는 말투가 아니었다.

스태플턴이 말했다. “저는 학교를 운영하고 있었습니다. 북부 지역에요. 저 같은 기질의 소유자에게는 기계적이고 심심한 일이었지만, 어린 세대와 살면서 지성을 키우도록 돕고, 내 성품과 이상으로 영향을 발휘하는 특권을 누리는 게 좋았습니다. 하지만 운명은 우리를 외면했지요. 학교에 위중한 전염병이 발생해서 남학생 셋이 죽었거든요. 그 타격에서 회복하지 못했고, 재산도 회생 불가능할 만큼 잃었습니다. 하지만 소년들과 멋진 관계를 못 나누는 게 아쉬울 뿐, 차라리 그런 불행이 반갑더군요. 동식물학에 강한 열정을 가진 터라, 제게 이곳은 연구거리가 지천으로 널려 있지요. 또 누이도 저 못지않게 자연을 사랑하고요. 창밖으로 황무지를 내다보는 선생님의 표정을 보니 그 모든 생각을 하시더군요, 닥터 왓슨."

"조금 심심하리란 생각이 머리 속에 스친 것은 확실합니다. 어쩌면 스태플턴 씨보다는 누이께."

"아니요, 아니에요. 저는 심심하지 않습니다." 그녀가 얼른 대답했다.

"우린 책이 있고 연구거리도 있습니다. 또 흥미로운 이웃들도 있고요. 닥터 모티머는 그 분야에서 가장 높은 식견을 가진 사람입니다. 가여운 찰스 경 역시 감탄할 만한 친구였고요. 우리는 그를 잘 알았고, 말할 수 없이 그가 그립습니다. 오늘 오후 제가 헨리 경을 찾아가서 인사를 나눈다면 방해가 되겠습니까?"

"분명히 헨리 경이 반가워할 겁니다."

"그러면 제가 찾아뵙겠다고 전해주시겠습니까? 헨리 경이 새로운 환경에 적응하실 때까지 상황이 더 수월해지도록 저희가 미력이나마 보태겠습니다. 위층에 올라가셔서 제 나비목 채집을 구경하시겠습니까, 닥터 왓슨? 남서부 잉글랜드에서 가장 충실한 채집본일 겁니다. 그걸 넘겨보다보면 점심 식사 준비가 거의 끝날 겁니다."

하지만 나는 얼른 헨리 경에게 돌아가고 싶었다. 우울한 황무지, 불운하게 죽은 망아지, 배스커빌 가문의 음울한 전설과 관련 있었던 괴성이 더해져서 심란한 생각들에 사로잡혔다. 이런 애매한 인상들에 더해서 스태플턴 양의 분명하고 확실한 경고가 있었다. 그녀가 워낙 똑 부러지게 전달해서, 배후에 중대하고 깊은 이유가 있음을 의심할 수가 없었다. 식사하고 가라는 간절한 권유를 뿌리치고, 다시 길을 나서서 잡초가 무성한 아까의 오솔길을 되짚어 갔다.

하지만 아는 사람들에게는 지름길이 있었나보다. 내가 큰길에 닿기 전에 길가 바위에 앉아 있는 스태플턴 양을 발견하고 깜짝 놀랐다. 그녀는 급히 오느라 발그레한 얼굴로 한 손을 옆으로 내리고 있었다.

스태플턴 양이 말했다. "박사님을 따라잡으려고 계속 뛰어왔네요, 닥터 왓슨. 모자를 쓸 짬도 없었어요. 어물쩍댈 여유가 없습니다. 오라버니가 찾을 테니까요. 선생님을 헨리 경으로 여긴 어리석은 실수를 사과하고 싶었습니다. 부디 제가 한 말을 잊어주세요. 어쨌든 박사님과 무관한 얘기니까요."

내가 대답했다. "하지만 그 말을 잊을 수 없습니다, 스태플턴 양. 저는 헨리 경의 친구이고, 그의 안위를 몹시 걱정하는 사람입니다. 헨리 경이 런던으로 돌아가야 된다고 그리 다급히 말한 이유를 말해주십시오."

"여자의 변덕이지요, 닥터 왓슨. 저를 더 잘 아시면, 제가 큰 이유 없이 말하거나 처신한다는 알게 되실 거예요."

"아니요, 아닙니다. 목소리에 담긴 전율을 기억하는 걸요. 제발 부탁드리니 저한테 솔직해지십시오, 스태플턴 양. 이곳에 온 이후 늘 주위에서 그림자들이 의식되어 그럽니다. 생활이 그림펜 늪지처럼 되어버렸습니다. 사방에 들어가면 빠지는 좁은 초록색 바닥이 있는데 길을 표시하는 지표도 없습니다. 그러니 무슨 뜻으로 한 말인지 말해주십시오. 그러면 헨리 경에게 그 경고를 전하겠다고 약속하겠습니다."

일순간 그녀의 얼굴에 망설이는 표정이 떠올랐지만, 그녀는 다시 단아한 눈빛으로 내게 대답했다.

"이 일을 너무 과하게 생각하시네요, 닥터 왓슨. 오

빠와 저는 찰스 경의 서거에 무척 충격을 받았습니다. 친한 사이였거든요. 그가 자주 찾던 산책로는 황무지를 지나 저희 집까지 오는 길이었지요. 찰스 경은 가문에 드리운 저주에 크게 영향 받았고, 이 비극이 일어나자 저는 당연히 그가 공포를 느낄 만하다고 생각했습니다. 그런데 집안사람이 또 여기 거주하려 내려오니 걱정스러웠고, 그가 맞닥뜨릴 위험을 경고해야 될 것 같았어요. 제가 전하고자 했던 것은 그게 전부입니다."

"하지만 그 위험이란 게 뭡니까?"

"사냥개의 전설을 아세요?"

"그런 헛소리는 믿지 않습니다."

"그런데 저는 믿거든요. 헨리 경에게 영향을 미칠 수 있다면, 늘 가문을 위태롭게 한 곳에 얼씬 못하게 하세요. 세상은 넓습니다. 그가 왜 위험한 곳에 살고 싶겠어요?"

"왜냐면 거기가 위험하니까요. 그게 헨리 경의 성격입니다. 아가씨가 더 확실한 정보를 줄 수 없다면, 그를 떠나게 할 수는 없을 것 같군요."

"저는 어떤 것도 확실히 말할 수 없습니다. 확실한

것을 알지 못하니까요."

"한 가지 더 묻고 싶습니다, 스태플턴 양. 처음 제게 말을 걸었을 때 이 말을 전하고 싶었다면, 왜 오빠가 못 듣게 하려 했습니까? 스태플턴 씨든 누구든 못마땅해 할 내용이 없는데요."

"제 오빠는 배스커빌 홀에 사람이 살기를 간절히 바랍니다. 그게 궁핍한 황무지 주민들에게 도움이 된다고 생각하니까요. 제가 헨리 경이 떠나도록 할 말을 전했다는 걸 오빠가 알면 분노할 거예요. 하지만 이제 할 바를 다했으니 더 드릴 말씀이 없네요. 돌아가지 않으면 오빠가 찾다가 제가 박사님을 만났다고 의심할 거예요. 안녕히 가세요!" 그녀가 몸을 돌렸고, 몇 분 후에는 흩어진 바위들 사이로 사라져버렸다. 반면 나는 멍하니 두려움에 사로잡혀서 배스커빌 홀로 향했다.

8

닥터 왓슨의 첫 번째 보고

이 시점부터는 내가 홈스에게 보낸 편지들을 제시해서 사건의 전개를 밝히겠다. 지금 그 편지들이 내 앞 책상에 놓여 있다. 한 장이 분실되었지만, 그 외에는 원문 그대로 비극적인 사건들에 대한 나의 감정과 의심을 생생히 보여준다. 기억보다는 편지글이 더 정확할 것이다.

10월 13일, 배스커빌 홀에서

친애하는 홈스에게

그간의 편지들과 전보들을 통해 세상에서 가장 외진 곳에서 무슨 일이 벌어지는지 자네도 잘 알 수 있겠지. 이곳에서 지낼수록 점점 황무지의 분위기가 정신을 파고드네. 그 광활함, 음울한 마력. 일단 황무지의 품에 안기면, 잉글랜드의 현대적인 흔적을 전부 벗어나는 반면, 어디서나 선사시대의 집과 일을 의식하게 된다네. 걸음을 옮기면 사방이 이 잊힌 종족의 집이요, 무덤이고, 신전이었을 거대한 기둥이라네. 울퉁불퉁한 산비탈에 선 그들의 잿빛 돌집들을 보면 자신이 사는 시대를 뒤로 하게 되지. 혹여 가죽옷을 걸친 털북숭이 사내가 낮은 문에서 기어 나와 돌촉이 박힌 화살을 활에 재는 광경을 본다면, 나보다는 선사시대 사람들이 있는 게 자연스럽게 여겨질 걸세. 기이한 점은, 늘 지독히도 척박했을 땅에 그들이 밀집해서 살았다는 것이네. 난 고대를 잘 모르지만, 그들이 싸움을 싫어하고 크게 고생한 부족이라 아무도 거들떠보지 않는 지역에서 사는 것을 고수해야 했을 것 같네.

하지만 이런 것들은 자네가 맡긴 임무와는 동떨어진 일이고, 극도로 현실적인 정신의 소유자인 자네에게 그리 관심사가 아니겠지. 자네가 태양이 지구 주위를 돌든 그 반대든 개의치 않던 일이 지금도 기억나네. 그러니 헨리 배스커빌 경에 관련된 사항으로 돌아가겠네.

지난 며칠간 아무 보고도 하지 않은 것은, 오늘까지 관련된 중요한 일이 없었기 때문이지. 그런데 대단히 놀라운 정황이 생겨서 순서대로 말하려 하네. 하지만 상황에 연관된 몇몇 다른 요소부터 미리 일러둬야겠군.

여태 거론하지 않은 점들 중 황무지의 탈옥수가 있네. 이제 그가 빠져나갔다고 믿을 확고한 이유가 있기에, 인근 외딴 집 주민들이 크게 안도하고 있다네. 탈옥수가 탈주한 지 두 주 남짓인데 그사이 목격담이나 소식이 전혀 없었네. 그가 그 기간 내내 황무지에서 버텼을 수도 있다는 것은 언어도단이네. 물론 숨는 것은 그리 어렵지 않지. 아무 돌집이든 은신처가 되겠지. 하지만 황무지에서 양을 잡아먹으면 모를까 달리 식량이 없네. 따라서 다들 탈옥수가 떠났다고 생각하고, 따라서 외딴 곳에 사는 농부들은 발 뻗고 잔다네.

이 집에는 건장한 사내가 넷이나 되니 알아서 방어할 수 있지만, 고백컨대 스태플턴 남매를 생각하면 영 꺼림직 하네. 그들은 수 킬로미터나 가야 도움을 구할 수 있거든. 하녀 한 명, 늙은 하인 한 명, 누이, 오빠가 전부인데, 그 오빠인 스태플턴은 그다지 강한 사내가 아니지. 이 노팅힐 범인처럼 필사적인 자가 집에 들어가기만 하면 그 일가는 꼼짝 못할 거야. 헨리 경이나 나나 그들의 처지가 걱정되었고, 그래서 마부 퍼킨스를 보내 그 집에서 자게 하려 했지. 그런데 스태플턴이 받아들이려 하지 않았네.

우리 준남작은 이웃 미녀에게 상당한 관심을 보이기 시작했네. 놀랄 일도 아니지. 이 적적한 곳에서 헨리 경처럼 활동적인 사람에게 시간은 한없이 더디 흐르고, 그녀는 무척 매혹적인 미인이거든. 그녀의 열정적이고 이국적인 분위기는 냉정하고 감정을 드러내지 않는 오빠와 대조적이지. 하지만 그 역시 불덩이를 감춘 느낌을 풍긴다네. 그는 누이에게 확실히 영향력을 발휘하지. 그녀가 말할 때 일일이 승낙이라도 구하듯 연신 오빠를 흘끔대는 걸 봤거든. 난 그가 누이에게 친절하다

고 믿네. 스태플턴은 쌀쌀맞게 눈을 번뜩이고, 굳은 입매는 매정한 성품일 가능성이 농후하지. 자네가 보면 그는 흥미로운 연구 대상일 걸세.

첫날 그는 배스커빌 경을 만나러 찾아왔고, 다음 날 악한 휴고의 전설이 시작되었다고 추정되는 장소로 우리 둘을 데려가 보여주었지. 황무지를 몇 킬로미터나

지나야 되는 행차였지. 그렇게 찾아간 곳은 어찌나 음산하던지 그런 이야기가 나오고도 남겠더군. 삐죽빼죽한 바위산들 사이의 짧은 계곡을 지나니 트인 초지가 나오고, 여기저기 흰 황새풀이 있었네. 그 중간에 커다란 바위 두 개가 솟았는데, 꼭대기가 닳아 뾰족해서인지 마치 괴물 같은 야수의 큰 썩은 송곳니처럼 보였다네. 어딜 보나 옛 비극 장면과 맞아떨어지더군. 헨리 경은 무척 관심이 있어서, 스태플턴에게 인간사에 초자연적인 것이 끼어들 수 있다고 믿는지 두어 번 묻더군. 경은 흔연스럽게 말했지만 대단히 열심인 티가 역력했지. 스태플턴은 경계하면서 대답했지만 유난히 말수가 적은 눈치였네. 또 준남작의 감정을 고려해서 의견을 솔직하게 밝히지 않으려 하더군. 스태플턴은 악령 때문에 고초를 겪은 유사한 경우들을 말했고, 사람들처럼 미신을 믿는 듯한 인상을 남겼지.

돌아오는 길에 메리피트 하우스에 들러 점심 식사를 했고, 그 자리에서 헨리 경은 스태플턴 양과 인사를 나누었네. 그는 첫눈에 깊이 끌린 듯했고, 피차일반이라고 하는 게 맞을 걸세. 집으로 걸어가는 길에 헨리 경은 거듭해서 그녀 이야기를 꺼냈고, 그 후 하루가 멀다 하고 우리는 남매를 만난다네. 그들이 오늘 저녁에 여기서 식사를 하면 다음 주 그쪽 집에서 만나자는 얘기가 나오지. 보통은 스태플턴이 그 인연을 대환영하리라 짐작하겠지만, 헨리 경이 누이에게 관심을 표하자 그가 노골적으로 못마땅한 표정을 짓는 것을 두어 번 봤네. 스태플턴이 누이에게 애착이 강한 것은 의심의 여지가 없어. 하긴 그녀가 없으면 그의 삶은 적적하겠지. 하지만 헨리 경과 천생연분인 누이의 혼인을 막는다면 극도의 이기심으로 보일 거야. 그래도 그는 두 남녀의 친밀감이 사랑으로 무르익는 것을 원치 않는 게 분명하네. 단둘이 못 있게 하려고 애쓰는 걸 난 여러 번 목격했지. 그런데 다른 난관들에 연애까지 더해진다면, 헨리 경을 혼자 내보내지 말라는 자네의 지시가 훨씬 부담스러워질 걸세. 자네의 지시사항을 철저히 이행하려 들면 헨리 경은 내가 싫어질 테니.

저번에, 더 정확히는 목요일에, 닥터 모티머가 우리와 점심을 했지. 그는 롱다운에서 고분을 발굴하는 중인데, 선사시대 인간의 두개골을 발견하고 좋아서 어쩔 줄 모르지. 모티머처럼 한 우물을 파는 사람은 처음 봤네! 나중에 스태플턴 남매가 합류했고, 사람 좋은 의사는 헨리 경의 요청으로 우리를 주목 오솔길로 안내했지. 그는 운명의 밤에 있었던 무서운 일이 벌어진 상황을 정확히 알려주었지. 주목나무 길은 길고 우중충한 통로로, 양쪽에 짧게 깎은 생울타리가 있고 그 아래 좁은 풀밭이 있네. 오솔길 끝에 허물어져가는 정자가 있지. 중간쯤 황무지로 나가는 쪽문이 있는데, 노신사가 시가 재를 남긴 곳이 거기라네. 하얀 나무 문에 빗장이 걸려 있네. 그 뒤로 거친 황무지가 펼쳐지지. 자네의 추리 방식을 염두에 두고 벌어진 모든 일들을 그려보려 애썼다네. 노인은 거기 서 있다가, 공포스러운 것을 보고 혼비백산해서 달아나다 결국 끔찍한 공포와 심장마비로 죽었지. 그가 도망친 길고 음침한 터널이 있더군. 그러면 무엇으로부터 도망쳤을까? 황무지의 양치기 개? 아니면 소리 없는 괴물 같은 검은 사냥개 유령? 이 일에 인간이 관련 있을까? 경계심이 많은 창백한 베리모어가 털어놓지 않은 게 있을까? 모든 게 답답하고 애매하지만, 이면에 범죄의 검은 그림자가 깔린 건 분명하네.

지난번 편지를 쓴 이후 다른 이웃을 만났네. 래프터 홀에 사는 프랭클랜드라는 사람인데, 여기서 남쪽으로 6킬로 남짓한 거리에 살지. 연로한 백발 사내로 얼굴이 붉고 늘 불뚱거리지. 영국법에 열정이 있어서 막대한 재산을 소송에 퍼부었다네. 단순히 싸우는 게 즐거워서 싸우고, 어느 편이든 가리지 않고 나설 준비가 되어 있지. 그러니 소송 따위는 돈이 많이 드는 오락거리인 것도 놀랍지 않지. 가끔 그가 통행을 막는 바람에 관

청이 나서서 길을 열게 조치할 때도 있지. 반면 남들이 사유지 통행을 막으면, 프랭클랜드는 태고부터 있던 길이라며 문을 부순다네. 그러면 땅 주인은 그를 무단 침입 죄로 고소하지. 그는 옛 영지법과 공유지법에 능통해서, 아는 지식을 펀워 시 주민들에게 유리하게도 쓰고 불리하게도 쓴다네. 그래서 그가 최근 벌인 일에 따라 마을길을 의기양양하게 활보하기도 하고 주민들의 비난을 사기도 하지. 현재 목전의 소송만 일곱 건이라니, 남은 재산을 다 말아먹게 생겼고, 장차 손발이 묶여 아무 짓도 못하겠지. 법 부분만 빼면 상냥하고 너그러운 사람으로 보이네. 프랭클랜드 씨를 언급하는 것은, 주변 인물들에 대해 적어 보내라는 자네의 특별한 당부 때문이네. 요즘 그는 기이하게도 아마추어 천문가 노릇에 빠져 있지. 고급 망원경을 갖고 자택 지붕에 진을 치고서 종일 황무지를 훑어보네. 탈옥수의 그림자라도 보려고 그러나 봐. 그가 이 일에만 매진한다면 매사 순조롭겠지만, 닥터 모티머를 고발한다는 소문이 도네. 모티머가 롱다운 고분에서 선사시대 사람의 두개골을 발굴한 일이, 유족의 동의 없이 무덤을 개장한 불법 행위라나. 프랭클랜드 씨 덕에 우린 지루하지 않은 생활을 지속할 수 있지. 양념 삼아 꼭 필요한 우스운 일을 벌여주니 말일세.

이제 탈옥수, 스태플턴 남매, 닥터 모티머, 래프터 홀의 프랭클랜드에 대해 보고했으니, 가장 중요한 이야기로 마무리해야겠군. 베리모어 부부에 대해, 특히 어젯밤 벌어진 놀라운 상황에 대해 말하겠네.

우선 자네가 베리모어가 실제로 여기 있었는지 확인하려고 런던에서 시험 삼아 보낸 전보라네. 우체국장의 증언에 따르면 시험은 성과가 없었고, 사실을 확인할 증거를 얻지 못했다고 설명한 바 있네. 헨리 경에게 어떤 상황인지 말했더니, 그는 성미가 급한지라 곧장 베리모어를 불러 전보를 직접 받았는지 묻더군. 베리모어는 그랬다고 대답했지.

'배달부에게 직접 건네받았나?' 헨리 경이 물었네.

베리모어는 놀란 표정을 짓더니 잠시 궁리하다가 말했네.

'아닙니다, 당시 저는 작은 방에 있었고 집사람이 전보를 갖고 올라왔더군요.'

'직접 답신했나?'

'아닙니다. 아내에게 답할 내용을 알려주자, 그녀가 내려가서 답신을 썼습니다.'

저녁에 그는 스스로 나서서 이 얘기를 다시 꺼내더군.

'오늘 아침 헨리 경께서 왜 그런 질문을 하셨는지 모르겠습니다. 제가 신뢰를 저버릴 일을 저질러서는 아니겠지요?'

헨리 경은 그런 게 아니라고 안심시키고, 전에 입던 옷가지를 잔뜩 주면서 다독여야 했지. 런던에서 구입한 의류가 막 도착했거든.

베리모어 부인은 내 관심을 끄는 인물이라네. 큰 체구에 수더분한 여인으로, 몹시 삼가고 무척 온순하지. 정갈한 걸 좋아하는 여인이네. 상상도 못했던 만큼 감정을 드러내지 않는 사람이지. 하지만 이미 말했듯이 여기 온 첫날밤 그녀의 통곡을 들은 바 있고, 그 후 두어 번 얼굴의 눈물 자국을 봤네. 그녀는 깊은 애환에 시달리지. 가끔은 그녀가 죄지은 기억에 시달리나 싶기도 하고, 베리모어가 폭군 남편인지 의심도 드네. 독특

하고 의문스러운 구석이 있는 성격이거든. 그런데 지난밤 벌어진 일이 내 의심을 더욱 부채질하지.

하지만 그 자체는 소소한 사건으로 보이네. 내가 잠을 깊이 못 자는 것은 자네도 알지. 이 집에서 보초 노릇을 한 이후 점점 더 얕은 잠을 자네. 어젯밤 새벽 두 시경, 난 침실 앞을 살그머니 지나는 발소리에 깼네. 일어나서 문을 열고 밖을 내다보았지. 기다란 검은 그림자가 복도를 따라 가더군. 손에 초를 들고 사뿐사뿐 복도를 지나는 사내의 그림자였네. 셔츠와 바지 바람으로 맨발이었지. 윤곽선밖에 못 봤지만 키를 보고 베리모어임을 알았네. 그는 아주 천천히 경계하면서 걸었는데, 그에게선 뭔가 형언 못할 죄를 짓는 은밀한 분위기가 풍겼지.

홀을 따라 이어지는 발코니 때문에 복도가 끊겼다가 맞은편에서 다시 시작된다고 말한 적이 있지. 나는 그가 보이지 않을 때까지 기다렸다가 쫓아갔네. 내가 발코니를 빙 돌 즈음 그는 저쪽 복도의 끝에 이르렀고, 열린 문으로 희미한 불빛이 나와서 그가 어느 방에 들어간 걸 알 수 있었네. 현재 이 방들은 가재도구도 없이 비어 있으니, 베리모어가 거기 간 게 더욱 미심쩍을 수밖에 없지. 그가 꼼짝 않고 서 있는 듯 불빛이 일렁대지 않더군. 나는 최대한 조용히 복도를 내려가, 문의 귀퉁이를 통해 슬쩍 들여다보았네.

베리모어는 유리창에 촛불을 대고 창가에 웅크리고 있더군. 옆얼굴을 내게 반쯤 돌리고 있는데, 굳은 표정으로 어두운 황무지를 내다보는 것 같았네. 몇 분간 뚫어져라 쳐다보며 서 있더군. 그러더니 깊은 신음을 내뱉고 답답하다는 몸짓을 하면서 촛불을 껐네. 즉시 나는 침실로 돌아왔고, 곧 살그머니 지나는 발소리가 다시 들렸네. 한참 후 난 선잠을 자다가 어디선가 열쇠 구멍에서 열쇠가 돌아가는 소리를 들었지만 어디서 소리가 나는지 알 수가 없었지. 이게 무슨 일인지 모르겠지만, 이 음울한 집에서 은밀한 일이 벌어지고 있으니 조만간 우리가 밝혀내겠지. 내가 추리해서 자네를 성가시게 하지 않겠네. 자네는 사실들만 알리라고 당부했으니까. 오늘 아침 헨리 경과 긴 대화를 나눈 끝에 지난밤 내가 본 일들을 토대로 작전을 세웠네. 당장은 그 이야기를 하지 않겠지만, 다음에는 흥미로운 내용을 보고하겠네.

9

닥터 왓슨의 두 번째 보고, 황무지의 빛

10월 15일, 배스커빌 홀에서

친애하는 홈스에게,

소임을 시작한 초기에는 많은 소식을 못 전했지만, 놓친 시간을 벌충하는 중이며 사건들이 급히 들이닥치고 있다는 점을 알아주기 바라네. 지난번 보고는 베리모어가 창가에 있었다는 대목으로 끝났지. 이제 제법 많은 사실들을 확보했고, 내 짐작이 옳다면 자네도 상당히 놀랄 걸세. 내가 상상조차 못한 국면으로 상황이 전환되었네. 어찌 보면 지난 48시간 사이 한결 명확해졌고, 또 어찌 보면 훨씬 복잡해졌지. 하지만 모든 걸 말할 테니 판단은 자네가 하게.

베리모어를 미행한 다음 날 아침, 식사 전에 복도를 내려가서 그가 전날 들어갔던 방을 조사했네. 그가 그리 골똘히 내다본 서쪽으로 난 창은 다른 창문들과 확연히 달라서, 황무지를 가장 가깝게 볼 수 있다네. 나무 두 그루 사이가 트여서, 그 자리에서 황무지를 직접 내다볼 수 있지. 반면 다른 창문들에서는 황무지가 멀리 힐끗만 보이네. 따라서 이 창에서만 황무지가 보이므로 베리모어는 황무지에 있는 물건이나 사람을 찾고 있었음이 확실하네. 밤에 무척 어두우니 그가 어떤 물건을 보려고 한 것은 아니었다고 짐작되네. 밀애가 관련되었을 수 있다는 생각이 들더군. 그렇다면 그의 은밀한 움직임과 부인이 불편해하는 게 설명될 테지. 베리모어는 얼굴이 잘생겨서 시골 처녀들의 마음을 훔치고도 남으니, 이 추리가 타당할 것 같더군. 내가 침실로 돌아간 후에 들은 문소리는, 그가 밀회를 위해 밖으로 나갔다는 의미가 될 테지. 그래서 아침에 그렇게 판단을 했고, 근거 없는 추측으로 밝혀질지언정 의심의 방향을 자네에게 말하는 걸세.

하지만 베리모어가 그런 행동을 한 진짜 이유가 뭐든 간에, 그걸 밝힐 수 있을 때까지 혼자만 알고 있기 버겁더군. 조반 후 서재에서 준남작과 대화하면서 목격한 것들을 다 털어놓았지. 그는 내 예상처럼 많이 놀라지는 않더군.

헨리 경이 말했지. '베리모어가 밤에 돌아다니는 것을 알고 있었고, 그와 이야기해볼 셈이었습니다. 박사님이 말한 시각에, 그가 오가는 소리를 두세 번 들었거든요.'

'그러면 집사는 매일 밤 그 창문에 가는군요.'

내가 말했지. '그런 것 같습니다. 그렇다면 우리가 미행해서 그가 뭘 찾는지 알아볼 수 있겠군요. 친구인 홈스 씨가 여기 있었다면 어떻게 하셨을지 궁금합니다.'

'분명히 그 친구도 헨리 경이 제안한 그대로 할 겁니다. 홈스는 베리모어를 쫓아가서 그가 뭘 하는지 알아볼 겁니다.'

'그러면 우리 둘이 그렇게 합시다.'

'하지만 베리모어가 인기척을 들을 텐데요.'

'베리모어는 청력이 약하고, 아무튼 우린 이 기회를 이용해야 됩니다. 내 방에서 밤을 새면서 그가 지나가기를 기다리시지요.'

헨리 경은 신이 나서 손을 비볐고, 희한한 상황을 무료한 황무지 생활의 조미료 정도로 여기는 눈치더군.

그는 찰스 경의 의뢰로 설계도를 준비했던 건축가를 비롯해 런던의 공사업자와 의논 중이라네. 그러니 곧 이곳에 어마어마한 변화가 시작되리라 기대해도 좋겠지. 플리머스에서 장식업자들과 가구상들도 찾아오는데, 우리 친구가 원대한 포부를 품고, 가문의 영광을 되살리려고 수고와 비용을 아끼지 않을 작정인가 보네. 집수리와 장식이 끝나면, 아내만 있으면 모든 게 완전해지겠지. 우리끼리 말이지만, 그 숙녀가 의지만 있다면 그 부분도 곧 이루어질거라고 생각하네. 헨리 경이 이웃 미녀 스태플턴 양에게 반한 것처럼 여인에게 반한 남자는 본 적이 없네. 하지만 이런 상황에서 진정한 사랑이 술술 풀릴 거라는 기대는 무리지. 예를 들면 오늘 예상치 못한 잔물결로 수면이 출렁댔고, 그로 인해 우리 친구는 적잖게 당황하고 짜증냈거든.

앞서 말한 베리모어와 관련된 대화를 나눈 후, 헨리 경이 모자를 쓰고 출타할 준비를 하더군. 물론 나도 똑같이 채비했지.

'아니. 같이 가려고요, 왓슨?' 그가 묘한 눈빛을 던지면서 나에게 물었지.

내가 대답했지. '그거야 경이 황무지에 가는지에 따라 다르지요.'

'네, 황무지에 갈겁니다.'

'헨리 경은 제 소임이 뭔지 아시잖습니까? 성가시게 해서 미안하지만, 경의 곁을 지키라고 특히 황무지에 혼자 가게 하면 안 된다고 홈스가 단단히 당부하는 것을 보셨을 텐데요.'

헨리 경은 상냥하게 웃으면서 내 어깨에 한 손을 올렸다네.

그가 말했다. '이보세요, 친구. 홈스는 지혜가 뛰어나지만 제가 황무지에 온 후 일어난 일들을 예측하지 못한걸요. 제 말을 이해하시지요? 박사님은 결코 훼방꾼이 되고 싶지 않을 겁니다. 저 혼자 나가봐야 됩니다.'

난 말할 수 없이 난처한 입장에 처했지. 무슨 말을

할지, 어떻게 처신할지 난감하더군. 그런데 마음을 정하기도 전에 그가 단장을 들고 나가버렸지.

하지만 곰곰이 생각하자, 무슨 연유든 그를 시야에서 벗어나게 놔둔 게 심히 자책되더군. 나중에 돌아가서 자네의 지시를 무시했다가 불행한 일이 생겼다고 고백해야 된다면 어떤 기분일지 상상했지. 그 생각을 하니 뺨이 후끈거리더군. 이제라도 나서면 따라잡을 것 같기에, 당장 집을 나서서 메리피트 하우스 쪽으로 향했지.

최대한 잰걸음으로 걷는데도 헨리 경의 그림자도 보이지 않더군. 그러다가 황무지 길이 갈라지는 지점에 이르렀지. 거기서 엉뚱한 길을 택했다고 걱정하면서 사방이 내려다보이는 언덕으로 올라갔네. 어두운 채석장이 있는 그 언덕 말이야. 거기서 이내 헨리 경이 보였지. 그는 4백 미터쯤 떨어진 황무지 오솔길에 있더군. 옆에 한 여자가 있었는데 스태플턴 양이 아니면 누구겠나. 사전에 둘 사이에 합의를 통한 약속으로 만났음이 분명했지. 둘은 대화에 푹 빠져서 느릿느릿 걸었고, 그녀가 심각한 말을 하는 듯 민첩하게 살짝 손을 움직이는 것이 보였지. 반면 헨리 경은 골똘히 들었고 한두 번 고개를 저으며 강하게 부정하더군. 바위 틈에 서서 그들을 지켜보자니, 이제 어떻게 해야 할지 몹시 난감하더군. 쫓아가서 친밀한 대화에 끼어드는 것은 무례한 짓 같았지만, 한시도 그에게서 눈을 떼지 않는 것이 확실히 내 소임이지. 친구를 염탐하는 것은 차마 못할 짓이었네. 그래도 언덕에서 그를 지켜보다가 나중에 내가 한 짓을 고백해서 양심의 가책을 더는 게 최선책이었지. 헨리 경이 갑작스런 위험에 빠진다면 나는 너무 멀리 있어서 돕지 못했을 게 자명하네. 하지만 아주 난처한 상황이었다는 점과 나로선 달리 방도가 없었다는 점에 자네도 동의하겠지.

우리 친구 헨리 경과 아가씨는 오솔길에 멈춰 서서 깊은 대화에 빠졌지. 그때 문득 그들의 만남을 지켜보는 사람이 나 혼자가 아님을 깨달았네. 허공에서 초록색이 휙 지나는 게 보였고, 다시 힐끗 보니 곤충망이 매달린 장대를 든 사내가 울퉁불퉁한 땅에서 움직이더군. 나보다는 사내가 둘과 가까웠고, 그는 그들 쪽으로 가는 것 같았네. 그 순간 헨리 경이 갑자기 스태플턴 양을 옆으로 당겼네. 그가 감싸 안았지만, 그녀는 얼굴을 돌리고 몸을 빼려는 것 같더군. 헨리 경이 그녀에게 머리를 숙이자, 스태플턴 양은 저지하려는 듯이 한 손을 들었지. 그 순간 둘이 떨어지면서 얼른 몸을 돌렸네. 스태플턴이 방해했던 거지. 그는 우스꽝스런 잠자리채를 흔들면서 부랴부랴 두 사람에게 달려갔지. 두 연인 앞에서 흥분해서 춤추듯 몸짓을 해대더군. 어떤 상황인지 상상되지 않았지만, 스태플턴이 퍼붓자, 헨리 경은

무언가 설명을 했는데 상대방이 계속 막무가내이자 점점 화가 치미는 듯했지. 아가씨는 새치름하게 입을 다물고 서 있더군. 마침내 스태플턴이 몸을 획 돌리고 단호하게 누이를 불렀고, 그녀는 우물쭈물 헨리 경을 힐끗 보더니 오빠랑 나란히 걸어갔지. 동식물학자의 성난 몸짓으로 볼 때 못마땅한 대상에 누이도 포함되는 것 같더군. 준남작은 일 분쯤 오누이를 물끄러미 바라보며 서 있다가, 왔던 길을 되짚어 느릿느릿 가더군. 고개를 푹 숙인 꼴은 영락없이 퇴짜맞은 사내였지.

이 모든 일이 무슨 의미인지 짐작되지 않았지만, 친구 모르게 개인적인 광경을 목격한 게 몹시 창피했네. 그래서 언덕을 뛰어 내려가서 언덕 아래서 준남작을 만났지. 그는 화가 나서 상기된 얼굴로 양미간을 찌푸렸지. 어쩔 줄 모르는 사람처럼 보였네.

그가 말하더군. '맙소사, 왓슨! 어디서 뚝 떨어진 겁니까? 설마 말렸는데도 날 쫓아온 건 아니겠지요?'

나는 조목조목 설명했지. 어째서 남아 있으면 안 된다고 판단했는지, 어떻게 따라왔는지, 어떻게 모든 일이 벌어지는 것을 목격했는지. 일순 그는 이글거리는 눈으로 노려봤지만, 내 솔직함에 화를 풀고 마침내 애처롭게 웃더군.

그가 말했네. '들판 가운데라면 사적인 대화를 나누기에 안전할 줄 알았는데요. 맙소사! 온 동네가 나와 내가 구애하는 광경을 구경했나 봅니다. 그것도 어설프기 짝이 없는 구애를! 박사님은 어디 자리 잡고 있었습니까?'

'저 언덕에 있었지요.'

'꽤 뒤쪽이었네요? 하지만 그녀의 오빠는 앞쪽에 있었지요. 그가 우리에게 쫓아오는 걸 봤습니까?'

'네, 봤습니다.'

'혹시 그가 미쳤다고 생각한 적이 있습니까? 이 오빠라는 자가?'

'그런 생각은 안 했습니다만.'

'그래요, 나도 마찬가지입니다. 오늘까지는 늘 멀쩡한 사람으로 봤지만, 정말이지 그와 나 둘 중 하나는 미쳤을 겁니다. 내게 문제가 있나요? 박사님은 지난 몇 주간 저와 가까이서 생활했으니, 왓슨. 이제 똑바로 말해보십시오! 내가 사랑하는 여인에게 좋은 남편이 되

지 못할 문제라도 있습니까?'

'그럴 리가요.'

'그가 내 사회적인 지위를 부족해할 리는 없으니, 못마땅한 것은 바로 나 자신이겠지요. 내 어떤 점이 거슬릴까요? 나는 살면서 지인에게 해를 입힌 적이 없습니다. 그런데도 그자는 그녀의 손끝도 못 건드리게 하네요.'

'스태플턴이 그렇게 말하던가요?'

'그 말 외에도 마구 퍼부었습니다. 왓슨, 그녀를 안 지 몇 주 안 됐지만 첫눈에 천생연분이라고 느꼈습니다. 그녀 역시 나와 있으면 행복해했고요. 그것은 장담할 수 있습니다. 여인의 눈빛은 말보다 훨씬 속내를 보여주거든요. 하지만 스태플턴은 우리가 함께 있지 못하게 했고, 오늘에야 처음으로 단둘이 몇 마디 나눌 기회가 생겼습니다. 그녀는 나와의 만남을 반겼지만, 정작 만나자 연정에 대해서는 말하지 않으려 했습니다. 내가 그런 얘기를 꺼내는 것도 애써 막으려고 했고요. 계속 여기는 위험한 곳이라면서, 내가 여기를 떠나기 전에는 자기 마음이 불편할 거라는 얘기로 돌아갔지요. 나는 그녀를 만났으니 서둘러 떠나지 않을 거라고 대답했습니다. 또 진정 내가 떠나길 바란다면 유일한 방법은 같이 가는 거라고 말했지요. 그러면서 이런저런 말로 청혼했지만, 그녀가 대답할 새도 없이 오라비라는 자가 미치광이 같은 얼굴로 들이닥쳤지요. 허옇게 질린 성난 얼굴에 눈이 분노로 이글이글 타더군요. 내가 아가씨에게 뭘 어쨌는데요? 내가 혐오스런 관심이라도 보였습니까? 준남작이랍시고 멋대로 굴어도 된다고 생각하기라도 했나요? 그녀의 오빠만 아니면 나도 맞서 대응했을 겁니다. 그런데 처지가 처지니 만큼 그에게 말했지요. 누이를 향한 내 감정은 부끄러울 게 없으며, 제 아내가 되는 영광을 베풀어주면 좋겠다고. 그래도 분위기가 누그러지지 않는 듯하자 나도 부아가 치밀어서, 과하게 발끈해 대꾸했지요. 그녀가 옆에 있는 걸 감안할 때 지나친 감이 있었습니다. 그래서 박사님이 봤듯이 결국 그는 누이를 데리고 가버렸고, 난 인근에서 가장 황망한 사내 꼴이 되었습니다. 이게 다 무슨 일인지 말해주시면, 그 은혜를 잊지 않겠습니다.'

한두 가지 이유를 대보려 했지만, 나도 완전히 아연

실색했지. 우리 친구의 지위, 재산, 나이, 인품, 외모는 나무랄 데 없고, 가문에 흐르는 이 암울한 운명 말고는 단점이 없다네. 그의 구애가 아가씨의 마음과 무관하게 퇴짜맞은 점, 그녀가 이런 상황을 순순히 받아들인다는 점이 실로 어이없네. 하지만 그날 오후 스태플턴의 방문으로 우리의 추측은 단번에 정리되었지. 그는 아침나절의 무례를 사과하려고 찾아왔고, 서재에서 헨리 경과 단둘이 긴 대화를 나누었네. 그 결과 불화는 해소되었고, 우리가 다음 금요일에 메리피트 하우스에서 식사하기로 한 것이 그 증표지.

헨리 경이 말했네. '스태플턴이 미치지 않았다는 말은 아닙니다. 오늘 아침 내게 달려오던 그의 눈빛을 차마 잊을 수 없습니다. 하지만 그가 어느 누구보다 제대로 사과할 줄 안다는 점은 인정해야겠군요.'

'스태플턴이 그런 행동을 한 이유를 밝혔습니까?'

'그의 인생에는 누이가 전부라고 하더군요. 그건 지당하고, 그가 그녀의 가치를 제대로 아니 다행이지요. 오누이는 늘 함께 지냈고, 누이를 잃을 생각을 하니 끔찍했답니다. 내가 그녀를 흠모하는 줄 전혀 모르다가,

직접 목격하자 누이를 빼앗기리란 것을 알았다고요. 충격이 너무 심해서 자기도 모르게 그런 말과 행동을 했다더군요. 지난 모든 일이 안타깝고, 누이처럼 고운 여인을 평생 옆에 둘 수 있다는 기대가 어리석고 이기적인 걸 알았다네요. 누이를 보내야 된다면, 누구보다 나 같은 이웃이면 좋겠다고요. 하지만 아무튼 자신에게는 충격이니, 시간이 흘러야 받아들일 마음의 준비가 되겠다더군요. 내가 상황이 정리되도록 석 달의 말미를 약속한다면 스태플턴은 모든 반대를 거두겠답니다. 그 기간에 내가 아가씨에게 사랑을 요구하지 않고 우정을 나누는 데 만족하면 말입니다.'

그러니 가벼운 미스터리 하나는 말끔히 풀렸지. 헨리 경과 나는 허우적대는 이 늪지에서 바닥을 친 셈이지. 이제 스태플턴이 누이의 구애자를, 상대가 헨리 경처럼 출중한 신랑감인데도 못마땅하게 여기는 이유를 알았으니까. 이제 내가 헝클어진 실타래를 푼 다른 일로 넘어가겠네. 한밤의 흐느낌, 베리모어 부인의 얼굴의 눈물 자국, 집사의 은밀한 서쪽 창문 같은 미스터리 말일세. 친애하는 홈스, 나를 축하해주고 대리인으로 자네를 실망시키지 않았다고 말해주게. 나를 신뢰해서 이 황무지로 보낸 것을 후회하지 않는다고 말해주게. 그 모든 게 하룻밤의 수고로 한방에 해결되었다네.

'하룻밤의 수고'라고 말했지만, 실은 이틀 밤이라고 해야겠지. 첫날은 완전히 헛수고였으니까. 난 헨리 경의 처소에서 새벽 세 시까지 꼬박 앉아 있었지만, 계단에서 시계 종소리 말고는 아무 소리도 못 들었네. 우울하기 짝이 없는 불침번을 섰고, 결국 우린 앉은 채 꾸벅꾸벅 졸았네. 다행히 둘 다 낙심하지 않고 재시도하기로 결정했네. 다음 날 밤 등잔 심지를 낮추고 앉아 조용히 담배만 피웠지. 시간이 어이없을 만큼 더디게 흘렀지만, 사냥감이 걸려들기 바라면서 덫을 지켜보는 사냥꾼 같은 인내심 덕에 견뎠지. 한 시를 지나 두 시. 또다시 낙심해서 포기하려는 찰나, 둘 다 느슨해진 신경을 다시 곤두세우고 똑바로 앉았지. 복도에서 삐걱대며 지나가는 기척이 있었거든.

살금살금 걷는 소리가 들리다가 멀리 사라졌지. 그 소리에 준남작이 가만히 침실 문을 열었고 우린 쫓기 시작했네. 그는 이미 베란다를 돌아서 가버렸고 복도는 어둠에 싸여 있었지. 우린 가만가만 걸어 다른 쪽 별채로 접어들었네. 바로 그 순간 검은 수염을 기른 장신의 사내가 힐끗 보이더군. 그는 어깨를 움츠리고 까치발로 복도를 내려갔지. 그러다가 그 방으로 들어갔고, 어둠 속에서 촛불이 방을 비추어서 컴컴한 복도에 노란빛 줄기 하나가 새어나왔지. 우린 사뿐사뿐 조심스레 걸어서 방으로 향했고, 마루판자를 하나하나 건드리며 발을 디뎠네. 조심하느라 신발을 벗고 나왔지만, 그런데도 낡은 마룻장에 발을 대면 건들건들하면서 삐걱 소리가 났지. 베리모어가 우리 기척을 분명히 들었을 것 같았네. 하지만 다행히 그는 가는귀를 먹은 데다 자기 일에 집중하느라 정신이 팔려 있었지. 마침내 문에 다가가서 안을 엿보니, 그가 손에 촛불을 들고 창가에 웅크려 있더군. 심각한 흰 얼굴을 유리창에 바싹 댄 모습은 이틀 전 봤던 그대로였네.

미리 작전 계획을 세우지 않았지만, 준남작은 늘 단도직입적인 면모가 자연스러운 사람이라네. 그가 뚜벅뚜벅 방으로 들어가자 베리모어는 숨넘어가는 소리를 내면서 창에서 떨어지더군. 베리모어는 얼굴이 납빛이 되어 우리 앞에 서서 오들오들 떨었네. 흰 가면 같은 얼굴에서 공포와 경악이 넘치는 검은 눈으로 헨리 경과 나를 번갈아 쳐다보더군.

'여기서 뭐 하는 건가, 베리모어?'

'아무것도 아닙니다.' 그는 어찌나 흥분했는지 말도 제대로 못했고, 손에 든 촛불이 흔들려서 그림자가 아

래위로 출렁댔지. 그가 말을 이었네.

'창문 때문에 왔습니다. 밤에 한 바퀴 돌면서 창문이 제대로 닫혔는지 봅니다.'

'이층인데도?'

'그렇습니다. 모든 창문을 다 전부 확인합니다.'

헨리 경이 엄격하게 대꾸했지. '이보게, 베리모어. 우린 자네에게 사실을 알아내겠노라 작정했네. 그러니 이왕이면 지금 말하는 게 수고를 덜 거야. 자, 어서! 거짓말할 생각 따위 접어두고! 그 창에서 뭘 하고 있었나?'

집사는 속수무책으로 우리를 바라보았고, 극단적인 의심과 고통에 시달리는 사람처럼 양손을 비비 꼬더군.

'아무 나쁜 짓도 하지 않았습니다. 창에 촛불을 대고 있었을 뿐입니다.'

'그러면 왜 창에 촛불을 대고 있었지?'

'묻지 마십시오, 헨리 경. 묻지 마세요! 말씀드리는데, 이 일은 제 비밀이 아니기에 발설할 수가 없습니다. 만약 저와 관련된 일이라면 헨리 경께 감추려 하지 않

을 겁니다.'

불쑥 한 가지 생각이 떠올라서 난 벌벌 떠는 집사의 손에서 촛불을 받아 들었지.

내가 말했네. '이 사람은 촛불을 신호로 들고 있었음이 분명합니다. 응답이 있는지 보도록 하지요.'

나는 베리모어가 했던 것처럼 촛불을 들고, 어두운 밤 속을 내다보았다. 달이 구름에 가려서 나무 수풀과 더 흐릿하게 뻗은 황무지가 어렴풋이 보였다. 그 순간 나는 환호성을 질렀다. 작은 점 같은 노란빛이 갑자기 검은 커튼에 박히더니, 검은 네모 창틀의 중앙을 계속 비추었다.

'저기 있네요!' 내가 외쳤지.

집사도 급히 끼어들었어. '아니에요, 아닙니다. 아무것도 아닙니다. 아무것도 아니에요! 분명히 말씀드리는데요…….'

헨리 경이 소리쳤어. '빛을 창 위로 움직여봐요. 왓슨! 보세요, 상대도 움직입니다! 아니, 이런데도 이게 신호라는 걸 부정하는 건가? 이봐, 말을 해! 저기 있는 한패가 누구야? 그리고 이건 무슨 수작이지?'

집사가 노골적으로 반항하는 표정을 짓더군.

'이건 저의 일일 뿐 주인님과는 무관합니다. 말하지 않겠습니다.'

'그러면 당장 내 집안일을 그만두게.'

'알겠습니다. 그래야 된다면 할 수 없지요.'

'정말 불명예스러운 일이군. 맙소사, 부끄러운 줄 알라구. 자네 집안이 이 지붕 아래서 내 집안과 보낸 세월이 백 년도 넘건만, 날 상대로 음흉한 계략을 꾸민 게 들통 나다니.'

'아닙니다, 그렇지 않아요. 주인님에게 그런 게 아니에요!' 갑자기 여자 목소리가 들렸네. 남편보다 더 창백하고 겁에 질린 베리모어 부인이 문간에 서 있더군. 얼굴에 번진 애절한 감정만 아니면, 튼실한 체구에 숄과 치마를 걸친 모습이 우스꽝스러웠을 걸세.

집사가 입을 열었지. '우린 떠나야 하오, 일라이자. 여기까지지요. 당신은 짐을 꾸리도록 해요.'

'아, 존, 내가 당신을 이 지경으로 끌고 왔네요. 제가 저지른 짓입니다, 헨리 경. 전부 제가 한 일입니다. 남편은 오로지 저 때문에 그런 겁니다. 제가 부탁했으니

까요.'

'그러면 말을 해요! 이게 무슨 일이오?'

'제 딱한 남동생이 황무지에서 굶주리고 있어요. 저희 앞에서 아이가 죽게 놔둘 수가 없어서요. 불빛은 음식이 준비되었다는 신호고, 저 불빛은 음식을 가져갈 장소입니다.'

'그렇다면 부인의 동생이…….'

'탈옥수지요, 범죄자 셀던입니다.'

그러자 베리모어가 나서서 말했지. '사실입니다. 제 비밀이 아니기에 밝힐 수 없다고 말씀드렸습니다. 하지만 이제 사연을 들으셨으니 주인님을 향한 음모가 아닌 걸 아실 겁니다.'

그러니 밤에 살그머니 그 방에 가서 창가에 불을 비춘 이유가 밝혀진 셈이지. 우리 둘 다 놀라서 부인을 응시했네. 이 덤덤하고 얌전한 부인이 이 나라 최고 흉악범으로 꼽히는 죄수와 같은 핏줄일 수 있을까?

'그렇습니다. 결혼 전 저의 성은 셀던이었고, 그 아이는 남동생입니다. 동생이 어릴 때 가족이 지나치게 응석을 받아주고 뜻대로 하게 해주었지요. 결국 동생은 세상을 멋대로 주무르고, 원하는 대로 해도 된다고 믿게 되었습니다. 그러다 나이가 들면서 못된 친구들과 어울렸고, 악귀에 들려 어머니의 애간장을 녹이고 집안 망신을 시켰지요. 이 범죄, 저 범죄 저지르면서 점점 나락으로 떨어지다, 종국에는 오로지 하나님의 자비로 간신히 교수대행만을 면했습니다. 하지만 제게는 누나로서 뒤치다꺼리하고 놀아주던 곱슬머리 꼬마일 뿐입

니다. 동생이 탈옥한 것도 그 때문이었지요. 제가 여기 있고 저희가 도움을 거절하지 못하리란 걸 알았으니까요. 어느 밤 그가 지치고 굶주린 몸을 끌고 여기 찾아왔을 때 저희가 달리 어떤 방법이 있었겠습니까? 아이를 집에 들여서 먹이고 살펴주었지요. 그런데 헨리 경께서 돌아오셨고, 동생은 수색이 잠잠해질 때까지 어디보다도 황무지에 있는 게 안전하리라고 봤습니다. 그래서 거기 은신하지만, 이틀에 한 번씩 저희는 창문에 불을 밝혀서 여전히 거기 있는지 확인합니다. 응답이 있으면 남편이 빵과 고기를 가져다주지요. 매일 저희는 동생이 떠났기를 바랐지만, 동생이 거기 있는 한 모른 체할 수가 없습니다. 정직한 기독교도로 말씀드리거니와 이게 진실의 전부입니다. 이 일에서 비난받을 사람이 있다면 남편이 아니라 저임을 알아주세요. 남편은 다만 저를 위해 모든 일을 했을 뿐이니까요.'

여인의 말은 무척 진지했고, 설득력 있게 들렸지.

'이 말이 사실인가, 베리모어?'

'그렇습니다, 헨리 경. 모두 사실입니다.'

'흠, 아내 편을 든 사람을 비난할 수는 없지. 내가 한

말은 잊어버리게. 처소로 돌아가게, 두 사람 다. 이 일은 아침에 더 얘기하세.'

부부가 물러가자 우리는 다시 창을 내다보았지. 헨리 경이 창을 열어두었기에 찬 밤바람이 얼굴에 밀려들었지. 저 멀리 어둠 속에서 아직도 작은 노란 불빛이 반짝이더군.

'대담하기 짝이 없는 놈이군요.' 헨리 경이 말했지.

'여기서만 불빛이 보이게 해놓았을 겁니다.'

'그렇겠지요. 거리가 얼마나 될까요?'

'갈라진 바위산 부근 같습니다.'

'2~3킬로미터 이상은 아니겠지요?'

'그럴 겁니다.'

'그래요, 베리모어가 음식을 갖다줘야 한다면 그보다 멀 리가 없지요. 그리고 그가, 이 악한이 촛불 옆에서 기다리고요. 아, 왓슨, 저는 놈을 잡으러 가렵니다!'

나도 속으로 같은 생각을 하던 참이었지. 집사 부부는 먼저 비밀을 털어놓은 게 아니었네. 어쩔 수 없으니 말한 것뿐이었지. 탈옥수는 인근 지역에 위험인물이고, 온정이나 변명의 여지가 없는 뻔뻔한 악인이었지.

이 기회를 이용해 놈을 잡는 게 우리의 도리를 다 하는 일이었지. 잔인하고 폭력적인 위인이니, 우리가 손 놓고 있다간 다른 사람들이 대가를 치를 테지. 예를 들면 어느 밤, 우리 이웃 스태플턴 남매가 공격받을지도 모르고, 이런 생각이 들어서 헨리 경이 적극적으로 나섰겠지.

'나도 가겠습니다.' 내가 말했지.

'그러면 권총을 챙기고 신발을 신으세요. 서두를수록 더 좋을 겁니다. 그자가 불을 끄고 가버릴지 모르니.'

5분 후 우리는 문밖을 나서서 원정을 시작했네. 황급히 어두운 관목 수풀을 지나자니 신음 같은 가을바람 소리와 낙엽이 바스락대는 소리가 나더군. 밤공기에 습하고 썩는 냄새가 질펀했네. 이따금 달이 잠깐 얼굴을 내밀었지만 구름이 몰려와 하늘을 덮었고, 우리가 황무지로 나갈 무렵에는 보슬비가 뿌리기 시작했네. 앞쪽에서 여전히 불빛이 반짝였네.

'무기를 갖고 있습니까?' 내가 물었지.

'사냥용 채찍이 있습니다.'

'신속히 놈을 포위해야 됩니다. 이자는 물불 가리지 않는 상태니까요. 우리가 불시에 달려들어, 놈이 저항할 새도 없이 잡도록 합시다.'

헨리 경이 말하더군. '저기, 왓슨. 홈스가 이 일에 대해 무슨 말을 할까요? 악령이 힘을 얻는 어두운 시간 운운한 것에 대해?'

그의 말에 답이라도 하듯 갑자기 어두운 너른 황무지에서 이상한 소리가 터져 나왔네. 난 이미 그림펜 늪 인근에서 들어본 적 있는 소리였지. 밤의 적막을 뚫고 낮게 웅얼대는 소리가 바람결에 실려와, 구슬픈 탄식으로 변했다가 잦아들었지. 그 비명이 반복해서 들리면서, 허공 속에서 험악하고 거칠며 위협적인 소리가 쿵쿵댔지. 준남작이 내 소맷부리를 움켜잡았고, 어둠 속에서 그의 얼굴이 새파랗게 번뜩였네.

'세상에! 저게 뭡니까, 왓슨?'

'나도 모릅니다. 황무지에서 나는 소리지요. 전에 한 번 들어봤습니다.'

소리가 사라지자 완벽한 고요가 우리를 감쌌네. 서서 귀를 쫑긋했지만 아무 소리도 들리지 않았지.

헨리 경이 입을 열더군. '왓슨, 그건 사냥개 소리였습니다.'

내 혈관에서 피가 식는 것 같았네. 그의 말소리에는 불현듯 공포에 사로잡힌 느낌이 있었거든.

'사람들은 이 소리를 뭐라고 합니까?' 그가 물었네.

'누구요?'

'이 근방 주민들.'

'아, 무지한 사람들인걸요. 그들이 이 소리를 뭐라고 하는지 왜 신경을 씁니까?'

'말해보세요, 왓슨. 다들 이 소리를 뭐라고 하지요?'

나는 주저했지만 질문을 피할 수가 없었네.

'그들은 배스커빌 사냥개의 울음이라고 말합니다.'

그는 신음을 내뱉더니 한동안 잠잠했네.

마침내 헨리 경이 입을 열었지. '사냥개 소리였어요. 몇 킬로미터 밖에서 나는 것 같았습니다. 저쪽에서요.'

'어디서 나는 소린지 가늠하기 힘들더군요.'

'소리가 바람결에 실려 왔다가 사라졌습니다. 저쪽은 그림펜 늪 방향이 아닌가요?'

'그렇습니다, 맞습니다.'

'아, 그쪽에서 소리가 났습니다. 자, 말해보세요, 왓슨. 사냥개 짖는 소리라는 생각이 들지 않던가요? 난 어린애가 아닙니다. 두려워 말고 사실을 말해보십시오.'

'저번에 그 소리가 났을 때 옆에 스태플턴이 있었습니다. 그는 이상한 새가 내는 소리일 거라더군요.'

'천만에요. 그건 사냥개 소리였습니다. 맙소사, 떠도는 모든 소문 속에 진실이 있을 수도 있을까요? 행여 제가 사악한 이유로 인해 위험에 처했을 수도 있을까요? 그런 이야기를 믿으시는 건 아니지요, 왓슨?'

'그럼요, 안 믿습니다.'

'하지만 런던에서는 그 얘기를 하면서 웃었지만, 이곳 어두운 황무지에서 저런 울음소리를 들으니 다르네요. 게다가 제 백부님, 쓰러진 백부님 옆에 사냥개 발자국이 있었습니다. 아귀가 착착 들어맞네요. 저 스스로 겁쟁이라고 생각하진 않지만 저 소리를 들으니 피가 얼어붙는 것 같더군요, 왓슨. 제 손을 만져보세요.'

손이 얼음장같이 차갑더군.

'내일이 되면 괜찮아질 겁니다.'

S. PAGET

'머릿속에서 그 소리를 지우지 못하겠네요. 이제 어떻게 하면 좋을까요?'

'돌아갈까요?'

'그건 안 될 말입니다. 놈을 잡으러 나왔으니 그렇게 해야지요. 우리는 죄수를 쫓고, 십중팔구 악마 사냥개는 우리를 쫓겠지요. 가보죠! 지옥의 악령 전부 황무지에 풀렸더라도 불빛을 찾아야지요.'

우리는 어둠 속에서 느릿느릿 비틀대며 나아갔지. 주위에 뾰족뾰족한 언덕들이 어렴풋이 드러났고, 노란 빛은 앞에서 꾸준히 반짝거렸네. 칠흑같이 어두운 밤의 거리감처럼 속기 쉬운 건 없어서, 때로 아스라한 빛이 멀리 지평선에 걸린 듯하다가 어떤 때는 몇 미터 앞 같았지. 하지만 마침내 빛이 나오는 곳을 가늠할 수 있었고, 그러다 빛에 아주 근접한 걸 알았네. 깜빡이는 초가 바위 틈새에 끼워져 있더군. 양쪽 바위들이 바람을 막고 배스커빌 홀 아닌 데서 보이는 것도 막았지. 큰 화강암을 방패 삼아 그 뒤에 쭈그려 앉아 불빛 신호를 쳐다봤네. 황무지 한가운데서 주위에 아무도 없이 초 한 자루가 타는 광경이 기묘하더군. 꼿꼿한 노란 불빛 하나와 희미하게 빛나는 양옆 바위만 보였지.

'이제 어떻게 할까요?' 헨리 경이 속삭였네.

'여기서 기다리지요. 그가 불빛 근처에 있을 겁니다. 놈을 얼핏이라도 볼 수 있는지 어디 봅시다.'

미처 그 말을 다 하기도 전에 우리 둘 다 그를 봤네. 바위들 위쪽으로, 초가 타는 틈새에서 악독한 누런 얼굴이 쓱 올라오더군. 음흉한 격정들이 뒤엉킨 무서운 야수의 얼굴이었네. 진창에 빠져 악취가 나고 뻣뻣한 수염과 엉긴 머리칼이라니, 산비탈의 굴에 살던 선사 시대인이래도 믿겠더군. 아래 불빛에 작고 교활한 눈매가 드러났네. 좌우로 어둠 속을 뚫어지게 쏘아보는 모습이 마치 사냥꾼들의 발소리를 들은 교활하고 광포한 동물 같더군.

무언가가 그의 의혹을 일으켰음이 분명했네. 집사 내외가 우리가 못 보고 넘긴 은밀한 신호를 보냈거나, 놈이 다른 이유로 수상한 낌새를 눈치챘을 수도 있지. 아무튼 그의 악독한 얼굴에서 공포를 읽을 수 있었네. 어느 순간이라도 그가 불빛 밖으로 나와 어둠 속으로 사라질 수 있었지. 그래서 난 앞으로 뛰쳐나갔고 헨리

경도 똑같이 했네. 동시에 탈옥수는 욕설을 외치면서 돌을 던졌고, 돌은 우리가 숨었던 바위에 부딪쳐 깨졌지. 그가 벌떡 일어나 몸을 획 돌려 달아날 때, 단신의 땅딸막하고 다부진 몸매가 얼핏 보였네. 그 순간 요행히 구름 사이로 달이 나왔지. 우리는 가파른 비탈로 달려갔고, 탈옥수는 다른 쪽 비탈을 어마어마한 속도로 내려가면서, 산양처럼 바위들을 휙휙 뛰어넘더군. 내가

권총을 쐈다면 운 좋게 그를 절름발이로 만들었을 수도 있지만, 총을 가져온 목적은 호신용일 뿐 무기 없이 도망가는 자를 쏘기 위해서는 아니었지.

우리는 발이 빠르고 제법 단련이 되었지만, 곧 놈을 따라잡을 가능성이 없는 걸 알았지. 달빛 속에서 그가 먼 산비탈에서 바위 사이를 누비며 작은 점이 될 때까지 오래 주시했지. 뛰고 또 뛰느라 기진맥진했지만, 놈과의 거리가 점점 벌어졌네. 결국 우린 멈추고 각자 바위에 앉아 숨을 고르면서, 멀리 사라지는 탈옥수를 지켜보았지.

바로 이 순간, 말할 수 없이 이상하고 예상치 못한 일이 일어났네. 우린 가망 없는 추적을 포기하고, 바위에서 일어나 돌아가려고 몸을 돌렸지. 우측에 달이 낮게 떠 있었고, 은빛 달의 아래 부분을 배경 삼아 뾰족한 화강암 바위가 우뚝 솟아 있었지. 거기 빛나는 배경 앞에 흑단 조각상처럼 까만 윤곽선이 드러났고, 난 바위산에 선 사내를 보았네. 환각으로 넘기지 말게, 홈스. 단언하건대 내 평생 그렇게 선명하게 보기는 처음이었네. 내가 판단할 수 있는 한, 장신의 호리호리한 체구의

사내였네. 그는 다리를 약간 벌리고 팔짱을 끼고 서서, 앞의 이탄과 화강암으로 된 넓은 황무지를 두고 고심하는 듯 고개를 떨구었네. 바로 그 으스스한 곳의 유령일지 모르지. 탈옥수는 아니었네. 이 사내는 탈옥수가 사라진 곳에서 멀리 떨어진 곳에 있었거든. 게다가 키가 훨씬 컸네. 난 놀라 비명을 지르면서 헨리 경을 부르

려 했지만, 내가 몸을 돌려 준남작의 팔을 잡는 사이 사내는 사라졌지. 뾰족한 화강암 꼭대기는 여전히 달의 아래 부분 앞에 솟았지만, 말없이 가만히 서 있던 사내는 흔적도 없었지.

그쪽에 가서 바위산을 수색하고 싶었지만 제법 먼 거리였지. 그 비명소리가 집안의 음울한 사연을 연상시켜서 헨리 경은 여전히 신경이 날카로웠지. 그러니 새롭게 모험을 시작할 기분이 영 아니었네. 그는 바위산에 홀로 선 사내를 못 봤고, 그러니 그의 존재와 당당한 태도에 내가 느낀 전율을 공감 못했지. 그가 말하더군. '분명히 간수일 겁니다. 이자가 탈출한 후 황무지에 간수들이 배치되었으니까요.' 그래, 어쩌면 맞는 설명이겠지만 난 확실한 증거를 얻고 싶네. 오늘 우린 프린스타운 교도소 측에 어디 부근에서 탈옥수를 찾아야 하는지 알릴 참이네. 하지만 우리가 그자를 직접 잡아서 데려오지 못했다고 말하기가 겸연쩍군. 이게 어젯밤의 모험이었고 내가 보고를 썩 잘한다고 인정해야 될 걸세, 홈스. 많은 부분이 하릴없는 내용이겠지만, 그래도 사실들을 낱낱이 알려서 자네가 결론을 내리는

데 가장 쓸 만한 대목을 가리는 게 최선이겠지. 우리가 진전을 이룬 것은 분명하네. 베리모어 부부와 관련해 그런 행동의 동기를 밝혀냈고 상황이 아주 깔끔히 해소되었네. 그럼에도 신비와 이상한 주민들이 넘쳐나는 황무지는 불가사의하기 짝이 없는 곳이지. 아마 다음 편지에서 이 부분을 조명할 수도 있을 걸세. 자네가 우리에게 와준다면 그게 최선이겠지. 아무튼 며칠 내로 다시 기별하겠네.

10

닥터 왓슨의 일기 중에서

지금까지 수사 초창기에 내가 셜록 홈스에게 보낸 보고서를 인용할 수 있었다. 하지만 이제 이 방식에서 벗어나, 당시 일기에 힘입어 다시 내 기억에 의존해 서술할 시점이 되었다. 일기에서 몇 군데 발췌하면, 내 기억에 낱낱이 고스란히 각인된 장면들로 이어진다. 그러면 탈옥수 추적이 수포로 돌아가고, 황무지에서 색다른 경험을 한 이튿날 아침부터 계속하겠다.

10월 16일. 보슬비 내리는 우중충하고 안개 낀 날. 저택은 밀려드는 구름에 휩싸이고, 구름은 이따금 솟구치며 구불구불한 칙칙한 황무지를 드러낸다. 산등성이에 가늘게 은빛 물줄기들이 흐르고, 멀리 큰 바위들은 젖은 표면에 빛이 반사되어 번들댄다. 안팎이 모두 우울하다. 준남작은 흥분되는 밤을 보낸 결과 수심에 젖었다. 나 자신도 가슴이 답답하고 위험이 임박했음을 감지한다. 목전의 위험도 느껴진다. 그걸 콕 집어낼 수 없어서 더 무시무시하다.

내가 그렇게 느낄만 하지 않을까? 일련의 사건들이 불길한 결과로 모아졌고, 그것이 주위를 휘젓고 있다. 선대 저택 주인의 사망이 집안에 내려오는 전설과 맞아떨어지고, 황무지에 이상한 물체가 등장한다는 농부들의 소문이 연신 들려온다. 멀리서 사냥개가 짖는 소리를 두 번이나 내 귀로 직접 들었다. 평범한 자연법칙을 거스르는 일은 믿기 어렵고 있을 수도 없다. 물리적인 발자국을 남기고 허공에 대고 울부짖는 유령 사냥개라니 언어도단이다. 스태플턴이라면 그런 미신에 홀릴 테고 모티머도 매한가지. 하지만 내가 이 세상에서 좋은 자질 하나를 가졌다면 그것은 바로 상식이다. 그러니 어떤 일이 있어도 난 그런 허무맹랑한 것은 믿지 않을 것이다. 그 따위를 믿는 것은 딱한 농부들의 수준으로 떨어지는 일이고, 그들은 악마개 정도가 아니라 입과 눈에서 지옥불을 뿜는다고 설명해야 성이 찬다. 홈스는 그런 헛소리는 믿지 않을 테고, 난 그의 대리인이다. 하지만 사실은 사실이고, 난 황무지에서 이 울음소리를 두 차례 들었다. 실제로 큰 사냥개가 황무지에 풀려 있다고 가정하면 모든 게 설명된다. 하지만 그런 사냥개를 어디 숨길 수 있을까? 먹이는 어디서 구할까? 어디서 생긴 개이며, 어떻게 낮에는 사람들에 눈에 띄지 않을까? 상식적인 해석이든 비상식적인 해석이든 똑같이 난해하다고 자인할 수밖에 없다. 또 사냥개는 차치한다 하더라도 런던의 하수인, 택시마차에 탄 사내, 헨리 경의 황무지 접근을 만류한 편지라는 사실들이 있다. 적어도 그것은 현실이었고, 적이 한 짓일 수도 있지만 보호하려는 친구가 한 일일 수도 있다. 친구든 적이든 지금 어디 있을까? 런던에 남아 있을까, 혹은 우리를 따라 여기 내려왔을까? 혹시 그가, 내가 본 바위산에 서 있던 사내가 그 사람일 수도 있나?

사내를 힐끗밖에 못 본 게 사실이지만 장담할 수 있는 점들이 있다. 내가 여기서 본 적이 없는 사람이었다.

난 이웃들을 빠짐없이 만났다. 사내의 체구는 스태플턴보다 훨씬 장신이고, 프랭클랜드보다는 훨씬 날씬했다. 베리모어일 가능성도 있겠지만, 우리는 그를 집에 두고 떠났고 그가 쫓아왔을 리 만무하다고 확신한다. 그러면 낯선 자가 여전히 우리를 미행하고 있다. 런던에서 낯선 자가 우리 뒤를 밟았던 것처럼. 우리가 그를 떨쳐내지 못했다는 얘기다. 그를 잡을 수 있다면 마침내 모든 난제가 풀릴 텐데. 이 한 가지 목적을 위해 전심전력해야 한다.

처음에는 계획 전부를 헨리 경에게 털어놓으려고 생각했다. 그러다 단독으로 풀어가면서 가능한 아무도 모르게 하는 게 최선일 듯싶었다. 준남작은 말수가 없고 멍하다. 황무지에서 들은 소리 때문에 이상하게 넋이 나갔다. 난 그의 불안을 더할 만한 말을 하지 않고, 나름대로 조치를 취해 목적을 달성하려 한다.

오늘 아침 식사 후 약간의 소란이 있었다. 베리모어가 헨리 경에게 면담을 요청했고, 둘은 한동안 서재에서 대화했다. 나는 당구실에 앉아 있었는데, 무슨 일로 설전을 벌이는지 서재에서 두어 번 언성이 높아지는 것이었다. 시간이 흐르고 헨리 경이 문을 열고 나를 불렀다.

그가 말했다. '베리모어는 불평할 자격이 있다고 생각한다네요. 우리가 처남을 추격한 것이 부당하답니다. 자신이 자발적으로 비밀을 털어놨는데 어떻게 그럴 수 있느냐는 거지요.'

집사는 몹시 창백하지만 침착하게 우리 앞에 서 있었다.

그가 말했다. '제가 지나치게 흥분했는지 모르겠습니다. 혹시 그랬다면 양해하십시오. 동시에 두 분이 오늘 아침에 돌아오셨고 셀던을 추격한 사실을 알고 깜짝 놀랐습니다. 저까지 나서서 쫓기게 만들지 않아도, 가엾은 친구는 싸워야 될 게 많은 처지란 말입니다.'

헨리 경이 대꾸했다. '만약 자네가 자발적으로 털어놓았다면 얘기가 달랐을 거네. 자네는, 아니 자네 부인은 채근을 받고서야 어쩔 수 없이 입을 열었네.'

'저희가 알려드린 사실을 그렇게 이용하실 줄 몰랐습니다, 헨리 경. 꿈에도 몰랐습니다.'

'그는 사람들에게 위험한 인물이네. 황무지에는 외

딴 집들이 흩어져 있는데, 그는 앞뒤 가리지 않는 위인이란 말일세. 그 얼굴만 봐도 알 텐데. 스태플턴 댁을 예로 들어보세. 위험을 막을 사람은 스태플턴 씨밖에 없네. 셀던이 감옥에 들어가기 전에는 그 누구도 안전하지 않네.'

'처남은 남의 집에 침입하지 않을 겁니다. 제가 진정으로 장담하겠습니다. 그는 다신 이 나라에서 아무도 해치지 않을 겁니다. 분명히 말씀드리겠습니다. 헨리 경. 며칠 후 필요한 준비가 끝나면, 처남은 남아메리카로 떠날 겁니다. 간절히 부탁드리니, 그가 여전히 황무지에 있다는 사실을 경찰에 알리지 말아주십시오. 경찰은 황무지 수색을 중단했고, 처남은 배가 준비될 때까지 얌전히 있으면 됩니다. 경께서 고발하시면 저희 부부는 곤란을 피할 수 없습니다. 부탁드립니다, 제발 경찰에 아무 말도 하지 말아주십시오.'

'어떻게 생각하십니까, 왓슨?'

나는 어깨를 으쓱하며 대답했다. '범인이 별 탈 없이 이 나라를 빠져나간다면, 납세자들은 부담을 덜겠지요.'

'하지만 그가 떠나기 전에 강도질을 벌일 가능성은요?'

'처남은 그런 미친 짓은 벌이지 않을 겁니다. 그에게 필요할 만한 것은 다 저희가 마련해줬습니다. 범행을 저지르면 은신처가 드러날 텐데 어찌 그러겠습니까?'

헨리 경이 응수했다. '그건 맞는 말이군, 베리모어.'

'복 받으십시오, 헨리 경. 그리고 진심으로 감사드립

니다! 처남이 다시 잡혔다면 가여운 제 아내는 살지 못했을 겁니다.'

'우리가 중죄인을 돕고 은닉하는 걸까요, 왓슨? 하지만 사정을 들어보니 그를 경찰에 넘기지는 못할 것 같고, 그럼 이야기는 끝났군요. 됐네, 베리모어. 그만 가보게.'

집사는 감사의 인사를 몇 마디 더듬댔지만, 머뭇대다가 돌아왔다.

'저희에게 은혜를 베풀어주시니 보답으로 제가 할 바를 다 하고 싶습니다. 제가 아는 게 좀 있습니다, 헨리 경. 진작 말씀드리는 게 도리였지만, 수사가 끝나고 한참 지나서 알게 되었습니다. 이 얘기는 어느 누구에게도 한 적 없습니다. 가엾은 찰스 경의 죽음과 관련된 일입니다.'

준남작과 나는 똑바로 섰다.

'그분이 어떻게 죽었는지 아나?'

'아닙니다, 그건 모릅니다.'

'그러면 뭔가?'

'저는 그 시간에 왜 그분이 거기 계셨는지 압니다. 어

떤 여인을 만나려고 그런 겁니다.'

'여인을 만나려고! 백부님이?'

'그렇습니다.'

'그 여인의 이름은?'

'이름은 저도 모르지만 머리글자는 압니다. L. L.이었습니다.'

'자네가 그걸 어찌 아나, 베리모어?'

'찰스 경은 그날 아침에 편지 한 통을 받으셨습니다. 평소엔 편지가 아주 많이 왔습니다. 공인이시고 인심이 후한 분으로 알려져서, 곤란에 처하면 다들 찰스 경께 의지하려 했습니다. 하지만 그날 아침에는 우연하게도 이 편지 한 통만 왔기에 제가 눈여겨봤지요. 발신지는 쿰 트레이시, 여인의 필체로 주소가 적혀 있었습니다.'

'그런데?'

'저는 그 일을 잊고 지냈습니다. 아내가 아니었으면 지금도 마찬가지일겁니다. 바로 몇 주 전에 아내가 그동안 건드리지 않았던 찰스 경의 서재를 청소하다가 벽난로 뒤쪽에서 재가 된 편지를 발견했습니다. 편지지는 거의 타서 부서졌지만 작은 쪼가리가, 편지의 끝 부분이 남아 있었지요. 검은 바탕에 회색 글씨였지만 알아볼 수 있었습니다. 이렇게 적혀 있더군요. 〈부디, 부디 신사시니 이 편지를 태워버리고 열 시에 문에 계세요. L. L.〉 머리글자는 밑에 서명되어 있었습니다.'

'그 종이를 갖고 있나?'

'아닙니다. 저희가 건드리니 바스러졌습니다.'

'찰스 경이 같은 필체의 편지를 더 받은 적이 있나?'

'저는 주인님의 우편물을 눈여겨보지 않았습니다. 이것도 평소라면 그냥 넘겼을 텐데 요행히 한 통만 와서 봤던 겁니다.'

'그러면 L. L.이 누군지 자네는 아나?'

'아닙니다. 저도 모르기는 헨리 경과 매한가지입니다. 하지만 그 여인을 알아낼 수 있으면 찰스 경의 사망에 대해 더 밝힐 수 있을 텐데요.'

'어떻게 이런 중요한 정보를 지금까지 숨겼는지 이해가 되지 않네, 베리모어.'

'이걸 안 것은 저희에게 고민거리가 생긴 직후였습니다. 또 저희 부부는 찰스 경을 무척 좋아했습니다. 그분이 저희에게 베푸신 일들을 보면 그럴 만하지요. 이 일을 까발려본들 가여운 전 주인님에게 도움이 되지 않는다고 판단했습니다. 또 사건에 여자를 관련시키는 일은 신중을 기해야 마땅하지요. 아무리 좋은 사람이라도…….'

'그 일이 그분의 평판을 해칠 거라고 생각했군?'

'그걸 밝혀봤자 아무 이득도 없으리라 생각했습니다. 하지만 이제 헨리 경께서 친절을 베풀어주시는데, 제가 사건에 대해 아는 바를 전부 털어놓지 않으면 도리가 아니지요.'

'잘 알겠네, 베리모어. 가봐도 좋네.' 집사가 나가자 헨리 경이 내게 몸을 돌리고 말했다. '자, 왓슨. 이 새로운 사실을 어떻게 생각합니까?'

'어두운 부분을 더 어둡게 만드는 것 같습니다.'

'동감입니다. 하지만 우리가 L. L.을 추적할 수만 있다면 사건 전체가 해결될 겁니다. 우리가 그 정도의 성과는 낸 겁니다. 그녀를 찾을 수만 있다면 사실을 아는 사람이 생기니까요. 어떻게 해야 될까요?'

'당장 홈스에게 모든 상황을 알려야지요. 그는 실마

리를 얻을 겁니다. 만사 제쳐놓고 홈스가 내려올 거라고 장담합니다.'

나는 서둘러 방으로 가서 홈스에게 보고할 아침의 대화 내용을 적었다. 최근 친구는 무척 분주한 눈치였다. 베이커 가에서 편지가 거의 오지 않고, 와도 간단했다. 내가 제공한 정보에 대한 코멘트도 없고, 내 일처리에 대한 언급도 없다시피 했다. 홈스가 협박 사건에 신경을 쏟는 게 확실하다. 하지만 이 새로운 국면은 그의 관심을 끌고 다시 흥미를 갖게 할 것이다. 홈스가 여기 오면 좋겠다.

10월 17일. 온종일 비가 퍼부어 담쟁이덩굴이 버스럭대고 처마에서 빗물이 흘렀다. 피할 곳 없는 춥고 을씨년스런 황무지에 있는 탈옥수가 떠올랐다. 딱한 악마 같으니! 어떤 죄를 지었든 그는 보상하고도 남을 만큼 고생을 하고 있는 셈이다. 그러자 다른 사내가 생각났다. 택시마차 속의 얼굴, 달빛에 비친 몸매. 보이지 않는 감시자가 어둠 속의 사내일까? 저녁에 우비를 입고 비에 젖은 황무지를 걸으면서 음침한 상상들에 사로잡혔다. 빗줄기가 얼굴을 때리고 바람이 귓가를 휘

휘 지나갔다. 지금 늪지를 헤매는 이들에게 신의 가호가 있기를. 땅이 굳은 고지대도 발이 빠지는 판에 늪지는 어떨까. 나는 사내가 홀로 서서 지켜보던 검은 바위산의 뾰족한 꼭대기에 올라 침울한 저지대를 내려다보았다. 황갈색 땅에 비가 퍼붓고, 짙은 잿빛 구름이 낮게 깔려 비현실적인 산등성이에 거무스름한 화환을 길게 늘어뜨린 것 같았다. 왼편으로 보이는 반쯤 안개에 가린 먼 골짜기에 배스커빌 홀의 탑 두 개가 나무들 위로 솟아 있었다. 가는 탑들이 눈에 보이는 유일한 사람의 흔적이었다. 그것 말고는 산비탈에 옹기종기 모인 선사시대의 움막만 있을 뿐이었다. 이틀 전 밤 그 자리에서 봤던 사내의 자취는 어디에도 없었다.

걸어서 돌아가다가 닥터 모티머의 이륜마차와 만났다. 그는 파울마이어의 외딴 농가까지 이어진 험한 황무지를 달려오는 중이었다. 모티머는 우리를 챙기느라 하루도 빠짐없이 저택에 찾아와 안부를 묻곤 했다. 그는 바득바득 우겨서 나를 마차에 태우더니 집에 데려다주었다. 모티머는 키우던 스패니얼이 사라졌다며 속상해했다. 강아지는 황무지에 나갔다가 돌아오지 않았

다. 난 성심껏 위로를 했지만, 그림펜 늪에서 본 조랑말이 생각났다. 모티머는 두 번 다시 강아지를 보지 못할 것 같다.

울퉁불퉁한 길을 달리면서 내가 말했다. '그런데 모티머, 이 마차로 다닐 만한 거리 안에서 모르는 사람이 없으시지요?'

'거의 없을 겁니다.'

'그러면 이름의 머리글자가 L. L.인 여인을 아시십니까?'

그는 잠시 생각에 잠겼다.

모티머가 입을 열었다. "아니요. 제가 모르는 뜨내기와 일꾼 몇 명이 있기는 한데, 농부들과 지주들 중에 그런 머리글자 이름은 없습니다. 아, 잠깐만요." 그는 잠깐 입을 다물었다가 말을 이었다. '로라 라이온스가 있네요. 그녀의 머리글자가 L. L.이긴 합니다만, 쿰 트레이시에 사는데요.'

'누군데요?' 내가 물었다.

'프랭클랜드의 딸입니다.'

'뭐라구요? 괴짜 프랭클랜드 노인?'

'맞습니다. 그녀는 황무지에 스케치하러 온 라이온스라는 화가와 결혼했습니다. 알고 보니 남편은 개망나니로, 그녀를 버렸지요. 듣기로는, 전적으로 한쪽 잘못은 아니었을 거라더군요. 프랭클랜드는 딸이 자기 승낙 없이 결혼했으니 상관하지 않겠다고 나왔지요. 그 외에 이유가 한두 가지 더 있을 겁니다. 그래서 로라

는 못된 늙은이와 못된 젊은이 사이에서 고생이 이만저만이 아니지요.'

'그녀는 어떻게 생계를 꾸립니까?'

'제 생각에는 프랭클랜드가 딸에게 쥐꼬리만큼 돈을 줄 겁니다. 하지만 자기 코가 석 자니까 많이는 못 줄 거예요. 그런 꼴을 당할 만한 짓을 저질렀대도, 대책 없이 부정하게 먹고 살게 둘 수는 없지요. 그녀의 사연이 알려지자 이곳 사람 몇 명은 그녀가 다시 설 수 있도록 도움을 주었습니다. 스태플턴도 그랬고 찰스 경도 그렇게 했지요. 저도 몇 푼 줬고요. 덕분에 그녀는 타자 치는 일을 시작했지요.'

그는 내가 궁금해하는 이유를 알고 싶어 했지만, 나는 대충 둘러대어 그의 호기심을 채워주었다. 아무도 신뢰할 수 없으니까. 내일 아침 직접 쿰 트레이시로 갈 작정이고, 미심쩍은 평판의 이 로라 라이온스를 만날 수 있다면, 미스터리들 중 한 가지를 해결할 실마리가 보이는 것이다. 나도 어느 순간부터 뱀의 지혜를 키우고 있는 게 분명하다. 모티머가 거북할 정도로 끈질기게 캐묻기에 나는 자연스럽게 프랭클랜드의 두개골이 어떤 유형에 속하느냐고 물었다. 덕분에 마차를 타고 가는 내내 두개골에 대한 이론만 들었다. 셜록 홈스와 오랜 세월 같이 살면서 배운 게 있긴 있나보다.

이 비바람 사납고 우울한 날, 기록할 사건이 하나 더 있다. 바로 방금 베리모어와 나눈 대화인데, 때가 되면 쓸 수 있는 막강한 카드를 수중에 넣었다.

모티머는 저녁 식사 때까지 머물렀고, 나중에 헨리 경과 에카르테 카드 게임을 시작했다. 집사가 서재에 있는 내게 커피를 갖다주자, 나는 이 틈을 타서 몇 가지 물어봤다.

'그렇게 귀한 처남은 떠났나? 아니면 아직 저 밖에 숨어 있나?'

'모르겠습니다. 처남이 가버렸기를 기도합니다. 그는 이곳에 고통만 안겨주었으니까요! 마지막으로 음식을 두고 온 후로 아무 소식도 없는데 그게 사흘 전이었습니다.'

'그때는 그를 봤고?'

'아닙니다. 하지만 다음에 그쪽으로 가보니 음식이 없어졌더군요.'

‘그러면 그가 거기 있었던 건 분명한가?’

‘그리 생각해도 무방할 겁니다. 다른 사람이 음식을 가져간 게 아니라면요.’

나는 앉아서 커피 잔을 든 채 집사를 빤히 쳐다보았다.

‘다른 사람이 있다는 걸 알고 있나?’

‘그렇습니다. 황무지에 다른 사내가 있습니다.’

'그를 본 적이 있소?'

'없습니다.'

'그런데 어떻게 그 사람에 대해 알았지?'

'일주일 전쯤 될까요, 셀던에게 들었습니다. 그 사내도 숨어 살지만, 죄수같이 보이지는 않는답니다. 그래서 더 그게 꺼림직합니다, 닥터 왓슨. 단도직입적으로 말씀드리면 그게 마음에 걸립니다.' 집사는 갑자기 열을 내면서 말했다.

'자, 내 말을 잘 듣게, 베리모어! 나는 당신 주인과 관련된 것 외에는 이 문제에 관심 없네. 내가 여기 온 목적은 다름 아닌 그를 돕기 위해서지. 뭐가 꺼림직한지 솔직히 말해보게.'

베리모어는 흥분한 걸 후회하는 듯, 감정을 말로 표현하기 어렵다는 모습으로 한참을 머뭇댔다. 마침내 그가 황무지 쪽으로 난, 비에 젖은 창을 손짓하면서 토로했다.

'모든 일이 다 그렇습니다. 뭔가 흉악한 꿍꿍이가 있고, 음흉한 악인이 수작을 부린다고 장담합니다! 저는 헨리 경이 다시 런던으로 돌아가시면 정말 기쁘겠습

니다.'

'하지만 당신을 괴롭히는 게 뭐요?'

'찰스 경의 죽음을 보십시오! 검시관의 말은 그렇다 쳐도 처참한 일이었습니다. 밤에 황무지에서 나는 소리를 보십시오. 해가 지면 돈을 준대도 황무지를 지나가려는 사람이 없을 겁니다. 저기 숨어서 지켜보며 기다리는 이 낯선 자를 보시라고요! 그는 뭘 기다릴까요? 그게 무슨 의미겠습니까? 배스커빌 집안 누구에게도 좋은 일이 아니라는 뜻이지요. 헨리 경의 새 하인들이 와서 일을 인계할 날이 오면 저는 기쁘게 사직할 겁니다.'

내가 말했다. '한데 그 낯선 자 말이오. 그에 대해 말해줄 게 있소? 셀던이 뭐라고 했소? 셀던은 그가 어디 숨어 있는지, 혹은 그가 무슨 일을 하는지 알아냈소?'

'처남은 그를 한두 번 봤지만, 그저 묘연한 인물일 뿐 대화를 나눈 적은 없답니다. 처음에는 경찰로 짐작했지만 곧 수상쩍은 용무가 있는 사람인 걸 알았다더군요. 셀던이 보기에 신사 같은데 무슨 일을 하고 다니는지는 파악할 수 없었답니다.'

'그러면 그자가 어디 산다고 했소?'

'산비탈의 옛날 집들 사이에…… 옛날 사람들이 살던 돌 움막 말입니다.'

'근데 먹을 것은 어떻게 구할까?'

'셀던이 알아낸 바로는 그자 수하에 아이가 있어서 수발을 들고 필요한 것들을 가져온답니다. 제 생각에 쿰 트레이시에 가서 필요한 물품을 구할 겁니다.'

'아주 잘했소, 베리모어. 이 일에 대해 나중에 더 얘기합시다.'

집사가 물러가자 나는 어두운 창으로 가서, 뿌연 유리창으로 흘러가는 구름과 바람에 흔들리는 나무들의 윤곽선을 쳐다보았다. 집 안에서도 궂은 날씨인데 황무지의 돌무더기 움집에 있으면 힘들 게 뻔하다. 어떤 뜨거운 증오를 품었기에 이런 때 그런 곳에 숨어 있을까! 또 얼마나 깊은 증오심으로 뭉쳐 있기에 이런 고난을 자초할까! 황무지의 움집에 나를 이다지도 심하게 괴롭히는 문제의 핵심이 있을 것 같다. 맹세컨대 내일 당장, 미스터리의 핵심에 도달하기 위해 할 수 있는 일을 다하겠다.

11

바위산의 사내

앞 장은 10월 18일까지 내 일기에서 발췌한 부분이다. 그날 이 기묘한 사건들은 어마어마한 결말을 향해 휘몰아치기 시작했다. 이후 며칠간 벌어진 일들은 내 기억에 고스란히 각인되었고, 당시의 메모를 참고하지 않아도 술술 말할 수 있다. 그러면 무척 중요한 두 가지 사실을 알아낸 다음 날부터 시작하겠다. 쿰 트레이시의 로라 라이온스 부인이 찰스 배스커빌 경에게 편지를 보내, 그가 죽음을 맞이한 시각과 장소에서 만날 약속을 했다는 것. 또 하나는 황무지에 숨은 사내가 산등성이의 돌 움집들 틈에 있다는 것. 두 사실을 입수하고도 이 암담한 상황을 해결할 실마리를 내놓지 못한다면 그건 어디까지나 내 지혜와 용기가 부족한 탓일 것이다.

전날 저녁, 라이온스 부인에 대해 알아낸 사실을 헨리 경에게 말할 기회가 없었다. 닥터 모티머가 밤늦도록 그와 카드게임을 해서였다. 하지만 아침 식사를 하면서 파악한 내용을 알리고, 경에게 쿰 트레이시에 동행하겠느냐고 물었다. 처음에는 헨리 경도 그러겠다고 적극적으로 나섰지만, 다시 생각하니 나 혼자 가는 편이 더 좋은 결과를 얻을 거라고 의견 일치를 보았다. 방문이 요란할수록 얻어낼 정보는 줄어들 터였다. 따라서 양심의 가책을 느끼면서도 헨리 경을 혼자 두고, 새로운 조사를 위해 마차에 올랐다.

쿰 트레이시에 도착하자 퍼킨스에게 마차를 세우게 하고, 라이온스 부인을 수소문했다. 거처를 알아내는 데 어려움이 없었다. 그녀의 집은 중심부였고 잘 꾸며져 있었다. 별다른 절차 없이 하녀의 안내를 받아 응접실로 들어갔다. 그러자 레밍턴 타자기 앞에 앉아 있던 부인이 반기는 밝은 미소를 지으면서 자리에서 일어났다. 하지만 내가 모르는 사람인 걸 알자 그녀는 시무룩해져서 다시 앉아 용건을 물었다.

라이온스 부인의 첫인상은 굉장한 미인이라는 것이었다. 눈과 머리는 똑같은 짙은 갈색이었고, 뺨은 주근깨가 두드러졌지만 가무잡잡한 안색에 어울리는 홍조를 띠었다. 레몬색 장미의 중앙에 숨은 화사한 핑크빛이랄까. 다시 말하거니와 첫인상은 감탄 자체였다. 하지만 다시 생각하니 얼굴에 묘하게 안 어울리는 구석이 있었다. 상스러운 표정, 냉담한 눈빛, 완벽한 미모를 해치는 흐트러진 입매. 물론 이것은 나중에 한 생각이다. 당시는 대단한 미인 앞에 있다는 것과 그녀가 방문한 용건을 묻고 있다는 사실만 의식되었다. 그 순간에야 비로소 내가 까다로운 소임을 맡았음을 깨달았다.

내가 말했다. "저는 영광스럽게도 부인의 부친과 아는 사이입니다."

서툰 소개였고, 그녀는 그걸 여실히 느끼게 해주었다.

로라 라이온스가 대꾸했다. "아버지와 저는 공통점이 없습니다. 그분에게 빚이 없으니 그분 친구가 제 친구는 아닙니다. 찰스 배스커빌 경과 다른 친절한 분들이 안 계셨으면, 저는 굶주렸을 거고 아버지는 전혀 개의치 않았겠죠."

"부인을 만나러 온 이유는 돌아가신 찰스 배스커빌 경 때문입니다."

그녀의 얼굴에서 주근깨가 두드러져 보였다.

"제가 그분에 대해 무슨 말을 할 수 있을까요?" 그녀가 묻더니, 타자기의 자판 위로 신경질적으로 손가락을 움직였다.

"그와 아는 사이였지 않나요?"

"그분께 큰 신세를 졌다고 이미 말씀드렸는데요. 제가 자립할 수 있었던 것은 찰스 경이 딱한 제 처지에 관심을 가져주신 덕이 가장 큽니다."

"그와 서신 왕래를 하셨습니까?"

부인은 발끈한 눈빛으로 힐끗 올려다보았다.

"이런 질문을 하는 목적이 뭔가요?" 그녀가 야멸차게 물었다.

"추문이 도는 것을 피하려는 목적입니다. 이 일이 저희의 통제력 밖으로 퍼져나가는 것보다 여기서 제가

묻는 편이 낫습니다."

라이온스 부인은 입을 다물었고 얼굴이 몹시 파리해졌다. 마침내 그녀는 화난 듯 반항적인 태도로 올려다보며 입을 열었다.

"네, 대답할게요. 질문이 뭐죠?"

"찰스 경과 서신 왕래를 하셨습니까?"

"그의 자상함과 선처에 감사하는 편지를 한두 차례 쓴 적이 있죠."

"편지를 쓴 날짜를 기억하십니까?"

"아뇨."

"찰스 경을 만난 적이 있습니까?"

"네, 쿰 트레이시에 오셨을 때 한두 번요. 무척 내성적인 분이라서 남모르게 선행을 베푸는 걸 좋아하셨습니다."

"하지만 별로 만나지도 않고 편지를 여러 번 보내지도 않았는데, 그는 어떻게 부인의 형편을 잘 알고 말하셨듯이 도와줄 수 있었습니까?"

내 날카로운 지적에 그녀는 기다렸다는 듯이 맞받아쳤다.

"제 서글픈 내력을 알고 힘을 모아 도와주시는 신사 몇 분이 있었어요. 그중 한 분이 찰스 경의 이웃이자 가까운 친구인 스태플턴 씨였고요. 그는 말할 수 없이 친절했고, 찰스 경도 그를 통해 제 형편을 아셨지요."

찰스 배스커빌 경이 여러 번 스태플턴을 내세워 선행을 베푼 사실은 나도 익히 알았다. 그러니 부인의 말은 진정성이 있었다.

"찰스 경에게 만나달라는 편지를 쓴 적이 있습니까?" 내가 계속 물었다.

라이온스 부인은 화가 나서 다시 얼굴을 붉혔다.

"이보세요, 참 이상한 질문을 하시네요."

"미안합니다, 부인. 하지만 반복해서 물어봐야겠습니다."

"그러면 대답하죠. 그런 적 없습니다."

"찰스 경이 사망한 날에 그러지 않았습니까?"

순간 그녀의 얼굴에서 홍조가 사라지더니 마치 유령이 된 것 같았다. 입술이 말라서 '아니오'라고 말하려는 걸 소리가 아닌 입 모양으로 볼 수 있었다.

내가 대꾸했다. "확실히 착각하시는가 봅니다. 제가 편지의 한 대목을 인용할 수도 있는데요. '부디, 부디 신사이시니 이 편지를 태워버리고 열 시에 문에 계세요'라는 문장이더군요."

나는 라이온스 부인이 기절이라도 하는 줄 알았지만, 그녀는 극도의 자제력을 발휘해 겨우 진정했다.

"신사 같은 건 없나 보네요." 그녀가 쏘아붙였다.

"부인께서는 찰스 경을 오해하시는군요. 그는 분명히 편지를 태웠습니다. 그런데 가끔 편지가 태워져도 알아볼 수 있는 경우가 있지요. 이제 그 편지를 썼다고 인정하십니까?"

그녀는 정신없이 말을 쏟아냈다. "그래요, 내가 썼어요. 내가 쓴 편지라구요. 왜 그걸 부인하겠어요? 부끄러워할 이유가 전혀 없습니다. 난 그에게 도움을 받고 싶었어요. 면담을 하면 도움을 받을 수 있으리라 믿었고, 그래서 만나달라고 청했습니다."

"그런데 왜 그런 시간이었습니까?"

"왜냐면 그가 다음 날 런던에 가서 몇 달 간 돌아오지 않는다는 걸 뒤늦게 알았으니까요. 더 이른 시간에 거기 갈 수 없는 사정이 있었고요."

"그런데 왜 집으로 방문하지 않고 정원에서 만나자고 했습니까?"

"그런 밤늦은 시간에 여자 혼자 독신남의 집에 찾아가도 될 것 같은가요?"

"부인이 거기 도착했을 때 무슨 일이 벌어졌습니까?"

"난 가지 않았어요."

"라이온스 부인!"

"아니에요. 신성한 모든 것에 걸고 맹세해요. 난 가지 않았어요. 그곳에 가는 걸 막는 어떤 다른 일이 생겼거든요."

"그게 무슨 일입니까?"

"그건 개인적인 문제입니다. 말할 수 없어요."

"그러면 찰스 경이 죽음을 맞이한 시간과 장소에서 그와 만나기로 약속한 건 인정하지만, 약속을 지켰다는 것은 부인하시는군요."

"사실이 그렇습니다."

요리조리 돌려가며 거듭 물었지만 그 이상의 답을 얻지 못했다.

지지부진한 대화를 마무리하면서 내가 말했다. "라이온스 부인, 아는 것을 다 그대로 털어놓지 않으면 아주 큰 책임을 지고 곤란한 지경에 처할 겁니다. 제가 경찰의 협조를 요청하게 된다면, 부인은 얼마나 위태로운 처지인지 깨닫게 될 겁니다. 결백한 입장이라면, 왜 처음에 찰스 경에게 그날 편지를 쓴 것을 부인했습니까?"

"그 일로 엉뚱한 결론이 내려져서 추문에 연루될까 두려웠으니까요."

"그러면 찰스 경에게 편지를 없애라고 그렇게 채근한 이유는 뭡니까?"

"편지를 읽어봤다면 아실 텐데요."

"편지 전문을 읽었다고 말하지 않았습니다."

"일부를 인용하셨잖아요."

"추신을 인용했지요. 말씀드렸듯이 편지는 불타서 다 알아볼 수 없었습니다. 다시 한번 묻지요. 왜 찰스 경에게 그 편지를 없애라고 그리 요청했습니까?"

"그건 아주 사적인 일입니다."

"그러면 더욱 더 공적인 조사를 받아야 될 입장이시군요."

"그러면 말씀을 드릴게요. 제 불행한 인생사를 들어 보셨다면, 성급한 결혼을 했고 그걸 후회할 만했다는 걸 아시겠네요."

"그 정도는 들어 압니다."

"제가 증오하는 남편이란 작자에게 끊임없이 시달리

며 살아왔습니다. 법은 그 사람의 편이고, 저는 매일 남편이 저를 데려가지 않을까 노심초사했어요. 이 편지를 찰스 경에게 보낼 즈음, 돈을 어느 정도 마련할 수 있으면 자유를 되찾을 가망이 있는 걸 알았습니다. 그게 제게는 전부입니다. 마음의 평화, 행복, 자존감 등 모든 것이지요. 찰스 경의 너그러운 마음씨를 알기에, 제 입으로 직접 사연을 말하면 도움을 얻을 거라 생각했어요."

"그런데 왜 가지 않은 겁니까?"

"그사이 다른 데서 도움을 받았거든요."

"그러면 왜 찰스 경에게 편지를 보내서 이런 설명을 하지 않았나요?"

"다음 날 조간에서 그의 사망 기사를 보지 않았다면 마땅히 그렇게 했을 겁니다."

부인의 설명은 아귀가 들어맞았고, 이런저런 질문으로도 빈틈을 찾을 수가 없었다. 사망 시점이나 그 무렵 이혼 절차를 진행 중이었는지 알아보는 정도만 확인 가능할 뿐이었다.

그녀가 배스커빌 홀에 왔으면서도 아니라고 말할 것

같진 않았다. 거기까지 가려면 마차가 필요할 테고, 새벽이나 되야 쿰 트레이시로 되돌아올 수 있었을 테니까. 그런 나들이는 비밀에 부칠 수가 없었다. 따라서 그녀의 말이 사실이거나 적어도 일부 사실일 가능성이 있었다. 나는 당황하고 낙심해서 그 집에서 나왔다. 또다시 벽에 부딪쳤다. 임무 수행을 위해 들어가는 길마다 벽이 가로막는 것 같았다. 그런데 여인의 표정과 태도를 떠올릴수록 뭔가 숨긴다는 의구심이 깊어졌다. 라이온스 부인은 왜 그리 창백해졌을까? 왜 억지로 털어놓아야 되는 상황이 될 때까지 부인하며 버텼을까? 사망 사건이 일어났을 때 왜 함구했을까? 그녀는 결백해 보이려 했지만, 이 질문들의 대답은 그렇지 않을 수도 있었다. 당분간 그 방향으로 더 파고들 수가 없기에 다른 실마리로 방향을 돌려야 했다. 황무지의 돌 움집들 사이에서 찾아봐야 되는 실마리가 바로 그것이었다.

돌 움집을 찾는 것은 애매하기 짝이 없는 일이었다. 마차를 타고 돌아가면서 언덕마다 선사시대인들의 흔적이 있는 걸 보고 난처한 상황임을 깨달았다. 베리모어가 알려준 것은, 낯선 자가 버려진 움집 한 곳에 산다는 사실뿐이었다. 그러나 황무지 사방에는 수백 채의 움집이 흩어져 있었다. 그래도 검은 바위산 꼭대기에 서 있는 사내를 봤으니, 그 경험을 길잡이로 쓸 수 있었다. 그러면 거기를 수색의 중심점으로 삼아야 했다. 거기부터 사내가 있는 움집을 찾을 때까지 황무지의 모든 움집을 샅샅이 뒤져야 했다. 이 사내가 움집에 있다면, 필요하면 권총을 들이대고 그의 신원과 우리를 미행한 이유를 직접 들어야 했다. 북적대는 리젠트 가에서는 우리를 따돌렸지만 한적한 황무지에서는 그러지 못하겠지. 한편 움집을 찾아냈는데 사내가 안에 없을 경우, 언제까지든 돌아올 때까지 거기서 지켜야 했다. 홈스는 런던에서 그를 놓친 적이 있었다. 내가 그를 잡을 수 있다면 스승도 실패한 일을 해냈으니 큰 업적이 될 터였다.

이 수사에서 행운의 여신은 거듭 우리를 외면했지만, 이제 마침내 내 편이 되었다. 행운의 여신이 보낸 사람은 다름 아닌 프랭클랜드 씨였다. 회색 수염이 난 붉은 얼굴의 노인이 내가 가는 길 옆의 정원 문밖에 서 있었다.

프랭클랜드 씨는 평소와 달리 기분 좋게 외쳤다. "안녕하시오, 닥터 왓슨. 말들도 쉬게 할 겸 들어와서 와인 한 잔 마시면서 날 축하해주시오."

프랭클랜드가 딸에게 어떻게 했는지 들은 후라 감정이 좋을 리 만무했다. 하지만 퍼킨스와 마차를 돌려보내고 싶던 터였기에 이것은 절호의 기회였다. 나는 마차에서 내리고, 헨리 경에게 저녁 식사에 맞춰 걸어서 돌아가겠다고 전갈을 보냈다. 그런 다음 프랭클랜드를 따라 식당으로 들어갔다.

그가 연신 껄껄 웃으면서 말했다. "운수가 대통한 날이라오. 평생 기념일로 삼을 만한 날이지. 두 가지 성과를 얻었거든. 이 지역 사람들에게 법은 법이라는 것과 법 집행을 겁내지 않는 사람이 여기 있다는 걸 단단히 가르쳐줄 거요. 미들턴의 대지 중간에 공용 도로를 내게 되었소. 그 집 현관에서 백 미터도 안 되는 곳을 떡하니 지나가는 거지. 그 일을 어떻게 생각하시오? 행세깨나 하는 자들에게 평민의 권리를 짓밟을 수 없다는 걸 똑똑히 가르쳐주고 한 방 먹여야지! 그리고 펀워 시

사람들이 소풍을 가던 숲을 폐쇄했소. 이 망나니들은 재산권이란 게 없다고 생각하는지, 몰려다니면서 휴지며 병을 버려도 되는 줄 안다니까. 두 사건의 결론이 났고 둘 다 내게 유리한 판결이 났다오, 닥터 왓슨. 자기 야생동물 사육지에서 총을 쏘아대던 존 몰런더 경을 불법침입죄로 잡은 날 이후로 이렇게 좋은 날은 처음이요."

"대관절 어떻게 그렇게 했습니까?"

"문건을 찾아보시오. 읽어볼 만할 거요. '프랭클랜드 대 몰런더, 고등법원 사건'이오. 덕분에 2백 파운드가 들었지만 바라던 판결을 얻었지."

"그 일로 어떤 이득을 보셨습니까?"

"아니, 이득은 전혀 없었소. 그 소송에서 사익이 없었다고 말하는 게 자랑스럽군. 난 전적으로 공적 의무감으로 행동하오. 예컨대 오늘 밤 펀워시 사람들은 틀림없이 내 인형을 태울 거요. 지난번에 그들이 그 짓을 벌였을 때 난 경찰에게 이런 창피한 짓거리를 중단시키라고 말했소. 지방경찰은 한심한 상태라서, 내 권리를 보호해줄 형편이 아니라오, 박사. 이 프랭클랜드와

국가가 맞붙는 사건이 일어나면 대중이 이 문제에 관심을 가질 거요. 나를 푸대접하면 후회할 일이 생길 거라고 경찰에게 말했는데, 이미 내 말대로 되고 있소."

"어떻게요?" 내가 물었다.

노인은 뻐기는 표정을 지었다.

"경찰이 알고 싶어 환장하는 걸 내가 말해줄 수 있거든. 하지만 나쁜 놈들, 맘대로 용쓰라지. 내가 도와주나."

그의 수다에서 빠져나갈 핑계를 찾던 중이었지만, 어느덧 귀가 솔깃해지기 시작했다. 고약한 노인네의 청개구리 같은 성격을 익히 알기에, 관심을 보이면 오히려 그가 입을 다물리란 걸 알았다.

"밀렵 건이겠군요?" 나는 무심한 태도로 대꾸했다.

"하, 그보다 훨씬 중요한 문제라오! 황무지의 탈옥수라면 어떻소?" 그가 말했다.

나는 깜짝 놀라며 말했다. "그가 어디 있는지 아신다는 말은 아니겠지요?"

"정확히 어디 있는지는 모르겠지만 경찰이 놈을 잡게 도울 수 있는 건 분명하지. 어디서 식량을 구하는지 알아내서 추적하는 게 놈을 잡을 묘수라고 생각해본 적 없소?"

그가 점점 진실에 다가가는 것 같아서 난 불편했다. 내가 말했다. "그거야 알지만, 그가 황무지에 있다는 걸 어떻게 아십니까?"

"식량을 갖다주는 심부름꾼을 내 눈으로 봤으니까 알지."

베리모어 때문에 가슴이 철렁했다. 이 오지랖 넓은 심술쟁이에게 걸려들면 큰일이었다. 하지만 그다음 말을 듣자 마음이 이내 가벼워졌다.

"한 소년이 식량을 갖다준다는 말을 들으면 놀라울 거요. 매일 나는 지붕에서 망원경으로 그 애를 본다오. 같은 시간에 같은 길을 지나가는데, 탈옥수가 아니면 누구한테 가겠소?"

이런 행운이 있나! 하지만 난 관심 있는 기색을 자제했다. 소년이라! 베리모어는 의문의 사내가 필요한 물품을 아이에게 조달받는다고 말했었다. 프랭클랜드가 꼬리를 밟은 것은 탈옥수가 아닌 그자의 자취였다. 노인이 아는 것을 알아낼 수 있다면 길고도 지친 수색을

할 필요가 없었다. 하지만 믿지 않고 심드렁한 태도를 보이는 게 상책이었다.

"황무지 목동의 아들이 아버지에게 도시락을 갖다주는 거겠죠."

가벼운 말대꾸가 늙은 독재자에게 불을 질렀다. 그는 노기등등한 눈으로 날 노려보았다. 성난 고양이처럼 잿빛 수염이 곤두섰다.

프랭클랜드는 넓게 뻗은 황무지를 가리키면서 쏘아붙였다. "아이고, 박사! 저기 있는 검은 바위산이 보이시오? 그 너머 가시나무 수풀이 있는 낮은 언덕이 보이나요? 황무지 전체에서 돌이 가장 많은 지역이오. 목동이 그런 곳에 자리를 잡겠소? 당신의 의견은 말이 안 되는 헛소리요."

나는 물정 모르고 한 말이라고 우물쭈물 대꾸했다. 내가 숙이고 들어가자 노인은 노여움을 풀고 더 털어놓았다.

"나는 분명한 근거를 확보한 후에야 의견을 말하는 사람이란 걸 알아두시오. 보따리를 든 아이를 몇 번이나 봤소. 매일, 어떤 때는 하루에 두 번도 볼 수 있단 말이요. 그런데 잠깐, 닥터 왓슨. 내가 헛것을 보는 걸까? 아니면 지금 이 순간 산비탈에서 뭐가 움직이나?"

수 킬로미터 밖이었지만, 칙칙한 초록색과 잿빛 속에서 작은 검은 점이 똑똑히 보였다.

프랭클랜드가 황급히 위층으로 올라가면서 외쳤다. "이리 와요, 어서! 박사의 두 눈으로 똑똑히 보고 판단하시오."

납판 지붕에 위협적인 도구처럼 보이는 삼각대가 있고 그 위에 망원경이 놓여 있었다. 프랭클랜드가 망원

경에 눈을 대더니 환호성을 질렀다.

"얼른, 닥터 왓슨. 아이가 언덕을 넘기 전에 어서!"

그곳에 보따리를 어깨에 진 소년이 분명히 있었다. 개구쟁이 같은 아이는 어렵사리 천천히 언덕을 올라갔다. 아이가 정상에 다다랐을 때, 새파란 하늘을 등진 꾀죄죄한 행색의 형체가 한순간 눈에 들어왔다. 소년은 미행을 겁내는 듯이 은밀하고 조심스럽게 두리번댔다. 그러다가 언덕 너머로 사라졌다.

"보시오! 내 말이 맞지요?"

"그렇군요, 비밀스런 심부름을 하는 아이가 있나 봅니다."

"그리고 무슨 심부름인지는 시골 경찰이라도 짐작할 수 있지. 하지만 경찰에 한 마디도 하지 않을 작정이니, 박사도 비밀로 해주시오, 닥터 왓슨. 한 마디도 안 되오! 알겠지요!"

"원하시는 대로 하겠습니다."

"그자들이 날 치욕스럽게 대우하니까. 치욕스럽게. 프랭클랜드 대 국가 사건에서 사실이 밝혀지면, 장담컨대 온 나라에 경악할 분노가 번질 거고, 경찰은 무슨 수를 부려도 내 도움을 받지 못할 거요. 경찰은 이 악랄한 작자들이 불태운 게 내 인형이 아니라 진짜 나였기를 바랄테니 말이오. 설마 이대로 가지 않겠지요? 대단한 날을 기념해 나랑 술병을 비웁시다!"

하지만 나는 간곡한 권유를 뿌리쳤고, 걸어서 바래다주겠다고 나서는 노인을 간신히 만류했다. 큰길을 걷다가 그의 눈에 띄지 않는 곳에 이르자 황무지로 빠져서, 소년이 사라진 돌투성이 언덕으로 향했다. 나에게 모든 행운이 뒤따르는 마당에 노력이나 끈기가 부족해서 눈앞의 기회를 놓쳤다는 말은 듣고 싶지 않았다.

언덕 꼭대기에 도착했을 때는 이미 해가 뉘엿뉘엿 넘어가고 있었다. 발아래 산비탈이 한쪽은 금빛 나는 초록색으로 물들고 다른 쪽은 회색 그늘이 드리웠다. 멀리 꿈결 같은 벨리버와 빅센 토르가 솟은 지평선에 아지랑이가 내렸다. 쭉 뻗은 황무지에 아무 소리도, 움직임도 없었다. 갈매기인지 마도요인지 커다란 회색 새 한 마리가 파란 하늘 높이 날아올랐다. 둥근 창공과 그 아래 황무지 사이에 그 새와 나만 있는 듯했다. 황량

한 풍경과 고독감에 묘연하고 다급한 내 임무까지 더해져 가슴이 서늘했다. 어디에도 아이는 보이지 않았다. 하지만 아래쪽 언덕과 언덕 사이에 고대의 돌집들이 빙 둘러 있었고, 중앙에는 비바람을 피하기에 충분할 정도로 지붕이 남은 집이 있었다. 그 움집을 보자 가슴이 두근거렸다. 틀림없이 여기가 낯선 자가 숨어 지내는 집이었다. 드디어 그의 은신처에 발을 들여놓을 찰나였다. 그의 비밀이 내 수중에 들어온 셈이다.

앉아 있는 나비에게 곤충망을 들고 다가가는 스태플턴처럼 사뿐사뿐 움집으로 다가갔다. 사람이 살던 자취를 보자 마음이 흡족했다. 큰 바위들 사이의 길 같지 않은 길을 지나니, 문 구실을 하는 쓰러져가는 출입구가 나왔다. 안쪽은 쥐죽은 듯 조용했다. 미지의 사내는 거기 숨어 있거나 황무지를 배회하고 있을 터였다. 모험하는 느낌 때문에 신경이 팽팽해졌다. 담배를 던지고 권총 손잡이를 움켜쥐고, 재빨리 문으로 다가가서 안을 들여다보았다. 아무도 없었다.

하지만 내가 헛다리를 짚은 게 아니라는 증거가 차고 넘쳤다. 분명히 사람이 사는 곳이었다. 방수포에 둘

둘 말아둔 담요 몇 장이 평편한 돌 위에 얌전히 놓여 있었다. 한때 선사시대의 사람들이 이 돌판 위에서 잤으리라. 엉성한 화로에 모닥불 재가 수북했다. 그 옆에 조리도구들과 물이 반쯤 담긴 양동이가 있었다. 버려진 빈 깡통들은 한동안 사람이 산 곳임을 말해주었고, 눈이 어둠에 익숙해지자 구석에 있는 금속 술잔과 절반쯤 빈 술병이 보였다. 움집 가운데 탁자 용도로 쓰는 평편한 돌이 있고, 작은 보따리가 놓여 있었다. 두말할 것 없이 망원경으로 본 아이가 지고 온 꾸러미였다. 빵 한 덩이, 혀 고기 한 통, 복숭아 통조림 두 개가 들어 있었다. 보따리를 찬찬히 살핀 후 제자리에 두다가 가슴이 철렁 내려앉았다. 그 밑에 연필로 갈겨 쓴 글씨가 적힌 종이 한 장이 있었다.

닥터 왓슨이 쿰 트레이시에 갔음.

나는 잠시 양손으로 종이를 잡은 채 이 간단한 문장의 의미를 가늠했다. 이 은밀한 자가 뒤를 밟는 사람은 헨리 경이 아닌 나라는 뜻이었다. 그가 직접 미행한 게 아니라 대리인을 내세워 나를 쫓아다녔고, 이것은 그 보고서였다. 내가 황무지에 나갈 때마다 뒤를 밟고 보고했을 수도 있었다. 늘 보이지 않는 힘이 감지되긴 했다. 우리 주변에 뛰어난 솜씨로 교묘하고 촘촘한 그물을 던진 것 같았다. 워낙 가벼워서 최후 순간이 되기 전에는 갇힌 줄도 모르는 그물이긴 했지만.

보고서가 한 장은 아닐 거라는 생각에, 움집 안을 돌면서 찾아보았다. 하지만 그런 문건은 발견할 수 없었고, 이 요상한 곳에 사는 자의 성격이나 의도를 파악할 만한 단서도 없었다. 그저 스파르타인 같은 관습의 소유자라서 생활의 편의 따위는 안중에 없다는 점만 드러났다. 비가 많이 왔었다는 생각에, 고개를 들어보니 지붕의 벌어진 틈이 그대로 보였다. 이 험한 거처에서 지내는 목적이 얼마나 확고하고 초지일관인지 깨달았다. 그는 우리의 악랄한 적수일까, 아니면 수호천사일까? 나는 이 사실을 밝힐 때까지 움집에서 버티겠노라 다짐했다.

해가 많이 기울어서 서쪽 하늘이 진홍색과 금색으로 타올랐다. 노을이 그림펜 늪의 먼 웅덩이들을 붉게 물들였다. 배스커빌 홀의 탑 두 개가 있고, 멀리서 연기가 오르는 곳은 그림펜 마을이었다. 둘 사이의 언덕 뒤로 스태플턴 남매의 집이 있었다. 황금빛에 젖은 저녁, 모든 게 애틋하고 감미롭고 평화로웠다. 하지만 밖을 보는 내 영혼은 평온한 자연과 달리, 시시각각 다가오는 애매하고 두려운 만남에 긴장하고 있었다. 신경이 곤두섰지만 확고한 목적의식을 안고 어두운 구석에 앉아, 이곳에 사는 사내를 인내하며 기다렸다.

바로 그 순간 그의 기척이 들렸다. 멀리서 구둣발로 돌을 밟는 탁탁 소리가 났다. 그러다 다시, 또다시 발소리가 점점 가까워졌다. 나는 가장 어두운 구석으로 물러가서, 주머니 속에서 권총의 공이를 당겼다. 낯선 자를 볼 기회가 생기기 전에는 나서지 않을 셈이었다. 오래 잠잠한 걸 보니 사내는 멈추어 섰다. 그러다 다시 한 번 다가오는 소리가 났고, 움집 입구에 그림자가 드리워졌다.

"아름다운 저녁이군, 왓슨. 안보다는 바깥이 자네에게 더 편할 것 같네만." 귀에 익은 목소리였다.

12

황무지에서의 죽음

잠시 내 귀를 믿을 수가 없어 숨도 못 쉬고 앉아 있었다. 그러다가 제정신과 목소리를 되찾으면서, 영혼에서 책임이라는 무거운 짐을 순식간에 덜어낸 것 같았다. 그 냉랭하고 신랄한, 냉소적인 목소리의 주인은 온 세상에서 단 한 명밖에 없었다.

"홈스! 홈스!" 내가 외쳤다.

"나오게. 그 총을 조심하고." 그가 대꾸했다.

몸을 굽히고 엉성한 돌집 밖으로 나가자, 홈스가 바위 위에 걸터앉아 있었다. 내 놀란 표정을 보자 그의 회색 눈에 즐거운 기색이 넘실댔다. 홈스는 마르고 지쳐지만, 침착하고 기민했다. 날렵한 얼굴은 햇빛에 그을리고 바람에 거칠어졌다. 모직 양복과 천 모자는 황무지에서 보는 여느 여행자와 비슷했고, 고양이처럼 정갈한 성격대로 베이커 가에 있는 듯이 턱은 매끈하고 의복은 말쑥했다.

"평생 누구를 만났을 때 이렇게 반가운 적이 없었네." 내가 홈스의 손을 꽉 잡으면서 말했다.

"혹은 더 놀란 때가 없었겠지?"

"흠, 그렇다고 고백할 수밖에 없군."

"자네만 놀란 게 아니라네. 자네가 내 아지트를 찾아낼 줄은 나도 몰랐거든. 하물며 스무 걸음 전까지는 자네가 그 안에 있는 줄 전혀 몰랐네."

"내 발자국을 봤군?"

"아니라네, 왓슨. 세상의 모든 발자국 중에서 자네 것을 안다고 장담하진 못하지. 진짜 날 속일 작정이라면, 담배 상점을 바꿔야 될 거야. 담배 끝에 '옥스퍼드가 브래들리'라는 마크가 있으면 내 친구 왓슨이 근처에 있는 걸 알지. 통로 옆에 담배가 있더군. 꽁초를 내던지고 절박한 심정으로 빈 움집에 들어섰겠지."

"맞아."

"내 그럴 줄 알았지. 자네의 탄복할 만한 끈기를 알기에, 무기를 챙겨 들고 숨어서 집주인의 귀가를 기다릴 거라 믿었지. 그래 정말 내가 탈옥수인 줄 알았나?"

"자네가 누군지 몰라서 알아볼 작정이었지."

"잘했네, 왓슨! 그러면 내가 여기 있는 건 어떻게 알았지? 탈옥수를 수색하던 밤에 날 봤겠지. 내가 뒤에서 달이 뜬다는 점을 간과했거든."

"맞네, 그때 자네를 봤지."

"그러면 움집들을 전부 뒤지다가 이 집에 이르렀나?"

"아니, 자네가 부리는 아이를 목격했고, 그걸 길잡이 삼아 찾아냈지."

"망원경을 가진 노인 때문이겠군. 렌즈에 빛이 반사되는 걸 보고서야 망원경이 있다는 걸 파악했지." 홈스가 일어나서 움집 안을 들여다보았다. 그가 말을 이었다. "아, 카트라이트가 식량을 가져왔군. 이 종이는 뭐지? 그러니까 자네가 쿰 트레이시에 다녀왔군, 그런가?"

"그래."

"로라 라이온스 부인을 만나러?"

"맞네."

"잘했네! 우리의 수사가 평행선을 달려왔으니, 둘의 결과를 합하면 사건이 제법 온전히 파악되겠군."

"자네가 여기 와줘서 진심으로 기쁘네. 사실 책임감도, 사건도 점점 감당하기 벅차던 참이었어. 하지만 대체 어떻게 여기 오게 되었으며 무슨 일을 하고 있었나? 난 자네가 베이커 가에서 협박 사건에 매달린다고 생각했는데."

"바로 그게 내가 바라던 바일세."

"그러면 자네는 나를 이용하면서 신뢰하지는 않는군! 그보다 나은 대접을 받을 자격이 있다고 생각하네, 홈스."

내가 속상해서 쏘아붙였다.

"이 친구야, 다른 사건들처럼 이번 일에서도 자네는 내게 더없이 소중하네. 그러니 자네에게 장난을 친 것 같더라도 날 용서해주기 바라네. 솔직히 비밀로 한 것은 자네를 위해서기도 해. 여기까지 내려와 직접 사건을 조사한 것은 자네에게 닥친 위험을 감지해서였네. 내가 헨리 경과 자네와 함께했다면 두 사람과 똑같은 관점을 가졌겠지. 또 내 존재가 우리의 대단한 적들에게 경각심을 주었을 테고. 지금 난 모든 걸 잘 살피고 있네. 내가 배스커빌 홀에서 지냈으면 불가능했을 거야. 또 내가 사건에서 미지의 요소로 남아 있었기에 중요한 순간에 끼어들 수 있었던 거지."

"하지만 나에게는 왜 비밀로 했나?"

"자네가 알아본들 우리에게 도움이 될 리 없고, 내가 발각되기 십상이었으니까. 자네는 내게 전하고 싶은 말이 있거나, 친절한 마음에서 편안하게 지낼 수 있는 물품을 가져왔을 거야. 그러면 불필요한 위험부담이 생기지. 카트라이트를 데리고 왔네. 심부름 사무실에서 만난 소년을 기억하지? 그 아이가 내게 눈과 빠른 발이 되어주고, 둘 다 아주 유용하네."

"그러면 내 보고서들은 무용지물이 되었겠군!" 보고서를 쓰면서 겪은 고초와 자부심이 기억나서 목소리가 떨렸다.

홈스가 주머니에서 종이 뭉치를 꺼냈다.

"여기 자네가 보낸 보고서들이 있고, 확실히 말하건대 꼼꼼하게 검토했네. 내가 준비를 철저히 해서, 보고서들은 고작 하루 늦게 내게 배달되었지. 유독 까다로운 사건에서 자네가 보여준 열의와 명석함을 크게 칭찬해야겠군."

그에게 속은 것 같은 느낌이 아직 남았지만, 따뜻한 칭찬을 들으니 화가 가라앉았다. 또 홈스의 말이 다 옳고, 그가 황무지에 있는 줄 모르는 게 우리가 목적을 달성하는 데 최선이었음이 절실하게 느껴졌다.

내 얼굴에서 그늘이 걷힌 걸 보자 그가 말했다. "그편이 더 낫군. 이제 로라 라이온스 부인을 찾아간 결과를 말해보게. 자네가 그녀를 만나러 갔다고 쉽게 예측할 수 있었지. 쿰 트레이시에서 사건 해결에 도움을 얻을 사람은 그녀뿐이라는 걸 익히 알았으니까. 사실 오늘 자네가 가보지 않았다면, 내일 내가 찾아갔을 게 거의 확실하네."

해가 져서 황무지에 땅거미가 내렸다. 공기가 차가웠기에 우린 추위를 피해 움집으로 들어갔다. 어스름 속에 나란히 앉아서, 난 라이온스 부인과 나눈 대화를 이야기했다. 홈스는 관심이 커서, 어떤 대목은 성에 찰 때까지 반복해서 들으려 했다.

끝까지 듣고 그가 말했다. "이 얘기가 가장 중요하네. 더없이 복잡한 사건에서 내가 메우지 못한 빈칸을 채워주니까. 이 부인과 스태플턴이라는 자가 친밀한 사이라는 걸 알지?"

"친밀한 사이인 줄은 몰랐네."

"그건 의심의 여지가 없지. 둘이 만나고, 둘이 편지를 쓰고, 서로 완전히 공감하지. 자, 덕분에 대단히 강력한 무기를 확보했군. 이걸 이용해 그의 아내를 떼어낼 수만 있다면."

"그의 아내라고?"

"이제 자네에게 정보를 얻은 보답으로 내가 찾은 정보를 알려주지. 여기서 스태플턴 양으로 통하는 여인은 사실은 그의 부인이라네."

"이럴 수가! 홈스! 확실한 말인가? 그러면 왜 스태플턴은 헨리 경이 아내를 사랑하게 놔두었을까?"

"헨리 경의 사랑으로 손해를 볼 수 있는 사람은 헨리 경 본인 말고 아무도 없거든. 자네가 지켜봤다시피, 스태플턴은 헨리 경이 그녀와 사랑을 나누지 못하게 단단히 챙겼지. 다시 말하거니와 그녀는 스태플턴의 아내일세. 누이가 아니라."

"근데 뭐 하러 이런 까다로운 속임수를 쓰지?"

"왜냐면 스태플턴은 그녀가 독신 상태인 게 훨씬 쓸모 있다고 생각했거든."

말로 하지 않은 모든 육감, 애매한 의심이 갑자기 수

면에 떠올라 스태플턴에게 모였다. 밀짚모자를 쓰고 잠자리채를 든 심드렁하고 맹한 사내에게 소름끼치는 면이 보이는 듯했다. 얼굴은 웃지만 살인자의 심장을 지닌, 무한한 인내심과 간교함의 소유자.

"그럼 우리의 적은 스태플턴인가? 런던에서 우리를 미행한 자도?"

"내가 푼 수수께끼는 그렇네."

"그러면 경고를 보낸 사람은 그녀였겠군!"

"맞아."

실제와 상상이 뒤섞인 괴물 같은 악인의 모습이, 오랫동안 나를 조롱하던 어둠 속에서 드러났다.

"하지만 확실한가, 홈스? 어떻게 그 여자가 아내인 걸 알지?"

"그가 자신을 아득히 잊은 나머지, 자네를 처음 만났을 때 진짜 이력 하나를 발설했으니까. 장담컨대 그 후 여러 번 자책했을 거야. 그는 한때 북부 잉글랜드에서 교사였네. 교사처럼 추적하기 쉬운 직업이 없거든. 교육 단체들이 있어서, 교사였던 사람은 누구든지 찾을 수 있다네. 간략히 조사해보니, 열악한 상황에서 문을 닫은 학교가 있더군. 이름은 다르지만 학교 주인이 아내와 함께 사라졌더라고. 세부 사항들이 맞아떨어졌지. 사라진 사내가 곤충학에 열심이었다는 걸 알자, 신원이 완벽해졌지."

어둠은 걷혔지만 여전히 많은 것이 그늘에 감춰져 있었다.

"이 여자가 진짜 아내라면 로라 라이온스 부인은 어떻게 되는 거지?" 내가 물었다.

"그게 자네의 조사가 밝혀낸 점들 중 하나지. 자네와 그녀의 면담이 상황을 아주 선명하게 보여주네. 라이온스 부인과 남편이 이혼을 진행 중인 줄 난 모르고 있었네. 그렇다면 그녀는 스태플턴을 독신으로 알고, 결혼할 꿈을 꿨을 게 확실하네."

"그런데 사실을 알게 된다면?"

"뭐, 우리가 그 부인의 협조를 얻게 되겠지. 내일 그녀를 만나보는 게 우리가 맨 먼저 할 일이겠지. 둘이 같이. 그런데 왓슨, 자리를 너무 오래 비운 게 아닌가? 자네가 있을 자리는 배스커빌 홀인데."

서쪽에서 마지막 붉은 석양이 잦아들면서 황무지에

밤이 내렸다. 보랏빛 하늘에서 흐릿한 별 몇 개가 반짝거렸다.

내가 일어나면서 말했다. "마지막 질문이네, 홈스. 분명히 우리 사이에 비밀은 필요치 않지. 이게 다 무슨 일인가? 도대체 그자가 쫓는 게 뭐야?"

홈스는 착 가라앉은 목소리로 대답했다.

"살인이라네, 왓슨. 정교하고 냉혈한, 계획적인 살인. 세부 사항은 묻지 말게. 내 그물망이 그를 조여가고 있네. 그의 그물망이 헨리 경을 조이지만, 자네의 도움으로 그자는 내 수중에 거의 들어왔네. 우리에게 위협이 될 위험 요소는 딱 하나일세. 우리가 채비를 마치기 전에 놈이 먼저 치고 들어오는 것. 기껏해야 이틀 후면 사건이 종결될 테지만, 그때까진 자네의 책임인 헨리 경을 밀착해서 지키게. 인자한 어머니가 아픈 자식을 보살피듯 달라붙게. 오늘 자네가 한 일은 그 자체로 의미있지만, 자네가 그의 곁을 떠나지 않았으면 좋았겠다 싶긴 하네. 저건 뭐지?"

적막이 감도는 황무지에서 공포로 가득 찬 비명이 터졌다. 겁먹고 고통스러운 긴 외침이었다. 무시무시한 소리를 듣자 몸 속에서 피가 얼어붙는 것 같았다.

내가 허둥지둥 말했다. "이런, 세상에! 무슨 소리지? 무슨 일이야?"

홈스는 이미 벌떡 일어났다. 움집 문간에 선 단단한 체구의 윤곽선이 내 눈에 들어왔다. 그는 어깨를 굽히고 머리를 쑥 내밀어 어둠 속을 응시했다.

"쉿! 쉬잇!" 그가 속삭였다.

격렬하고 큰 비명이 그늘진 황무지 저 멀리까지 퍼졌다. 이제 우리 귀에 더 가까이, 더 크게, 더 다급한 비명이 들렸다.

"어디인가?" 홈스가 소곤댔고, 흥분한 음성에서 강철 같은 모습과는 달리 잔뜩 긴장한 티가 났다. 그리고 새로운 소리가 비명과 섞여 나왔다. 중얼대는 굵은 소리. 흥얼대는 것 같지만 위협적인 소리가 마치 파도가 계속 잔잔하게 출렁대듯 높아졌다 낮아졌다. "어느 쪽이지, 왓슨?"

더욱 더 고통스러워하는 비명이 고요하던 어둠을 산산조각내고 있었다. 소리는 점점 더 커져갔는데 뒤이어 다른 더 큰 소리가 그 비명소리를 덮어버렸다. 몸속 깊은 곳에서 밀려오는 신음소리 같기도 하고 바다에서 끊임없이 밀려드는 물결이 울부짖는 소리 같기도 했다.

"사냥개야! 가세, 왓슨! 어서! 우리가 너무 늦으면 어쩌지!" 홈스가 외쳤다.

그는 황무지 위를 재빨리 달려가기 시작했고 나는 바싹 뒤따랐다. 하지만 바로 앞의 갈라진 곳 어디서 필사적인 마지막 비명이 터지더니 묵직하고 둔탁한 쿵 소리가 났다. 곧 바람 없는 밤의 깊은 정적 속에서 아무 소리도 나지 않았다.

홈스를 보니 정신없는 사람처럼 이마에 손을 짚고 있었다. 그가 발을 굴렀다.

"그자가 선수 쳤네, 왓슨. 우리가 한발 늦었네."

"아니, 아니야. 아닐 거야!"

"미적대다니 어리석었지. 그리고 왓슨, 책임을 저버리면 어찌 되는지 똑똑히 알았겠지! 하지만 최악의 상황이 벌어졌다면 기필코 복수할 거야!"

어둠 속을 정신없이 뛰다가 큰 바위에 부딪치고, 가시금작화 덤불을 지나 헐레벌떡 비탈을 올랐다가 내리막길을 성큼성큼 내려갔다. 우리는 무시무시한 소리가 난 곳으로 향했다. 언덕 꼭대기를 지날 때마다 홈스는 열심히 두리번거렸지만, 황무지에 짙은 그늘이 드리워졌고 그 황량한 곳에서는 아무 움직임도 없었다.

"뭐가 보이나?"

"아니."

"그런데 들어봐, 무슨 소리지?"

낮은 신음소리가 들렸다. 우리 왼쪽에서 다시 소리가 난 것이다! 그쪽은 바위가 이어진 능선이 깎아지른 절벽으로 끝났고, 절벽 아래는 돌투성이 비탈이었다. 돌투성이 바닥에 울퉁불퉁한 검은 물체가 팔다리를 쭉 펴고 엎어져 있었다. 그쪽으로 달려가니 흐릿하던 윤곽이 선명한 형태로 보였다. 사람이 땅에 얼굴을 박고 엎드려 있었다. 목이 꺾이도록 머리를 수그렸고 어깨를 굽힌 채로 공중제비라도 하듯 잔뜩 웅크리고 있었다. 너무나 괴상망측한 자세라서, 그 신음이 바로 영혼이 빠져나가는 소리였다는 게 얼른 이해되지 않았다. 우리가 내려다보는 형체는 속삭이지도 않고 부스럭대지도 않았다. 홈스가 사내에게 손을 댔다가 다시 떼면서 겁먹은 탄식을 내뱉었다. 그가 성냥불을 켜자, 시신의 피투성이 손가락과 깨진 두상에서 나온 오싹한 피 웅덩이가 보였다. 그러다 불빛이 다른 것을 비추자, 우린 심장이 울렁대고 기절할 것 같았다. 시신의 주인은 헨리 배스커빌 경이었다!

홈스나 나나 그 독특한 붉은 모직 양복을 잊을 리 없었다. 처음 베이커 가를 찾아온 아침, 헨리 경이 입었던 옷이었다. 분명히 그 옷을 알아본 순간에 성냥불이 퍼덕이면서 꺼졌고, 우리 마음에서 희망이 사라져버렸다. 홈스는 한탄했다. 어둠 속에서 그의 얼굴이 허옇게 번뜩였다.

나는 주먹을 불끈 쥐면서 외쳤다. "잔인한 놈! 잔인한 자식! 아, 홈스. 그가 이런 운명을 맞게 놔둔 나를 용서 못하겠네."

"자네보다 내 잘못이 더 크네, 왓슨. 사건을 빈틈없이 완결하려고 의뢰인의 목숨을 내던졌으니. 탐정 생활에서 이렇게 큰 타격은 처음일세. 하지만 그렇게 경고했는데도 준남작이 목숨을 걸고 혼자 황무지에 나올 줄 어찌 알 수 있었겠나? 어떻게 알 수 있었겠어?"

"우리가 들은 소리는 헨리 경의 비명이었겠군. 맙소사, 그 비명! 그런데도 그를 못 구했으니! 그를 죽음으로 몰아간 이 잔인한 사냥개는 어디 있을까? 바로 지금도 이 바위들 틈에 숨어 있겠지. 그리고 스태플턴은 어디 있을까? 그 작자가 이 일을 책임지게 하겠네."

"그래야지. 그건 내가 알아서 하지. 백부와 조카가 살해당했네. 한 사람은 유령으로 착각한 야수를 보고 두려워서 죽었고, 한 사람은 그걸 피하려고 기를 쓰고 도망치다가 종말을 맞이했군. 하지만 이제 스태플턴과 동물의 관계를 증명해야 하네. 우리가 들은 소리를 제외하면, 동물이 존재하는지조차 단언할 수 없네. 헨리 경은 분명히 추락사했으니까. 하지만 그자가 아무리 교활해도, 내일이 가기 전에 내 수중에 들어올 걸세!"

우리는 참담한 심정으로 처참한 시신의 양쪽에 서 있었다. 갑작스럽고 되돌릴 수 없는 이 재앙이 감당되지 않았다. 오랫동안 힘들게 애썼는데 결국 이렇게 되고 말았다. 그때 달이 떠올랐고, 우린 가여운 친구가 추락한 절벽 꼭대기로 올라가서 황무지를 내려다보았다. 그늘진 황무지의 반은 은빛이고 반은 어둑어둑했다.

저 멀리 그림펜 방향으로 몇 킬로미터 떨어진 곳에서 노란 불빛 하나가 계속 반짝였다. 스태플턴의 외딴집에서 새어나온 불빛임이 분명했다. 나는 저주를 퍼부으면서 그쪽으로 주먹을 휘둘렀다.

"당장 놈을 잡으면 어떨까?"

"우리 수사가 마무리되지 않았네. 극도로 용의주도하고 간교한 자야. 우리가 무엇을 아는가가 아니라, 무엇을 증명할 수 있는가가 관건이네. 살짝만 헛발질하면 그놈이 빠져나갈 걸세."

"어떻게 해야 될까?"

"내일 우리가 할 일이 수두룩할 걸세. 오늘 밤에는 딱한 친구의 장례나 치를 수밖에."

우린 가파른 비탈을 내려가서 시신에 다가갔다. 은빛 돌 틈에서 주검이 검고 선명해 보였다. 고통스럽게 뒤틀린 사지를 보자 마음이 아프고 눈에 눈물이 차올랐다.

"도와줄 사람을 불러와야겠네, 홈스! 우리 둘이 그를 저택까지 옮길 순 없네. 맙소사. 자네, 돌았나?"

그때 홈스가 외마디 비명을 지르더니 시신 위로 몸

을 굽혔었다. 그러더니 그는 춤을 추면서 웃음을 터뜨리고 내 손을 덥석 잡았다. 이 사람이 깐깐하고 자제력이 강한 내 친구가 맞을까? 이런 격정을 감추고 있었다니!

“턱수염! 턱수염 말이야! 이 사람은 수염이 있네!”

“턱수염?”

“준남작의 시신이 아니야. 시신은……. 아이고, 내 이웃 탈옥수로군!”

우리가 부리나케 시신을 바로 눕히자, 피가 흐르는 턱수염이 차고 맑은 달빛에 선명히 드러났다. 튀어나온 이마, 퀭한 동물 같은 눈을 보니 의심할 수가 없었다. 바위 너머에서 촛불 불빛 속에 나를 노려보던 그 얼굴이었다. 바로 탈옥수 셀던의 얼굴이었다.

그 순간, 모든 게 명료해졌다. 준남작이 입던 옷가지를 베리모어에게 주었다던 말이 기억이 났다. 베리모어는 처남의 탈주를 도우려고 그 옷들을 건넸다. 신발, 셔츠, 모자가 다 헨리 경이 쓰던 물건이었다. 비극적인 사건은 여전히 어둠에 묻혀 있었지만, 이 사내는 최소한 나라의 법에 따라 죽을 만했다. 홈스에게 어찌 된 상황인지 말하자니, 감사와 기쁨으로 가슴이 설 다.

홈스가 말했다. "그러면 옷가지 때문에 딱한 악마가 죽었군. 틀림없이 사냥개가 헨리 경의 물건을 냄새 맡았어. 음, 호텔에서 없어진 신발 한 짝일 가능성이 크지. 그래서 이자를 쫓은 거로군. 하지만 한 가지, 아주 이상한 점이 있네. 셀던은 어둠 속에서 어떻게 사냥개가 쫓아오는 걸 알았을까?"

"소리를 들었겠지."

"이 죄인처럼 독한 사내가 황무지에서 사냥개 소리 좀 들었다고 그리 겁에 질릴까? 잡힐 위험을 무릅쓰고 도와달라고 고함칠 정도로? 비명소리로 볼 때, 개가 쫓아오는 걸 알고 한참 달렸을 거야. 개가 쫓는 걸 어떻게 알았을까?"

"나로선 사냥개가 더 의문이야. 우리의 추리가 다 맞다고 가정할 때……."

"난 아무것도 가정하지 않네."

"흠, 그러면 이 사냥개는 왜 하필 오늘 밤에 풀렸을까. 항상 황무지에서 풀려서 뛰어다니는 게 아닌데. 스태플턴은 헨리 경이 황무지에 있다고 생각할 이유가

있어야만 사냥개를 풀 거야."

"두 가지 중 내 궁금증이 더 만만치 않아. 자네의 궁금증이야 곧 풀릴 테지만, 내 궁금증은 영원히 미스터리로 남을 테니까. 당면한 문제는 이 불쌍한 탈옥수의 시신을 어떻게 처리할까인데. 여우와 까마귀 밥이 되도록 여기 둘 수는 없지."

"경찰에 연락이 닿을 때까지 어느 움집에 두면 어

떨까."

"맞아. 우리가 거기까지는 옮길 수 있겠지. 어라, 왓슨. 이건 뭐지? 그자가 직접 납시다니 대단하고 뻔뻔하기도 하군! 의혹을 내비치는 말은 하지 말게. 한 마디만 입 밖에 내도 내 계획이 완전히 어그러지니까."

황무지에서 한 사람이 다가왔고, 빨간 시가 불빛이 얼핏 보였다. 달빛이 비추자 스태플턴의 작달막한 체구와 박력 있는 걸음걸이를 알아볼 수 있었다. 그는 우리를 보자 잠시 걸음을 멈추더니 다시 다가왔다.

"아이고, 닥터 왓슨 아니십니까? 그렇지요? 이런 야밤에 황무지에서 만날 줄은 꿈에도 몰랐습니다. 그런데 이런, 이건 무슨 일입니까? 누가 다쳤습니까? 설마, 우리 친구 헨리 경이라는 말은 마십시오!" 동식물학자는 부리나케 내 앞을 지나 시신 위로 몸을 숙였다. 헉 하는 숨소리가 들리더니 그의 손에서 시가가 주르르 미끄러졌다.

"누구, 이게 누굽니까?" 그가 말을 더듬었다.

"셀던입니다. 프린스타운에서 탈옥한 자입니다."

스태플턴은 유령 같은 얼굴을 우리에게 돌렸지만,

극도의 노력으로 놀람과 실망을 감추었다. 그가 날카로운 눈길로 홈스와 나를 번갈아 보았다.

"이럴 수가! 이런 충격적인 일이 있다니요! 어떻게 죽은 겁니까?"

"이 바위산에서 추락해 목이 부러진 것 같습니다. 나와 친구가 황무지를 산책하다가 비명을 들었습니다."

"저도 비명을 들었거든요. 그래서 밖으로 나온 겁니다. 헨리 경이 마음에 걸려서요."

"왜 유독 헨리 경입니까?" 도저히 묻지 않을 수가 없었다.

"헨리 경을 초대했기에 집으로 찾아올 거라고 예상했으니까요. 그가 오지 않아서 놀랐고, 황무지에서 비명소리가 나기에 당연히 걱정되었지요. 그런데 비명 외에 다른 소리도 들으셨습니까?" 스태플턴이 다시 나와 홈스를 번갈아 쳐다보았다.

홈스가 대답했다. "아니요, 선생은요?"

"못 들었습니다."

"그런데 무슨 뜻으로 물으십니까?"

"아, 농부들이 유령 사냥개에 대해 이러쿵저러쿵 떠

드는 얘기들을 아시지요. 밤중에 황무지에서 개 소리가 난다고요. 혹시 오늘 밤 그 소리가 났는지 궁금해서 여쭌 겁니다."

"저희는 그런 소리를 못 들었는데요." 내가 대답했다.

"그러면 이 딱한 자는 어떻게 죽었다고 보십니까?"

"틀림없이 불안감과 도망 생활 때문에 제정신이 아니었겠지요. 넋이 나가서 황무지를 뛰어다니다가 여기서 떨어져 목이 부러진 거죠."

"그게 가장 그럴 법한 예측이군요." 스태플턴이 말하고 안도하는 기색이 역력한 한숨을 내쉬었다. 그가 덧붙여 물었다. "이 일을 어떻게 보시는지요, 셜록 홈스 씨?"

내 친구는 고개 숙여 감사를 표시했다.

"사람을 금방 알아보시는군요." 홈스가 말했다.

"닥터 왓슨께서 내려오신 후 이 근방에서는 선생님이 오실 거라고 잔뜩 기대하고 있었습니다. 딱 비극이 벌어진 때 오셨네요."

"정말로 그렇군요. 왓슨의 설명이 제대로 파악한 진

상이라고 봅니다. 내일 저는 불쾌한 기억을 안고 런던에 돌아가게 생겼습니다."

"아, 내일 돌아가십니까?"

"그럴 작정입니다."

"선생님의 방문으로 난감한 사건들이 해결될 실마리

를 보이길 바랐는데요."

홈스는 어깨를 으쓱했다.

"항상 바라는 대로 될 수는 없으니까요. 탐정에게 필요한 것은 증거지 전설이나 풍문이 아닙니다. 이 사건은 만족스럽지 않군요."

내 친구는 더없이 솔직하고 태연한 태도로 응수했다. 스태플턴은 여전히 홈스를 빤히 보고 있었다. 그러다가 내게 고개를 돌렸다.

"이 딱한 자를 제 집으로 옮기자고 하고 싶지만, 누이가 겁먹을 테니 곤란할 듯합니다. 얼굴에 뭔가 덮어 놓으면 아침까지 큰 탈 없을 겁니다."

그래서 그렇게 처리했다. 우리는 자기 집에 가자는 스태플턴의 권유를 사양하고 배스커빌 홀로 향했다. 동식물학자는 혼자 집으로 돌아갔다. 돌아보니, 그는 광활한 황무지를 느릿느릿 지났고 그 뒤로 달빛 내리는 비탈에 거뭇거뭇한 덩어리가 보였다. 소름끼치는 최후를 맞은 사내만이 그곳에 누워 있었다.

13

그물을 치다

나와 나란히 황무지를 지나면서 홈스가 말했다. "아직은 호각지세로군. 대단한 정신력의 소유자야! 자신의 계략으로 엉뚱한 사람이 희생된 걸 알면 충격이 밀려왔을 텐데, 그 상황에서도 정신을 바짝 차리다니. 왓슨, 런던에서 했던 말을 지금 다시 해야겠네. 우린 이제껏 이런 호적수는 만난 적이 없네."

"자네가 그에게 노출된 게 아쉽군."

"나도 처음에는 그랬네. 하지만 얻은 게 없을 텐데, 뭐."

"이제 자네가 여기 있는 걸 알았으니 그의 계획에 어

떤 변화가 생길까?"

"그자는 훨씬 더 조심하거나 아니면 즉시 필사적인 수단을 동원하겠지. 대개의 영리한 범죄자들처럼, 자기 머리를 과신해서 우리를 완벽하게 속였다고 예단할 거야."

"즉시 체포하면 안 될까?"

"이보게, 왓슨. 자네는 행동파로는 타고났구먼. 본능적으로 늘 뭔가 조치를 취하려 들지. 하지만 가령 오늘 밤 그를 체포한대도 대체 무슨 득이 있겠나? 그에게 불리한 증거를 댈 수가 없는 것을. 징그럽게 교활한 상황이지. 그가 하수인을 통해 움직인다면 우린 증거를 확보할 수 있겠지만, 우리가 이 큰 개를 대낮에 끌어낸다 한들, 개 주인의 목을 옭아매는 데 하등 도움이 안 되네."

"우리에게는 충분한 사유가 있네."

"눈곱만큼의 사유도 없네. 추측과 추리만 있을 뿐이지. 법정에서 그런 이야기와 그런 증거를 내놓으면 비웃음만 살 거야."

"찰스 경의 사망 사고가 있잖나."

"아무 흔적도 없는 주검으로 발견되었지. 자네와 나야 그가 극도의 공포로 죽은 걸 알지만, 얼뜨기 배심원 열둘에게 어떻게 알게 하지? 무슨 사냥개의 흔적이 있나? 사냥개의 이빨자국은 어디 있고? 물론 사냥개가 시체를 물지 않는다는 사실과 찰스 경은 맹수가 달려들기 전에 사망했다는 걸 우린 알지. 하지만 이 모든 걸 증명해야 되는데 그럴 수 있는 처지가 아니라네."

"흠, 그러면 오늘 밤 일은?"

"오늘 일도 별반 나을 게 없지. 역시 개와 탈옥수의 죽음 사이에 직접적인 연결 고리가 없거든. 우린 사냥개를 못 봤네. 소리를 들었지만, 개가 희생자를 쫓아 뛰었다는 걸 증명할 수가 없지. 살인의 동기가 없어서 증명이 불가능하다네. 친구. 현재 범행 사유를 확보 못했으니, 그걸 얻으려면 어떤 위험도 감수할 수밖에 없지."

"그러면 어떻게 하자는 건가?"

"로라 라이온스가 상황을 명확히 알고 우리를 도와주는 데 큰 기대를 거네. 또 내 계획도 따로 있고. 내일은 내일의 어려움이 있겠지. 하지만 하루가 지나기 전에 결국 해결되길 바라네."

난 홈스에게 더 이상 다른 말을 듣지 못했고, 그는 배스커빌 홀의 정문까지 생각에 잠겨 걸었다.

"같이 들어갈 텐가?"

"그래야지. 이제 더 숨을 이유가 없으니까. 하지만 마지막으로 한 마디만 하겠네, 왓슨. 헨리 경에게 사냥개 얘기를 하지 말게. 셀던의 죽음과 관련해 스태플턴이 우리가 믿기 바라는 대로 준남작도 그렇게 믿게 하게. 내일 시련을 감당하려면 헨리 경은 더 정신력이 강해야 될 거야. 내가 자네의 보고서를 제대로 기억한다면, 내일 그는 스태플턴 가족이랑 식사를 할 예정이지."

"나도 같이 갈거야."

"그러면 자네는 핑계를 대고 참석하지 말고 준남작 혼자 보내야 하네. 그거야 수월하겠지. 자, 저녁 식사에 너무 늦었다면 야식이라도 먹자구.

헨리 경은 셜록 홈스를 보자 놀라기보단 반가워했다. 최근 벌어진 상황 때문에 홈스가 런던에서 내려오기를 며칠째 기대하던 참이었다. 하지만 그가 짐도 없고 그 이유도 설명하지 않자 준남작은 눈썹을 치떴다. 얼른 필요한 부분을 밝힌 후, 늦은 식사를 하면서 우리가 경험한 일들 중 헨리 경이 알아야 될 만큼만 말해주었다. 하지만 나는 먼저 베리모어 부부에게 부고를 전하는 난처한 일을 해야 했다. 집사는 소식을 듣고 안도감만 느꼈겠지만 부인은 앞치마에 얼굴을 묻고 애통하게 흐느꼈다. 온 세상에 있어서 셀던은 짐승 반 악마 반인 난폭한 자였지만, 그녀에게는 처녀 시절 늘 손잡고 다니던 고집불통 남동생이었다. 악마는 죽음을 애통해하는 여인 한 명 없는 자일 것이다.

준남작이 말했다. "아침에 왓슨이 출타한 후 종일 집에서 침울하게 보냈습니다. 제가 약속을 지켰으니 칭찬을 받을 만하겠지요. 혼자 나다니지 않겠다고 약조하지 않았다면, 훨씬 활기찬 저녁나절을 보냈을 텐데 아쉽군요. 스태플턴에게 다녀가라는 전갈이 왔었거든요."

홈스가 담담하게 대답했다. "한결 활기찬 저녁나절을 보내셨을 건 분명합니다. 그런데 목이 부러진 사람을 헨리 경으로 알고 저희가 애도한 것은 모르시지요?"

헨리 경이 눈을 휘둥그레 떴다. "어찌 된 일입니까?"

"숨진 탈옥수가 헨리 경의 옷을 입고 있었습니다. 옷가지를 그에게 넘겼으니 집사가 경찰에게 곤경을 치를 겁니다."

"그런 일은 없을 겁니다. 제가 아는 한 제 옷이라는 표식이 없었거든요."

"집사가 운이 좋군요. 사실 여러분 모두 마찬가지지요. 이 사건에서 다들 법을 어긴 셈이니까요. 양심적인 탐정으로서 먼저 식솔 전원을 체포하는 게 첫 번째 의무일 겁니다. 왓슨의 보고서들은 죄를 증명하는 문건들이니까요."

"그런데 사건은 어떤 상태입니까? 해결의 실마리를 찾으셨나요? 저와 왓슨은 내려온 후 밝힌 게 별로 없습니다."

"이제 곧 정황을 더 명확히 설명할 수 있게 될 겁니다. 극히 까다롭고 더없이 복잡한 사건입니다. 아직 풀어야 될 부분이 몇 군데 있지만 다 해결될 겁니다."

"왓슨에게 들으셨겠지만, 저희는 한 가지 경험을 했

습니다. 황무지에서 사냥개 소리를 들었고, 그래서 그게 완전히 허황된 미신이 아니라고 장담할 수 있습니다. 아메리카 대륙에 있을 때 개와 관련된 일을 해봐서 개의 소리를 들으면 압니다. 홈스 씨가 그 개의 재갈을 물리고 사슬을 묶을 수 있다면, 역사상 최고의 탐정이라고 서슴없이 인정하겠습니다."

"헨리 경이 도와주시면 개의 재갈을 물려 사슬을 묶을 것 같은데요."

"말씀만 하시면 그렇게 하지요."

"아주 잘됐습니다. 때가 되면, 이유를 묻지 말고 무조건 해주시기를 당부드립니다."

"요구하시는 대로 하겠습니다."

"준남작께서 이 일을 해주시면, 곧 사건이 해결될 수 있다고 봅니다. 의심의 여지없이……."

그가 불쑥 말을 멈추고, 내 머리 위쪽의 허공에 시선을 고정했다. 등불이 그의 얼굴을 비추었다. 너무도 골똘하고 정적이어서, 윤곽이 뚜렷한 고대 조각상의 얼굴 같았다. 경계심과 기대감이 뒤섞인 표정이었다.

"무슨 일입니까?" 우리 둘 다 외쳤다.

홈스가 눈을 내리깔자 난 감정을 억제하는 것을 눈치 챌 수 있었다. 침착한 표정이었지만 흡족한지 눈이 반짝거렸다.

"감정가로서 감탄스럽군요." 그가 맞은편 벽에 빼곡히 늘어선 초상화들을 손짓했다. 그가 말을 이어갔다. "왓슨은 제 안목을 인정하려 하지 않지만, 작품을 보는 눈이 달라 부러워서 그러는 겁니다. 정말이지, 이 초상화들은 대단한 걸작들이군요."

헨리 경은 놀란 눈으로 홈스를 흘끗 보면서 대답했다. "아, 그렇게 말해주시니 기쁘군요. 저는 이런 것들은 잘 모르는 편입니다. 그림보다 소나 말을 보는 안목이 더 높습니다. 이런 부분에 할애할 시간이 있으신 줄 몰랐네요."

"좋은 그림을 보면 좋다는 걸 아는데, 지금 이 작품이 그렇군요. 저기 파란 비단 옷을 입은 숙녀는 고드프리 넬러가 그렸고, 가발을 쓴 땅딸막한 신사는 조슈아 레이놀즈의 작품일 겁니다. 모두 집안사람들의 초상화이겠지요?"

"전부 다 그렇습니다."

"누구인지 이름을 아십니까?"

"베리모어에게 배우는 중인데, 지금은 제법 많이 알지요."

"망원경을 든 신사는 누구입니까?"

"서인도제도에서 로드니 휘하에서 복무한 배스커빌 해군 소장입니다. 파란 코트를 입고 종이 두루마리를 든 사람은 윌리엄 배스커빌 경으로, 피트 수상 시절의 하원의장이었지요."

"그러면 제 맞은편의 이 왕당파는, 검은 벨벳과 레이스 옷을 입은 사람은?"

"아, 홈스 씨도 그에 대해 아실 권리가 있지요. 모든 사건의 원인이자 배스커빌 가의 사냥개전설을 만들어 낸 휴고입니다. 우린 그를 잊을 수가 없을 겁니다."

나는 흥미롭고 놀라면서 초상화를 응시했다.

홈스가 말했다. "이럴 수가! 조용하고 순해 보이지만, 눈에 악함이 숨어 있었다고 해야겠지요. 더 건장하고 험악한 인상일 거라고 상상했는데요."

"분명히 그 사람이 맞습니다. 캔버스 뒷면에 이름과 1674라고 연도가 기입되어 있으니까요."

홈스는 더 말하지 않았지만, 옛날 주정뱅이의 초상화에 매료된 듯 식사하는 내내 눈을 떼지 않았다. 나중에 헨리 경이 침실로 물러간 후에야 나는 자초지종을 들을 수 있었다. 홈스는 침실에 밝혔던 촛불을 들고 나를 데리고 다시 연회실로 갔다. 그가 세월의 흔적이 묻어나는 초상화에 촛불을 비추었다.

"저기 보이는 게 있나?"

챙이 넓은 깃털 달린 모자가 보였다. 곱슬곱슬한 애교머리, 흰 레이스 칼라, 그사이의 진지하고 엄숙한 얼굴. 무지막지한 인상이 아니라, 깐깐하고 옹골찬 근엄한 얼굴이었다. 굳게 다문 얇은 입술과 매몰찬 괴팍한 눈매가 눈에 들어왔다.

"아는 사람과 비슷한가?"

"턱 부분이 헨리 경과 닮았군."

"아마 그렇겠지. 그런데 잠깐만!"

홈스가 의자에 올라서서, 왼손의 촛불을 높이 들고 오른팔로 챙이 넓은 모자와 긴 곱슬머리를 가렸다.

"이럴 수가!" 내가 놀라서 소리쳤다.

캔버스에서 스태플턴의 얼굴이 튀어나왔다.

"아, 자네는 이제야 알아챘군. 내 눈은 주변 장식을 제외하고 얼굴들을 살피는 훈련이 됐지. 변장해도 알아보는 게 탐정의 첫 번째 자질이라네."

"하지만 이건 놀랄 노자로군. 스태플턴의 초상화라고 해도 되겠어."

"맞네, 신체와 정신 모두에서 나타나는 흥미로운 격

세유전의 사례지. 가족 초상화들을 연구하면 환생설 신봉자가 되고도 남는다니까. 스태플턴은 배스커빌 집안사람이야. 확실해."

"상속자가 되려는 동기가 있군."

"바로 그렇네. 우리가 놓친 가장 확실한 연결 고리 하나를 이 초상화가 주었네. 왓슨, 우린 놈을 잡았네. 놈을 잡았어. 그리고 내일 밤이 오기 전에 놈은 우리가 친 그물 속에서 허우적댈 걸세. 그가 잡은 나비처럼 옴짝달싹 못할 거야. 코르크에 핀으로 꽂고 이름표를 붙여 베이커 가 수집품에 보태자고!" 홈스는 초상화에서 몸을 돌리면서 보기 드물게 크게 웃어댔다. 그가 껄껄 웃는 일은 드물었고, 그때마다 누군가에게 악운이 닥쳤다.

다음 날 아침, 나도 일찌감치 깼지만 홈스가 훨씬 먼저 일어난 모양이었다. 나는 옷을 입다가 현관 앞 진입로를 올라오는 그를 보았다.

홈스는 행동을 개시하는 게 즐거워서 손을 비비면서 말했다.

"그래, 오늘 우린 긴 하루를 보낼 거야. 이미 그물을 쳐두었고 끌어올리기 시작하는 거지. 하루가 다 가기 전에, 덩치 크고 턱이 뾰족한 강꼬치가 그물망에 걸렸는지 그사이로 빠져나갔는지 알게 되겠지."

"벌써 황무지에 다녀온 건가?"

"셸던의 사망 보고서를 그림펜에서 프린스타운으로 보냈네. 이 집 식솔들이 곤란을 겪지 않으리라 장담할 수 있을 걸세. 또 내 충직한 카트라이트와도 연락을 했지. 내가 안부를 전하지 않았으면 그 아이는 개가 주인 무덤을 지키듯, 움집 입구에서 날 애도할 걸세."

"다음 조치는 뭔가?"

"헨리 경을 만나는 거지. 아, 그가 오는군!"

"잘 쉬셨습니까, 홈스. 참모장이랑 전투를 계획하는 장군 같으십니다." 준남작이 말했다.

"바로 그 상황입니다. 왓슨이 명령을 요청하는 중입니다."

"그건 저도 마찬가집니다."

"좋습니다. 헨리 경께서 우리 친구 스태플턴 가족과 오늘 저녁 식사를 하신다고 들었습니다만."

"홈스 씨도 같이 가시면 좋겠습니다. 손님을 잘 대접

하는 사람들이니, 홈스 씨를 보면 무척 반길 겁니다."

"왓슨과 저는 런던에 가봐야 될 것 같습니다."

"런던에요?"

"그렇습니다. 현 시점에서 저희를 더 필요로 하는 곳이 거기라서요."

준남작이 눈에 보이게 시무룩한 표정을 지었다.

"이 사건이 끝날 때까지 저를 돌봐주시리라 기대했는데요. 집과 황무지는 혼자 마음 편히 있을 곳이 아니라서."

"헨리 경, 저를 굳게 믿고 말씀드리는 대로만 하셔야 됩니다. 친구들에게 저희가 같이 가고 싶었지만, 급한 일로 런던에 가야 했다고 말하시면 됩니다. 저희는 아주 금방 데번셔로 돌아올 겁니다. 그들에게 전할 말을 기억하시겠습니까?"

"정 그러시면 할 수 없지요."

"다른 대안이 없는 게 확실합니다."

준남작의 침울한 표정으로 볼 때, 우리에게 외면당하는 줄 알고 크게 상처받은 눈치였다.

"언제 가실 겁니까?" 그가 냉랭하게 물었다.

"아침 식사 후 곧장. 쿰 트레이시까지 마차를 타고 갈 테지만, 왓슨은 돌아온다는 증표로 짐을 그대로 두고 갈 겁니다. 왓슨, 스태플턴에게 저녁 초대에 응하지 못해서 안타깝다는 쪽지를 보내게."

"저도 두 분과 런던에 가고 싶은데요. 뭐 하러 여기 혼자 있겠습니까?" 헨리 경이 말했다.

"왜냐면 여기가 경이 지킬 자리니까요. 제 지시에 따르겠노라 약조하셨고, 여기 계시라는 게 제 지시입니다."

"그러면 좋습니다, 머물지요."

"지시 사항이 하나 더 있습니다! 메리피트 하우스에 마차를 타고 가시기 바랍니다. 하지만 바로 마차를 돌려보내고, 식사 후 스태플턴 일가에게 집에 걸어서 돌아간다고 알리십시오."

"황무지를 걸어서 지난다고요?"

"그렇습니다."

"하지만 그거야말로 귀에 못이 박히게 금지했던 일 아닙니까?"

"이번에는 그래도 안전하실 겁니다. 헨리 경의 정신

력과 용기를 전적으로 신뢰하지 않으면 그런 제안을 하겠습니까? 반드시 해주셔야 됩니다."

"그러면 그렇게 하지요."

"그리고 목숨을 귀히 여기신다면, 황무지에서 다른 방향으로 가시면 안 됩니다. 반드시 메리피트 하우스에서 그림펜으로 이어지는 직선 도로로 걸으십시오. 평소 집으로 오는 길 말입니다."

"말하시는 대로 하겠습니다."

"아주 좋습니다. 오후에 런던에 도착할 수 있게 조반을 마치면 최대한 서둘러 떠나고 싶습니다."

난 이런 상황에 경악했다. 전날 밤 홈스가 스태플턴에게 이튿날 돌아간다고 말한 것은 기억했다. 하지만 나를 동반할 줄은 꿈에도 몰랐고, 홈스 자신도 중요하다고 말한 시점에 둘 다 떠나는 이유가 납득되지 않았다. 하지만 묵묵히 순종하는 수밖에 없었고, 그래서 우린 풀이 죽은 친구에게 작별 인사를 고했다. 두 시간 후 쿰 트레이시 역에 도착하자 마차를 배스커빌 홀로 돌려보냈다. 플랫폼에서 사내아이가 기다리고 있었다.

"지시할 게 있으세요?"

"이 기차를 타고 런던으로 가거라, 카트라이트. 도착하자마자 헨리 배스커빌 경에게 전보를 보내야 한다. 내가 두고 온 수첩을 찾으면 등기우편으로 베이커 가로 보내달라는 내용으로, 내 이름으로 보내거라."

"알겠습니다."

"그리고 역무실에 가서 내게 온 전갈이 있는지 알아보렴."

아이가 전보를 들고 돌아왔고, 홈스가 내게 전보를 건네주었다. 이런 내용이었다.

전보 수신함. 체포 영장 소지하고 출발.
17시 45분 도착.

— 레스트레이드

"오늘 아침 내가 보낸 전보의 답신이네. 수사관들 중 레스트레이드가 가장 우수하니 그의 도움이 필요할 거야. 왓슨, 이제 자네가 아는 로라 라이온스를 방문하는 게 시간을 가장 알차게 보낼 방법일 듯하네."

홈스의 작전 계획이 개시되는 게 확실했다. 그는 준

남작을 이용해 스태플턴 부부가 우리가 떠났다고 믿게 하려 했다. 반면 우리는 필요한 순간에 돌아가야 했다. 헨리 경이 런던에서 친 전보를 언급하면 스태플턴 부부의 마지막 의구심까지 지워질 터였다. 우리가 친 그 물망이 턱이 뾰족한 물고기 주위로 바싹 조여지는 게 보이는 듯했다.

로라 라이온스 부인은 사무실에 있었다. 셜록 홈스가 솔직하고 직설적으로 대화를 시작하자 그녀는 화들

짝 놀랐다.

홈스가 말했다. "저는 돌아가신 찰스 배스커빌 경의 사망 사고와 관련된 정황을 조사 중입니다. 여기 제 친구 닥터 왓슨에게 부인이 털어놓은 이야기를 들었고, 사건과 관련해 감추는 부분이 있다고도 들었습니다."

"제가 뭘 감춘다는 거죠?" 그녀가 반항조로 쏘아붙였다.

"찰스 경에게 열 시에 그 문에 있으라고 요청했다는 것을 털어놓으셨지요. 바로 그 장소와 시각에 그가 사망했다는 걸 압니다. 부인은 이 일들의 관련성을 감추고 있습니다."

"아무 관련도 없는데요."

"그렇다면 정말 기막힌 우연이군요. 하지만 저희가 그 관계를 밝혀낼 겁니다. 거짓 없이 솔직하고 싶습니다, 라이온스 부인. 저희는 이 사고를 살인 사건으로 간주하며, 이 사건에 부인의 친구인 스태플턴만 아니라 그의 부인도 연루되었음을 밝힐 겁니다."

부인은 의자에서 발딱 일어났다.

"그의 부인요?" 그녀가 소리쳤다.

"그 사실은 더 이상 비밀이 아닌데요. 그의 누이로 통하던 사람이 실제로는 아내입니다."

라이온스 부인은 다시 의자에 앉았다. 양손으로 팔걸이를 잡고 힘을 꽉 줘서 분홍 손가락이 하얗게 질리는 게 보였다.

그녀가 다시 외쳤다. "그의 부인이라니! 그의 부인이라니요! 그는 기혼자가 아니에요."

셜록 홈스는 어깨를 으쓱했다.

"나한테 증명해봐요! 나한테 증명하라구요! 어디 그럴 수 있다면!" 강렬한 눈의 번뜩임이 말보다 더 많은 것을 시사했다.

홈스가 주머니에서 종이 몇 장을 꺼내면서 말했다. "증명할 준비를 미리 해왔습니다. 여기 사 년 전 요크에서 찍은 부부의 사진이 있습니다. 뒤에 '밴델뢰르 부부'라고 적혀 있지만 어렵지 않게 스태플턴을 알아볼 수 있지요. 또 혹시 본 적이 있다면 부인도 알아보실 겁니다. 여기 당시 '세인트 올리버' 사립학교를 운영한 밴델뢰르 부부에 대한 믿을 만한 증인들의 증언도 있습니다. 다 읽어보시고 그래도 이들의 실체가 의심스러운지 보십시오."

라이온스 부인은 문건들을 힐끗 보더니 우리를 올려다보았다. 자포자기에 빠진 여인의 굳은 얼굴이었다.

그녀가 입을 열었다. "홈스 씨, 이자는 제가 남편과 이혼할 수 있으면 결혼하자고 제의했습니다. 저한테 온갖 거짓말이란 거짓말을 다하는 비열한 인간입니다. 단 한 마디도 진실을 말한 적이 없어요. 그런데 왜, 왜일까요? 전부 저를 위해서라고 생각했어요. 그런데 그의 손안에서 놀아난 도구에 불과했다는 걸 이제야 알겠네요. 그가 저를 신뢰하지 않았는데, 저라고 그를 신뢰할 이유가 있을까요? 그가 저지른 악행들의 결과를 제가 가려줄 이유가 있을까요? 뭐든 물으시면 아무것도 숨기지 않겠습니다. 한 가지는 맹세합니다. 그 편지를 쓸 때는, 가장 친절한 친구인 노신사께 해가 될 줄은 꿈에도 몰랐어요."

셜록 홈스가 대답했다. "그 말을 전적으로 믿습니다, 부인. 이 일들을 세세히 말하기가 몹시 고통스러울 테니, 제가 어떤 일이 벌어졌는지 말하는 편이 수월할 겁니다. 제 말에 오류가 있는지 확인해주시면 됩니다. 이 편지를 보내라고 권한 사람은 스태플턴이었습니까?"

"그가 내용을 불러줬어요."

"그가 제시한 이유는, 이혼에 필요한 소송비용을 찰스 경에게 지원받을 수 있으리란 점이었겠지요?"

"정확합니다."

"그런데 부인이 편지를 보낸 후, 그는 약속에 나가지 말라고 말렸지요?"

"그런 비용을 다른 남자가 마련해준다면 자기 자존심이 상할 거라고 했어요. 그리고 궁핍하지만 가진 돈을 탈탈 털어서 우리 사이의 장애물을 제거하는 데 쓰겠다고 했습니다."

"그자는 성격이 참으로 한결같군요. 그리고 신문에서 찰스 경의 사망 기사를 볼 때까지 그에게 아무 말도 못 들으셨습니까?"

"네."

"찰스 경과의 약속에 대해 발설하지 않겠다고 다짐하라고 했습니까?"

"그랬지요. 사망 사고가 아주 이상한 일이었다면서, 사실이 알려지면 분명히 제가 의심을 받을 거라고 했어요. 그는 계속 입을 다물라고 겁을 줬습니다."

"그랬군요. 하지만 부인도 의심을 하셨지요?"

라이온스 부인은 망설이면서 눈을 내리깔았다.

그녀가 대답했다. "그런 사람인 걸 알고 있었어요. 하지만 그가 제게 신의를 지켰다면, 저도 언제까지나 그에게 신의를 지켰을 겁니다."

"전반적으로 볼 때 부인은 운이 좋아서 피하셨다는 생각이 듭니다. 부인은 그의 약점을 손에 쥐고 있고 그걸 스태플턴이 알고 있음에도 아직 살아 계시니까요. 몇 달간 아슬아슬한 벼랑 끝을 걸어오신 겁니다. 이제 저희는 가봐야겠습니다, 라이온스 부인. 아마 얼마 안 있어 저희가 연락드릴 겁니다."

역에 가서 런던발 급행열차의 도착을 기다리면서 홈스가 말했다. "사건이 슬슬 마무리되어가고, 우리 앞의 산 넘어 산이 점점 사라지는군. 곧 이 시대의 가장 독특하고 세상을 경악시킬 사건의 마지막 연결 고리를 채우게 될 걸세. 범죄 연구자라면 1866년에 소러시아의 고드노에서 일어난 유사한 사건들을 기억하지. 물론

노스 캐롤라이나에서 일어난 앤더슨 살인 사건도 있지. 하지만 이번 사건의 경우 아주 독특한 몇 가지 특징이 있네. 지금도 우린 이 교활하기 짝이 없는 자를 확실하게 법정에 세우지 못하네. 하지만 오늘 밤 잠자리에 들기 전에는 그렇게 되리라 장담하겠네."

런던발 급행열차가 요란한 소리를 내면서 역으로 들어왔고, 왜소하지만 단단해 보이는 사내가 일등칸에서 뛰어내렸다. 우리 셋은 악수를 나누었다. 홈스를 보는 사내의 존경의 눈빛에서, 둘이 첫 사건을 다룬 이후 그가 배운 게 많다는 걸 알 수 있었다. 현실적인 사람은 이론가의 추리를 조소하기 마련임을 알지만 그의 눈빛은 달랐다.

"뭐 좋은 일이라도 있습니까?" 그가 물었다.

홈스가 대답했다. "몇 년 만에 가장 큰 건입니다. 일을 시작하기 전에 두어 시간 여유가 있는데 그 틈을 이용해 저녁 식사를 합시다. 그런 다음 다트무어의 깨끗한 밤공기를 쐬서 당신의 목에 낀 런던 안개를 걷어냅시다. 레스트레이드 씨는 거기 가본 적이 없습니까? 아, 그러면 잊지 못할 첫 만남이 될 겁니다."

14

배스커빌 가의 사냥개

셜록 홈스의 한 가지 단점은, 그걸 단점이라고 할 수 있을까마는, 밑그림을 알려주는 걸 극도로 꺼리다가 실행에 옮기는 것이었다. 주위를 장악하고 놀래는 것을 좋아하는 주도적인 성격 때문이었다. 또 위험을 자초하지 않으려는 탐정다운 조심성에서 나온 일면이기도 했다. 하지만 그 때문에 대리인과 조력자 역할을 하는 이들은 고생이 이만저만이 아니었다. 그런 상황을 자주 겪은 나였지만, 어둠 속에서 먼 길을 달린 그때가 가장 힘들었다. 앞에 크나큰 시련이 놓여 있었고, 마침내 마지막 조치를 취할 참인데도 홈스는 말이 없었다.

난 그가 어떤 작전을 펼칠지 짐작만 했다. 얼굴에 찬바람이 들이치고 좁은 길 양쪽의 어두운 빈 공간이 다시 황무지에 왔음을 말해주자, 기대감으로 신경이 팽팽해졌다. 말들이 한 걸음 내딛고 마차 바퀴가 한 번 굴러갈 때마다 점점 엄청난 모험에 가까워졌다.

임대마차의 마부가 옆에 있어서 제대로 대화할 수가 없었다. 그래서 불안과 기대감으로 신경이 곤두선 와중에 시시한 잡담만 주고받아야 했다. 부자연스러운 압박감에 시달리다가 마침내 프랭클랜드의 집을 지나니 마음이 놓였다. 배스커빌 홀과 작전 현장에 가까워지는 걸 알기 때문이었다. 마차를 타고 현관까지 가지 않고 가로수길 입구에서 내렸다. 마차 삯을 지불하고 곧장 쿰 트레이시로 돌아가라고 지시한 후, 우리는 메리피트 하우스를 향해 걷기 시작했다.

"무기는 가져왔나요? 레스트레이드."

왜소한 수사관이 빙긋 웃었다.

"바지를 입는 한 뒷주머니가 있고, 뒷주머니가 있는 한 뭔가 들어 있지요."

"좋습니다! 친구와 나도 위급 상황에 대비 중입

니다."

"이 사건을 무척 은밀히 처리하시는군요. 이제 다음 작전은요?"

"대기하는 겁니다."

"맙소사, 아주 유쾌한 곳 같지는 않은데요." 수사관은 몸을 떨면서, 우울한 산비탈과 그림펜 늪에 드리운 큰 호수 같은 안개를 둘러보았다. 그가 덧붙여 말했다.
"앞쪽으로 집 한 채의 불빛이 보입니다."

"저기가 메리피트 하우스고 우리 목적지입니다. 부탁하는데, 사뿐사뿐 걷고 속삭이는 정도로 말해야 됩니다."

그 집으로 향하는 것처럼 조심히 움직였지만, 2백 미터쯤 남겨두고 홈스는 우리를 멈추게 했다.

"이 정도면 충분합니다. 오른쪽 바위들이 몸을 감추기 적당하겠네요."

"여기서 기다립니까?"

"그래요, 여기서 잠복합시다. 레스트레이드 씨는 이 움푹한 곳으로 들어가십쇼. 저 집에 들어간 적이 있지 않나, 왓슨? 방들의 위치를 말해줄 수 있겠나? 이 끝의 격자창은 어떤 방인가?"

"부엌 창으로 생각되네."

"그러면 저쪽의 불빛이 환한 방은?"

"식당이 분명하네."

"블라인드가 걷혀 있군. 자네는 집 구조를 잘 아네. 살그머니 앞으로 다가가서 그들이 뭘 하는지 보게. 하지만 저들이 감시당하는 걸 절대 모르게 해야 되네!"

나는 발끝으로 통로를 지나, 부실한 과수원을 에워싼 낮은 담 뒤에서 몸을 웅크렸다. 그림자 속에서 기어서, 블라인드를 걷은 창문으로 안이 보이는 지점까지 갔다.

방에는 헨리 경과 스태플턴, 두 사람만 있었다. 둥근 탁자의 양 끝에, 옆으로 몸을 돌리고 앉아 있었다. 둘 다 시가를 피웠고, 앞에 커피와 포도주가 있었다. 스태플턴은 활기차게 말했지만, 준남작은 초췌하고 얼빠진 얼굴이었다. 혼자 저주 받은 황무지를 걸어 집에 갈 생각이 가슴을 짓누르는 듯했다.

내가 지켜보는 동안 스태플턴은 일어나 방에서 나갔고, 헨리 경은 등을 기대고 앉아 시가를 피웠다. 삐걱 문소리에 이어 자갈을 밟는 사각사각 소리가 났다. 담장 너머 통로에서 기척이 들렸다. 담장 너머로 보니, 과수원 구석의 별채 문에 스태플턴이 서 있었다. 그가 열쇠를 돌리더니 별채로 들어갔고, 이상한 부스럭거리는 소리가 흘러나왔다. 그는 일분 후쯤 나와서 다시 열쇠를 돌려 문을 잠갔다. 동식물학자는 내 앞쪽을 지나 다시 집 안으로 들어갔다. 나는 그가 헨리 경과 합류하는 것을 보자, 일행이 기다리는 곳으로 조용히 돌아가 목격한 상황을 보고했다.

내가 말을 마치자 홈스가 물었다. "안에 여자가 없다는 말이지, 왓슨?"

"맞아."

"그러면 어디 있을까? 주방 말고 불이 켜진 방이 없는데?"

"그녀가 있을 만한 곳을 모르겠는걸."

앞에서 그림펜 늪에 하얀 안개가 자욱했다고 말한 바 있다. 안개가 우리 방향으로 밀려오면서 우리 옆쪽으로 낮지만 짙고 경계가 뚜렷한 안개 벽이 생겼다. 달빛이 비치자 안개는 빛나는 유빙으로 보였고, 멀리 바위산 봉우리들은 바닥에 박힌 돌멩이 같았다. 홈스가 그쪽으로 얼굴을 돌리더니, 더딘 흐름을 지켜보면서 조바심 내며 중얼댔다.

"우리 쪽으로 오는군, 왓슨."

"그게 심각한 문제가 되나?"

"정말 심각한 문제지. 세상에서 유일하게 내 계획을

어그러뜨릴 수 있는 일이거든. 이제 헨리 경이 오래 지체하면 안 되는데. 이미 열 시가 되었네. 오솔길에 안개가 끼기 전에 그가 나오느냐의 여부가, 우리의 성공과 심지어 그의 목숨을 좌우할거야."

밤하늘은 맑고 청명했다. 별들이 차갑고 환하게 빛난 반면 반달이 사방을 푸근하고 뿌연 빛으로 감쌌다. 우리 앞쪽에 검은 집채가 있고, 깔쭉깔쭉한 지붕과 반듯한 굴뚝들의 윤곽선이 은빛 하늘에 새겨졌다. 아래층 창들에서 나오는 넓은 금색 빛줄기가 과수원과 황무지에 드리워졌다. 빛줄기 하나가 갑자기 꺼졌다. 하인들이 일을 마치고 부엌을 나섰다. 이제 식당의 불빛만 남았고, 살인자 주인과 상황을 모르는 손님은 여전히 시가를 피우며 대화했다.

시시각각 황무지의 절반을 덮은 흰 모포 같은 안개가 점점 집으로 밀려왔다. 옅은 안개 자락이 금색 불빛이 나오는 창문을 휘감고 있었다. 멀리 과수원 담장은 이미 보이지 않았고, 나무들은 하얀 증기의 회오리 속에 서 있었다. 우리가 지켜볼 때 안개 화환이 집 양쪽 모서리를 파고들어 슬슬 짙어졌다. 이층과 지붕이 그

늘진 바다 위 이상한 배처럼 떠 있었다. 홈스는 안달이 나서 우리 앞의 바위를 쾅 치고 발을 굴렀다.

"그가 십오 분 안에 나오지 않으면 오솔길이 안개에 휩싸일 거야. 삼십 분만 지나면 코앞도 안 보일 텐데."

"우리가 뒤쪽의 더 높은 지대로 올라가볼까?"

"그러지, 그것도 좋겠군."

그래서 안개 언덕이 밀려올 때, 우리는 왔던 길을 되짚어 집에서 8백 미터 떨어진 곳까지 갔다. 위쪽 끝이 달빛으로 물들면서 안개 바다가 스멀스멀 쉼 없이 밀려왔다.

홈스가 말했다. "너무 멀어지는걸. 헨리 경이 우리에게 오기도 전에 따라 잡히면 큰일이거든. 무슨 일이 있어도 우린 이 자리를 사수해야 하네."

그는 무릎을 꿇고 땅바닥에 귀를 댔다. 홈스가 다시 말했다. "다행이야, 그가 오는 소리가 나는 것 같네."

빠른 걸음 소리가 황무지의 적막을 깼다. 우리는 바위들 틈에 쭈그려 앉아서, 앞의 은빛에 물든 구름 속을 뚫어져라 응시했다. 걸음소리가 점점 커졌고, 커튼을 가르듯 안개를 가르고 우리가 기다리던 사람이 나타났다. 별이 빛나는 맑은 밤 속으로 나오자 그는 어리둥절해서 두리번거렸다. 그러더니 얼른 오솔길로 접어들어, 숨어 있는 우리 뒤쪽의 긴 비탈길을 올라갔다. 그는 걸으면서 불안한 듯 연신 양어깨 뒤를 흘끔댔다.

"쉿!" 홈스가 외쳤고, 총의 공이치기를 당기는 날카

로운 소리가 들렸다. 홈스가 다시 말했다. "준비해! 놈이 오고 있어!"

밀려드는 안개의 중심부쯤에서 얼핏 날카로운 타닥타닥 소리가 연신 울렸다. 우리가 숨은 곳에서 채 50미터가 안 됐고, 우리 셋은 앞을 주시했다. 그 가운데서 어떤 무서운 게 뛰쳐나올지 확신이 없었다. 나는 홈스 바로 옆에 있었고, 순간적으로 그의 얼굴을 힐끗 보았다. 창백했지만 의기양양한 얼굴이었고, 달빛 속에서 눈이 반짝였다. 그런데 갑자기 그가 앞쪽을 뚫어지게 응시했고 놀라서 입을 벌렸다. 동시에 레스트레이드는 겁먹은 비명을 지르면서 몸을 날려 바닥에 엎드렸다. 나는 벌떡 일어나서 둔한 손으로 권총을 움켜쥐었다. 안개 그림자 속에서 뛰쳐나온 무시무시한 형체를 보고 넋이 나갔다. 사냥개였다. 숯덩이처럼 까만 커다란 사냥개였지만, 어디서도 본 적 없는 그런 사냥개였다. 벌린 입에서 불을 뿜고, 숨 막힐 듯 노려보는 눈은 번뜩였다. 깜빡이는 불빛에 주둥이, 목털, 턱 밑의 처진 살의 윤곽이 보였다. 정신병자가 혼미한 꿈속에서도 그리지 못할 만큼 흉악하고 소름 돋는 모습이었다. 안개 벽을 뚫고 나타난 그 검은 몸통과 무자비한 얼굴처럼 끔찍한 것은 상상도 못할 터였다.

커다란 검은 동물은 오솔길을 성큼성큼 달려서 헨리 경의 발자국을 바싹 좇았다. 우리는 귀신을 본 것처럼 얼이 빠져서, 사냥개가 지나고 나서야 정신을 수습했

다. 홈스와 내가 동시에 총을 쐈고, 개는 무시무시한 비명을 질렀다. 적어도 한 발은 맞았다는 뜻이었다. 하지만 개는 멈추지 않고 성큼성큼 달렸다. 멀리 오솔길에서 뒤돌아보는 헨리 경이 보였다. 달빛 속에서 하얗게 질려서 두려움에 양손을 위로 들고, 쫓아오는 무서운 동물을 맥없이 바라보았다.

하지만 사냥개의 고통스런 울음은 우리의 공포를 단번에 없애주었다. 아파한다면 평범한 동물이고, 우리가 부상을 입혔다면 죽일 수도 있다는 뜻이었다. 우리가 날아가듯 쫓아갈 때, 앞에서 헨리 경의 비명과 사냥개의 으르렁대는 소리가 연이어 들렸다. 내가 다가갔을 때, 개는 헨리 경에게 달려들어 그를 바닥에 눕히고 목덜미를 물려고 했다. 그런데 바로 그 순간 홈스가 사냥개의 옆구리에 다섯 발을 연달아 발사했다. 개는 마지막으로 고통스런 비명을 지르면서 허공에 솟구쳤다가, 바닥에 등을 대고 사지를 허우적대더니 옆으로 돌아누워 축 늘어졌다. 나는 허리를 굽히고, 끔찍하게 번들대는 머리통에 총구를 들이댔지만 방아쇠를 당길 필요가 없었다. 몸집 큰 사냥개는 숨이 끊어져 있었다.

헨리 경은 정신을 잃고 쓰러진 채 꼼짝하지 않았다. 우리가 그의 목에서 칼라를 벗겨냈다. 다친 흔적이 없고, 우리가 늦지 않게 구했음을 알자 홈스는 감사 기도를 중얼댔다. 이미 헨리 경은 눈꺼풀을 떨면서 힘없이 움직여보려 했다. 레스트레이드가 브랜디 병을 입에 밀어넣자, 준남작은 겁먹은 눈으로 우리를 올려다보았다.

"세상에! 그게 뭡니까? 도대체 그게 뭐였습니까?" 그가 속삭였다.

홈스가 대답했다. "그게 뭐든 이미 죽었습니다. 우리는 당신 집안의 망령을 영원히 없앴습니다."

우리 앞에 늘어진 사냥개는 크기와 힘만으로도 끔찍했다. 순혈의 블러드하운드나 마스티프가 아닌 둘의 잡종이었다. 비쩍 마르고 광포한 데다 작은 암사자만 했다. 죽어 쓰러졌는데도 큰 턱은 파란 불꽃을 내뿜고, 퀭하게 째진 잔인한 눈은 타는 고리 같았다. 번쩍이는 주둥이에 손을 댔다가 떼자 내 손에 그을음이 묻어 어둠 속에서 빛났다.

"인이군." 내가 말했다.

홈스는 동물의 시체를 냄새 맡고 말했다. "영리하게 준비했군. 후각에 방해될 만한 냄새는 나지 않아. 이런 두려운 일을 겪게 해서 진심으로 사과합니다, 헨리 경. 사냥개를 대비하긴 했지만 이렇게 엄청날 줄은 몰랐

습니다. 그리고 안개가 끼어 개를 처리할 짬이 없었습니다."

"제 목숨을 구해주신걸요."

"먼저 목숨을 위태롭게 했으니 병주고 약준 셈이지요. 일어나실 수 있겠습니까?"

"브랜디를 한 모금 더 주시면 못할 일이 없을 겁니다. 자! 이제 일으켜주십시오. 어떻게 하실 참입니까?"

"헨리 경을 여기 두고 갈 겁니다. 오늘 밤 위태로운 일은 더 이상 감당 못하십니다. 기다리시면 저희 중 누군가 와서 자택으로 모셔가겠습니다."

헨리 경은 비척비척 걸으려 했지만, 여전히 유령처럼 창백하고 사지를 떨었다. 우리가 부축해서 바위로 데려가자, 그는 앉아서 양손에 얼굴을 묻고 부들부들 떨었다.

홈스가 말했다. "이제 저희는 가봐야겠습니다. 남은 일을 처리해야 되고 일분일초가 중요합니다. 사건이 벌어졌으니 범인을 잡아야지요."

우리가 다시 잰걸음으로 오솔길을 내려갈 때 홈스가 입을 열었다. "그자를 집에서 찾을 확률은 거의 없네.

틀림없이 총소리를 듣고 상황이 끝난 걸 알아차렸을 거야."

"우리는 제법 멀리 있었고, 안개에 총소리가 묻혔을 거야."

"그자는 사냥개를 데려가려고 따라왔을 거야. 확실할 걸세. 아니, 아니야. 지금쯤 사라졌을 거야! 하지만 집을 수색해서 확인해보세."

현관문이 열리자 우리는 얼른 들어가서 방마다 뒤지고 다녔다. 늙어 몸을 떠는 하인은 복도에서 우리와 마주치자 화들짝 놀랐다. 식당 한 군데만 불이 켜져 있었고, 홈스는 등잔을 들고 구석구석 빠짐없이 확인했다. 우린 스태플턴의 자취를 찾지 못했다. 하지만 위층 침실 한 곳에 자물쇠가 채워져 있었다.

레스트레이드가 외쳤다. "안에 누가 있습니다. 움직이는 기척이 들립니다. 이 문을 여십시오!"

안에서 희미한 신음과 바스락대는 소리가 새어나왔다. 홈스가 구둣발로 자물쇠 위쪽 문짝을 걷어차자 문이 벌컥 열렸다. 권총을 빼 들고 셋이 함께 뛰어들었다.

하지만 우리가 찾는 독하고 반항적인 악한은 그림자

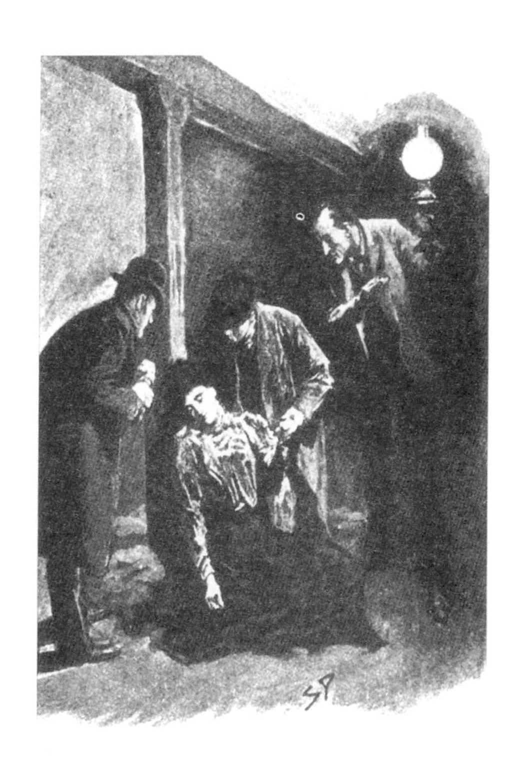

도 없었다. 대신 너무도 이상하고 예기치 못한 것과 마주치자 우리 어리둥절해서 잠시 서 있었다.

방은 작은 박물관처럼 꾸며져 있었다. 벽에 줄줄이 걸린 유리 뚜껑 케이스들 안에 나비와 나방이 잔뜩 담겨 있었다. 이 복잡하고 위험한 사내는 수집품에서 위로를 얻었을 터였다. 방 가운데 오래전에 설치한 기둥은 천장을 받치는 벌레 먹은 들보 대신 세운 지지대였다. 이 기둥에 사람이 묶여 있었다. 빠져나가지 못하게 몸통을 이불보로 둘둘 감아서, 처음에는 남자인지 여자인지 구분되지 않았다. 수건 한 장이 목을 지나 기둥에 묶여 있었다. 다른 수건이 얼굴의 하관을 덮었고, 그 위로 검은 두 눈이 빤히 우리를 쳐다보았다. 슬픔과 수치감에 젖은 눈매는 필사적으로 무언가를 묻는 듯했다. 잠시 후 우리가 재갈을 빼고 천을 풀자, 스태플턴 부인이 우리 앞쪽 바닥에 주저앉았다. 그녀가 가슴 위로 고개를 숙일 때, 목덜미의 선명한 빨간 채찍 자국이 내 눈에 들어왔다.

홈스가 외쳤다. "잔인한 놈! 레스트레이드, 어서 브랜디 병을 주십쇼! 숙녀를 의자에 앉히십시오! 학대와 탈진으로 기절했군요."

그녀가 다시 눈을 떴다.

스태플턴 부인이 물었다. "그는 무사한가요? 빠져나갔나요?"

"우리 손아귀에서 빠져나가지 못할 겁니다, 부인."

"아니, 아니요. 남편 말고요. 헨리 경이요. 그가 무사한가요?"

"네."

"그러면 사냥개는?"

"죽었습니다."

그녀가 긴 안도의 한숨을 내쉬었다.

"잘됐네요! 잘됐어요! 아, 이 악마! 제게 무슨 짓을 저질렀는지 보세요!" 스태플턴 부인이 소매를 걷고 팔을 내밀었고, 우린 얼룩덜룩 멍든 자국들을 보고 경악했다. 그녀가 말을 이었다. "하지만 이건 아무것도 아니에요, 아무것도! 그가 괴롭히고 더럽힌 것은 제 마음과 정신입니다. 이 모든 것은 견딜 수 있었어요. 학대, 고독, 거짓 인생. 그의 사랑을 받는다는 희망을 간직할 수 있다면 그래도 참았을 거예요. 하지만 이제 알아요. 여기서도 저는 남편의 하수인이며 도구였다는 것을." 그녀는 말하다가 격한 울음을 터뜨렸다.

홈스가 말했다. "그에게 호의가 조금도 없으시군요, 부인. 그러면 어디 가야 그를 찾을 수 있는지 말해주십시오. 악행을 저지르는 그를 도왔다면, 이제 저희를 도와서 속죄하시지요."

부인이 대답했다. "그가 도망쳤을 만한 곳은 한 군데밖에 없어요. 늪지 가운데 오래된 주석 광산이 있어요. 남편은 그곳에서 사냥개를 키우며 피난처로 쓸 수 있게 준비도 해두었어요. 거기로 달아났을 거예요."

창가에 하얀 솜 같은 안개가 끼어 있었다. 홈스가 그쪽으로 등잔을 올렸다.

그가 입을 열었다. "보십시오. 오늘 밤 누구도 그림펜 늪으로 들어가는 길을 못 찾을 겁니다."

스태플턴 부인은 손뼉을 치면서 웃음을 터트렸다. 기쁨이 샘솟아 눈과 치아가 반짝거렸다.

그녀가 외쳤다. "그이가 들어가는 길은 찾을지 몰라도 나오는 길은 못 찾겠네요. 오늘 같은 밤에 어떻게 비표 막대기들이 보이겠어요? 저희가 막대기들을 꽂아

늪을 지나는 길을 표시해놓았어요. 아, 오늘 밤 그것들을 뽑아버렸으면 좋았을 텐데. 그러면 그가 신사분들에게 잡혔을 텐데!"

안개가 걷히기 전에는 추적해본들 소용없을 게 뻔했다. 레스트레이드에게 집을 맡기고, 홈스와 나는 헨리 경에게 가서 같이 배스커빌 홀로 향했다. 이제 스태플턴 부부의 내력을 숨길 필요가 없었고, 그는 사랑한 여인의 진실을 듣고도 용감하게 받아들였다. 하지만 간밤에 당한 사고의 충격으로 정신이 약해져서, 아침이 오기 전에 고열에 시달리며 헛소리를 했다. 닥터 모티머가 준남작을 간호했다. 이후 두 사람은 세계 여행을 떠날 테고, 그 후에야 헨리 경은 불길한 저택의 주인이 되기 전처럼 활달하고 명랑해질 터였다.

이제 얼른 이 독특한 이야기를 매듭지어야겠다. 난 한동안 우리의 삶을 어두운 공포와 애매한 추측으로 휩쌌다가 비극적으로 끝난 이야기를 독자에게 전하려 애썼다. 사냥개가 죽은 다음 날 아침, 안개가 걷혔고 우린 늪지를 지나가는 통로 초입에 당도했다. 스태플턴 부인이 남편과 발견한 길로 데려다주었다. 적극적으로 남편의 도주로를 안내하는 모습에서, 그녀의 삶을 뒤덮은 공포를 절감할 수 있었다. 우린 그녀를 단단한 토탄질 땅에 서 있게 했다. 반도 모양의 땅이 좁아지면서 넓은 늪이 펼쳐졌다. 그 땅 끄트머리 여기저기 작은 막대기가 꽂혀서, 골풀 덤불에서 덤불까지 지그재그로 좁은 통로가 생겼다. 그 주변 초록색 찌꺼기가 떠 있는 웅덩이들과 악취 나는 수렁들이 뭇사람들의 출입을 막았다. 늘어선 갈대와 골풀, 미끈거리는 수초에서 썩은 내가 진동했고 독기 가득한 수증기가 우리 얼굴로 훅 올라왔다. 두어 차례 발을 헛디뎌 출렁대는 검은 늪에 허벅지까지 빠지자 발 주위 진창이 몇 미터나 흔들렸다. 걸음을 옮길 때 진흙탕이 끈질기게 발을 당겼고, 수렁에 빠지면 악마의 손이 으스스한 심연으로 끌어내리려는 것 같았다. 그만큼 진창은 소름끼치고 집요하게 붙잡았다. 우리보다 앞서 위험천만한 길을 지난 흔적은 딱 한 번 보였다. 황새풀 덤불 틈 풀 더미에 걸려 진창에 빠지지 않은 검은 물체가 있었다. 홈스가 그걸 꺼내려고 통로를 벗어났다가 허리까지 빠졌고, 우리가

끌어내지 않았다면 그는 다시는 단단한 땅을 밟지 못했을 것이다. 그가 낡은 검은 신발을 들어올렸다. 구두 안쪽 가죽에 '메이어스, 토론토'라고 박혀 있었다.

홈스가 말했다. "진흙 목욕을 할 만하군. 헨리 경의 사라진 구두가 여기 있네."

"스태플턴이 도망가다 거기 던졌군."

"맞아. 사냥개에게 이 구두를 냄새 맡게 해서 추적하게 한 후 손에 들고 있었지. 상황이 끝난 걸 알고 도망치면서도 여전히 쥐고 있었던 거야. 이 지점을 뛰어가다가 내던졌지. 적어도 그자가 여기까지는 무사히 왔다는 얘기구먼."

하지만 추측은 난무했지만, 밝혀진 스태플턴의 거취는 딱 거기까지였다. 늪지에서 그의 족적을 찾을 가능성은 없었다. 발자국이 패이면 떠밀린 진흙이 얼른 덮어버렸다. 마침내 출렁대는 진창을 지나 단단한 바닥에 도착하자, 우린 열심히 그의 족적을 찾아보았다. 하지만 작은 자국 하나 눈에 띄지 않았다. 땅이 진실을 알려준다면, 스태플턴은 마지막 밤에 안개를 뚫고 피난처로 가려 했으나 그 섬에 닿지 못했다. 그림펜 늪의 심장부 어디쯤에, 악취나는 흐물흐물한 진흙탕 속으로 빨려 들어갔다. 이 냉혹하고 악독한 사내는 영원히 그곳에 묻혀 있을 것이다.

스태플턴이 잔인한 공범을 숨겼던 늪 가운데 섬에는 그의 흔적이 많이 남아 있었다. 대형 바퀴와 쓰레기 더미인 갱도가 폐광임을 드러냈다. 갱도 옆쪽에 허물어져가는 광부 숙소가 있었다. 주변 늪지의 악취가 광부들을 몰아냈으리라. 한 집에 꺾쇠와 쇠사슬, 갉아먹은 뼈가 수북이 쌓인 걸로 봐서 사냥개는 여기 갇혀 있었다. 잔해 사이에 갈색 털이 엉겨 붙은 두개골이 나뒹굴었다.

홈스가 말했다. "개야! 이런, 털이 곱슬곱슬한 스패니얼이군. 가엾은 모티머는 다시는 애완견을 못 보겠구먼. 흠, 여기서는 더 알아낼 비밀이 없을 것 같군. 그자는 사냥개를 숨길 순 있어도 짖지 못하게는 할 수 없었지. 그래서 대낮에도 듣기에 섬뜩한 소리가 났던 걸세. 긴급 상황에는 자택 별채에 사냥개를 둘 수 있었겠지만 위험부담이 컸고, 그래서 모든 노력의 결실을 맺을 날로 여긴 그날 하루만 개를 거기 둔 거지. 깡통에 담긴 반죽은 야광물질이고, 이걸 사냥개에게 바른 거야. 물론 집안의 악령 사냥개 이야기와 찰스 경을 두려워 죽게 만들 욕심으로 일을 꾸몄지. 어두운 황무지에서 이런 게 쫓아오니 악독한 탈옥수가 달아나면서 비명을 지를 만도 하지. 우리도 그런 상황이었으면 똑같았을걸. 교활한 장치였지. 범행 대상을 죽음으로 내몰 수 있는 데다가, 황무지에서 개를 본다한들 어느 농부가 이런 걸 쫓아가서 상세히 살필 엄두를 냈겠나? 사실 개를 본 농부야 많았지. 왓슨, 런던에서도 말했지만 다시 말하겠네. 우리가 검거를 도운 범인들 중 저기 누운 자처럼 위험한 인물은 없었네." 홈스는 초록색 늪이 얼룩덜룩하게 뻗은 늪지대를 긴 팔로 가리켰다. 멀리서 늪지는 황갈색 황무지 비탈길로 이어졌다.

15

회고

11월 말의 안개 낀 날씨 궂은 밤, 홈스와 나는 베이커 가의 거실에서 벽난로의 양쪽에 앉아 있었다. 비극적인 결말을 맞은 데번셔 방문 이후, 홈스는 대단히 중요한 두 사건에 몰두했다. 첫 사건에서 그는 논퍼렐 클럽의 유명한 카드 스캔들과 관련해 업우드 대령의 극악한 행위를 밝혀냈다. 반면 두 번째 사건의 경우, 그는 불운한 마담 몽파시에의 계녀 카레르의 살해 혐의를 벗겨주었다. 6개월 후 마드모아젤 카레르는 뉴욕에서 결혼해서 산다고 밝혀졌다. 홈스는 까다로운 중대한 사건들을 성공적으로 해결해서 기분이 아주 좋았다. 그래서 배스커빌 사건에 대해 상세히 말하게 유도할 수 있었다. 적당한 때를 인내하며 기다리던 참이었다. 나는 친구가 두 사건을 한꺼번에 다루지 않는 걸 알았다. 또 과거 사건을 기억하느라, 현재 사건을 명료하고 논리적으로 추론하는 데 방해받지 않았다. 마침 헨리 경과 닥터 모티머가 런던에 와 있었다. 그들은 준남

작의 신경쇠약 치료법으로 추천받은 긴 여행길에 나선 참이었다. 그날 오후 두 사람이 우리에게 다녀갔기에 그 사건을 거론하는 게 자연스러웠다.

홈스가 말했다. "자칭 스태플턴의 관점에서 보면, 사건 전체는 단순하고 명료했지. 우리야 처음에 그의 행동 동기를 파악할 수단이 없고 일부 사실밖에 몰라서 모든 게 극히 복잡했지만. 스태플턴 부인과 두 차례 대화한 덕에 사건이 완전히 드러났으니, 밝혀지지 않은 부분이 없을 거야. 내 사건 색인표 B 항목에서 사건과 관련된 몇 가지 메모를 볼 수 있네."

"친절을 베풀어 자네가 기억하는 내용을 대략 들려주면 좋겠네."

"그러지. 하지만 모든 정황을 머릿속에 기억한다고는 장담 못하겠네. 어딘가에 정신을 집중하면 이상하게도 앞에 있었던 것들이 지워지거든. 사건 내용을 잘 파악해서 전문가와 설전을 벌일 수 있는 변호사도 한두 주 재판하고 나면 내용을 싹 잊거든. 현재 사건이 이전 사건을 밀어내니까, 마드모아젤 카레르가 배스커빌 홀에 대한 기억을 지웠을 거야. 내일이면 다른 소소한 사건이 내 관심을 프랑스 미녀와 악명 높은 업우드에게서 돌릴 테지. 하지만 사냥개 사건의 경우, 사건이 벌어진 과정을 최대한 제대로 말해보겠네. 내가 잊은 부분이 있으면 자네가 말하게.

조사해보니 가족 초상화가 틀린 데가 없고 이 사람이 실제로 배스커빌 후손임이 확실했네. 그는 찰스 경의 막내 동생인 로저 배스커빌의 아들이었지. 로저는 악명을 남기고 남아메리카로 달아났고, 거기서 결혼하지 않고 죽었다는 말이 있었네. 하지만 실제로는 결혼해서 자식을 하나 두었는데, 바로 스태플턴이었지. 그의 본명은 부친의 이름과 똑같네. 그는 베릴 가르시아라는 코스타리카 미녀와 결혼했고, 거액의 공금을 훔친 후 밴델뢰르로 개명하고 잉글랜드로 달아나서, 요크셔 동부에 학교를 세웠지. 그가 이 특이한 사업을 벌이게 된 것은, 고국으로 돌아오는 배에서 결핵을 앓는 교사를 알게 되어서였네. 성공을 이루는 데 교사의 능력을 이용했지. 하지만 교사인 프레이저가 죽었고, 초반에 잘 되던 학교는 인기가 시들해지다 악명을 얻고 말았지. 밴델뢰르 부부는 스태플턴으로 개명하는 게 편리하겠다고 판단했고, 그는 남은 재산과 장래 계획과 곤충학 취미를 갖고 남부 잉글랜드로 왔네. 영국 박물관에 알아보니, 그는 곤충학 권위자로 통했더군. 실제로 그가 요크셔에 살 때 처음으로 밝힌 어떤 나방은 영구적으로 밴델뢰르로 명명되었다고 하네.

이제 우리와 깊이 관련된 시기로 넘어가지. 그는 조사 후에 거액의 유산을 상속받을 대상자가 딱 두 명임을 알아냈음이 확실해. 데번셔에 올 때의 계획은 상당히 애매했지만, 처음부터 흉계를 품었겠지. 그러니까 아내를 데리고 와서 누이라고 내세웠겠지. 그녀를 유인책으로 쓰려는 의도가 이미 머릿속에 있었지. 음모의 세부 사항들을 어떻게 정할지는 확실하지 않았겠지만. 결국 유산을 차지할 속셈이었고, 그 목적을 위해 어떤 도구를 쓰거나 위험을 감수할 채비를 갖추었지. 처음 한 일은 본가에서 가능한 가까운 거처를 마련하는 것이었고, 두 번째는 찰스 배스커빌 경을 비롯해 이웃들과 우정을 쌓는 거였네.

찰스 경이 본인 입으로 집안의 사냥개 전설을 말했으니 스스로 명을 재촉한 셈이지. 스태플턴은, 계속 그 이름으로 부르겠네, 노신사가 심장이 약해서 충격 한 방이면 죽을 걸 알았지. 닥터 모티머에게 그렇게 들었거든. 또 찰스 경이 미신을 믿고 이 우울한 전설을 아주 진지하게 받아들이는 것도 알고 있었네. 그는 뛰어난 머리로, 준남작을 죽게 하면서도 진짜 살인범에게 죄를 물을 수 없는 방법을 곧 생각해냈지.

방안을 마련한 후 그는 상당히 세밀하게 실천해나갔네. 평범한 사람이 범행을 기획했다면 사나운 사냥개를 쓰는 것으로 만족했겠지. 개를 악령으로 만들 인위적인 수단을 동원하는 대목은 그의 천재성을 말해주지. 런던에서 풀햄 대로의 장사꾼 로스와 맹글스에게 개를 샀더군. 그들이 보유한 개들 중 가장 강하고 사나운 개였지. 그는 노스 데번셔행 기차를 타고 사냥개를 데려왔고, 사람들의 입방아에 오르내리는 것을 피하려고 머나먼 황무지 길을 걸어갔네. 이미 곤충 채집을 다니면서 그림펜 늪에 들어갈 길을 알아내고, 사냥개의 안전한 은신처도 찾아두었지. 이곳에서 그는 개를 기르면서 기회를 노렸네.

하지만 기회가 오기까지 시간이 걸렸지. 도무지 노

신사를 밤에 집 밖으로 유인할 수가 없었거든. 몇 차례 스태플턴은 사냥개를 데리고 숨어 있었지만 소용없었지. 이렇게 헛물을 켜던 중, 농부들이 스태플턴, 그의 공범을 봤고, 악마개 전설이 재확인되었지. 그는 아내가 찰스 경을 파멸로 유인하기를 바랐지만, 예기치 않게 그녀가 저항한 게 드러났지. 그녀는 노신사를 사로잡아 스태플턴의 수중에 들어가게 만드는 일에 소극적이었거든. 협박했고, 이런 말을 하게 되어 유감스럽지만 주먹질까지 해도 그녀는 단호했지. 아내가 요지부동이자 스태플턴은 한동안 진퇴양난이었지.

그는 난국을 타개할 방도를 찾았네. 우정을 느낀 찰스 경이 그를 내세워 불운한 로라 라이온스를 도운 기회에 편승했지. 스태플턴은 독신 행세를 해서 그녀에게 영향력을 미쳤고, 그녀가 남편과 이혼하면 결혼할 걸로 알게 만들었네. 그런데 찰스 경이 닥터 모티머의 조언을 받아 저택을 떠나리란 걸 알자 그의 계획이 위기에 봉착했지. 그도 닥터 모티머의 의견에 찬성하는 체하긴 했지만 말이야. 스태플턴은 즉시 조치를 취해야 했지. 안 그러면 범행 대상이 그의 영향권을 빠져나갈 테니까. 그래서 라이온스 부인에게 압박을 가해, 노신사에게 런던으로 떠나기 전날 만나자고 조르는 편지를 쓰게 했네. 그런 다음 허울 좋은 말로 그녀가 약속에 가는 것을 막았고, 그는 학수고대하던 기회를 잡았지.

저녁에 쿰 트레이시에서 돌아와, 시간에 맞춰 사냥개에게 악마 분장을 시켰네. 그리고 노신사가 기다리고 있을 문으로 개를 데려갔지. 주인의 명령에 따라 개는 쪽문을 펄쩍 뛰어넘었고, 비명을 지르며 주목 오솔길을 뛰어가는 불운한 준남작을 쫓았어. 그 음울한 오솔길에서 커다란 검은 동물을 봤으니 소스라치게 놀랐겠지. 더구나 털에서 불꽃이 나오고 눈이 타오르는 동물이 쫓아왔으니까. 찰스 경은 심장마비와 공포로 오솔길 끝에서 쓰러져 죽었네. 사냥개는 풀밭으로만 달린 반면 준남작은 맨땅 위를 뛰었기 때문에 희생자의 흔적만 남았던 거야. 그가 쓰러져 꼼짝하지 않자, 사냥개가 다가가서 킁킁댔지만 죽은 걸 알고 다시 몸을 돌렸지. 그때 개가 흔적을 남겼고, 이게 닥터 모티머가 목격한 흔적이지. 범인은 사냥개를 불러서 얼른 그림펜 늪에 있는 집에 데려갔고, 미스터리가 남아 경찰을 당황시키고 시골 사람들에게 경계심을 주었지. 그리고 마침내 사건이 우리의 시야로 들어왔고.

찰스 배스커빌 경의 사망 사건은 이 정도네. 귀신같은 간교함을 눈여겨보라구. 하마터면 진범을 법정에 세울 수 없을 뻔했으니 말이지. 유일한 공범은 그의 이름을 댈 수 없는 동물이었고, 기괴하고 상상조차 못할 장치는 범행을 더 효과적으로 만드는 역할을 했을 따름이지. 사건에 연루된 스태플턴 부인과 라이온스 부인 둘 다 스태플턴을 강하게 의심했지. 스태플턴 부인은 그가 노신사에게 계략을 꾸민다는 것과 사냥개의 존재도 알았네. 라이온스 부인은 두 사실을 몰랐지만, 취소하지 않은 약속 시간에 사망 사고가 일어난 사실에 아연실색했지. 약속을 아는 사람은 스태플턴밖에 없었으니까. 하지만 두 부인 모두 그의 수중에 있었기에 스태플턴은 그들을 걱정할 필요가 없었네. 계략의 절반은 성공적으로 완수되었지만 더 까다로운 절반이 남아 있었지.

스태플턴이 캐나다에 사는 상속자의 존재를 몰랐을 가능성이 있네. 그래도 곧 친구인 닥터 모티머에게 알아냈을 테고, 헨리 배스커빌 경의 귀국에 대해 시시콜콜 들었겠지. 처음에는 캐나다에서 오는 청년이 데번셔에 내려오지 못하도록 런던에서 죽일 생각을 했지. 아내가 노신사를 함정에 빠뜨리는 데 협조하지 않은 후로 스태플턴은 그녀를 불신했네. 그래서 그녀가 수중에서 빠져나갈까봐 오래 혼자 둘 수가 없었지. 이런 이유 때문에 그녀를 런던에 데리고 갔네. 알고 보니 그들은 크레이븐 가에 있는 '멕스보로 프라이비트 호텔'에 투숙했더군. 내가 카트라이트를 시켜 호텔들을 돌면서 증거를 찾게 했을 때 그곳도 끼어 있었네. 여기서 아내를 감금해둔 채 그는 수염으로 변장하고 닥터 모티머를 미행해 베이커 가에 들렀다가 역과 노섬벌랜드 호텔까지 갔지. 부인은 그의 계획을 어렴풋이 알았지만, 남편이 너무나 무서웠네. 잔인한 학대가 공포스러웠지. 그러나 준남작이 위험에 빠질 줄 알지만 경고하는 편지를 쓰지 못했네. 편지가 스태플턴의 수중에 들어가면 그녀의 목숨이 위태로우니까. 결국 알다시피 그녀는 활자를 오려서 메시지를 만드는 방편을 동원했고, 다른 필체로 주소를 썼지. 편지는 준남작에게 전달

되었고 그는 첫 위험 경고를 받았지.

스태플턴은 반드시 헨리 경의 옷가지를 입수해야 했네. 그래야 개를 사용할 경우, 언제든 개가 헨리 경을 추적하게 할 수 있을 테니까. 약삭빠르고 대담한 성격이라 즉시 일을 추진했지. 호텔의 구두닦이나 객실

하녀에게 뇌물을 주고 필요한 도움을 얻었을 게 뻔하네. 하지만 우연하게도 처음 입수한 신발이 새 구두여서 그의 목적에는 무용지물이었지. 그러자 그는 신발을 돌려보내고 다른 신발을 구했지만, 이 일은 우리에게 아주 유익했네. 실제로 사냥개가 결부되어 있다는 결정적인 증거를 내게 준 셈이거든. 낡은 구두를 구하려고 안달하고 새 구두에 무관심한 행태를 달리 설명할 수 있겠나. 사건이 기이하고 괴상할수록 더 신중하게 검토해야 되네. 그리고 사건을 복잡하게 만드는 요소야말로, 적절히 검토하고 과학적으로 접근하면 문제를 해결할 열쇠일 수 있지.

그러다 이튿날 아침 우린 친구들의 방문을 받았고, 스태플턴은 쭉 택시마차를 타고 뒤를 밟았지. 그의 일반적인 소행뿐 아니라 우리 집과 내 용모를 아는 점으로 볼 때, 배스커빌 사건 외에도 범행 이력이 더 있다고 보고 싶네. 지난 삼 년간 사우스햄튼 서부 지방에서 네 번의 중대한 절도사건이 발생했는데, 한 건도 범인이 체포되지 않았지. 그중 마지막 사건은 5월 포크스톤 코트에서 일어났는데, 단독범인 복면강도가 급사에게 발각되자 비정하게 총을 쐈지. 스태플턴은 줄어드는 자금을 이런 식으로 벌충했으며 오래전부터 필사적이고 위험한 인물이었음이 확실하네.

그날 아침 우리를 성공적으로 따돌린 걸 보면 대비책이 마련되어 있던 게지. 또 택시마부를 통해 내 이름을 내게 돌려보낸 걸 보면 대담성을 알 수 있네. 그 순간부터 스태플턴은 내가 런던에서 사건을 조사하기 때문에 여기 있어봤자 기회가 없음을 간파했네. 스태플턴은 다트무어로 돌아와서 준남작의 도착을 기다렸지."

내가 말했다. "잠깐만! 자네는 사건의 순서대로 정확히 설명하지만, 조명하지 않고 넘어간 대목이 있네. 주인이 런던에 간 사이 사냥개는 어떻게 됐지?"

"나도 이 문제에 관심을 두었고 틀림없이 중요한 부분이네. 의심의 여지없이 스태플턴에게 충복이 있었지. 물론 충복에게 모든 계획을 알게 해서 스태플턴 자신의 입지를 약화시키진 않았을 거야. 메리피트 하우스에 늙은 하인이 있었는데 이름이 안토니오였네. 그와 스태플턴 부부의 인연은 수년 전 학교를 운영하던 시절로 거슬러 올라가지. 그러니 하인은 주인과 누이가 실제 부부인 걸 알았겠지. 이 사람은 사라져 국외로 빠져나갔네. 안토니오라는 이름은 잉글랜드에서 흔하지 않지만, 스페인이나 스페인이 지배한 남아메리카에서 안토니오가 흔한 이름으로 봐야겠지. 스태플턴 부인처럼 이자는 영어를 유창하게 구사했지만 묘하게 혀 짧은 소리를 하더군. 나는 이 노인이 그림펜 늪에서 스태플턴이 표시해둔 통로를 지나는 것을 본 적이 있네. 따라서 주인이 집을 비우면 그가 사냥개의 치다꺼리를 했지. 물론 사냥개가 어떤 목적에 쓰일지 몰랐겠지만.

그래서 스태플턴 부부가 데번셔에 내려왔고, 뒤이어 곧 헨리 경과 자네가 도착했네. 이제 그 무렵 내가 어떤 조치를 취했는지 한마디만 말하지. 자네도 기억하겠지만, 난 활자를 붙인 종이를 검토하면서 종이의 워터마크를 찬찬히 살폈네. 그러느라 종이를 얼굴에 바싹 들이대다가 화이트 재스민으로 알려진 향내를 얼핏 맡았네. 향수는 일흔아홉 종인데 범죄 전문가는 각각의 향을 구분할 수 있어야 하네. 내가 직접 경험한 사건 두어 건도 즉시 향수를 알아낸 덕에 해결되었거든. 향기는 여인의 존재를 알려주었고, 이미 내 생각은 스태플턴 일가를 향하기 시작했네. 그래서 우리가 서부 지역에 내려가기 전 이미 사냥개가 있음을 확신했고 범인을 짐작했지.

내 계획은 스태플턴을 감시하는 거였네. 하지만 내가 자네랑 있으면 놈이 잔뜩 경계할 테니 감시가 불가능해질 게 빤했지. 그래서 자네를 포함해 모두를 속였고, 난 런던에 있는 걸로 하고 은밀히 내려왔네. 하지만 자네가 짐작했던 것처럼 힘들지는 않았지. 그런 사소한 부분들이 사건 수사에 걸림돌이 되면 안 되지. 난 대부분 쿰 트레이시에서 머물렀고, 현장 근처에 있어야 될 때만 황무지의 움집을 이용했네. 카트라이트를 데리고 내려갔고, 그 아이가 시골 아이로 위장해서 내게 막대한 도움을 주었지. 음식과 깨끗한 셔츠는 카트라이트의 신세를 졌지. 내가 스태플턴을 감시하는 동안, 카트라이트는 자주 자네를 감시했고 덕분에 나는 모든 상황을 파악할 수 있었네.

이미 말했듯이 자네의 보고서는 신속히 받아보았네. 베이커 가에서 쿰 트레이시로 즉시 배달되었거든. 그

보고서들이 큰 도움이 되었고, 스태플턴이 우연히 사실을 말해버린 인생사가 특히 도움이 됐네. 이 남녀의 신원을 밝힐 수 있었고, 마침내 정확히 어떻게 방향을 잡아야 될지 알았지. 탈옥수가 등장하고 그와 베리모어 부부의 관계 때문에 사건이 상당히 복잡해졌네. 이것 역시 아주 효율적인 방식으로 자네가 말끔히 정리했지. 물론 나도 조사해보고 이미 같은 결론에 도달했네만.

자네가 나를 황무지에서 발견한 즈음 난 사건 전반을 완전히 파악했지만, 배심원들 앞에 내놓을 만한 법정 사건은 아니었네. 그날 밤 스태플턴이 헨리 경을 공격했지만 결국 불운한 탈옥수의 사망으로 끝났으니, 놈의 살인을 증명하는 데 도움이 되지 않았지. 놈을 범행 현장에서 잡는 것 외에 대안이 없는 것 같더군. 그러려면 헨리 경이 혼자, 아무런 보호도 없는 가운데 미끼로 쓰일 수밖에 없었지. 우리는 그렇게 했고, 의뢰인이 심한 충격을 입는 와중에 우린 완전한 법정 사건을 구성하고 스태플턴을 파멸시키는 데 성공했지. 헨리 경이 위험에 노출된 상황은 수사를 제대로 못 이끈 내 잘

못임을 자백해야겠네. 하지만 개가 그렇게 무섭고 극악무도한 모습이리라 예견할 방도가 없었고, 안개 때문에 개가 부지불식간에 우리에게 달려들 줄 예측할 수가 없었네. 목적을 이룬 대가는 신경쇠약이었지만, 전문가와 닥터 모티머는 일시적인 증세라고 확언하네. 긴 여행을 하면 우리 친구는 신경쇠약뿐 아니라 실연의 상처를 회복할 수 있을 거야. 여인을 향한 사랑이 깊고 진실했으니, 이 음흉한 사건을 통틀어 그를 가장 슬프게 하는 것은 그녀가 속였다는 사실이겠지.

스태플턴 부인이 맡은 역할을 조명하는 일만 남았군. 스태플턴이 그녀를 쥐락펴락한 것은 두말하면 잔소리지. 사랑이거나 두려움, 혹은 두 가지가 양립할 수도 있으니 둘 다였을지 모르지. 적어도 효과가 대단했지. 그의 지시에 따라 그녀는 누이 노릇을 하는 데 동조했네. 아내를 살인 방조자로 삼으려 하자 영향력의 한계가 드러나긴 했지. 그녀는 남편을 드러내지 않으면서 헨리 경에게 경고하려고 최선을 다해 준비했지. 또 반복해서 그러려고 애썼네. 스태플턴이 질투심을 가졌을 수도 있겠지. 그는 준남작이 그녀에게 구애하자, 자신의 계략대로 되는데도 맹렬하게 폭발하면서 간섭할 수밖에 없었어. 덕분에 자제력으로 영리하게 숨겼던 극악한 성미를 드러내고 말았고. 스태플턴은 친밀감을 유도해서 헨리 경이 메리피트 하우스에 자주 드나들게 만들고, 그가 노리는 기회를 얻으려고 했지. 하지만 위기의 그날, 부인은 갑자기 그에게 등을 돌렸지. 그녀는 탈옥수의 사망 소식을 들었고, 헨리 경이 저녁 식사를 하러 오는 날 밤에 사냥개가 별채에 갇혀 있는 걸 알았네. 그녀는 남편이 계획한 범행을 힐난했고 한바탕 소란이 벌어졌네. 이때 그는 아내에게 연적이 있음을 처음으로 밝혔지. 남편에 대한 의리가 순식간에 쓰디쓴 증오로 변했고, 스태플턴은 그녀가 배신하리란 걸 눈치챘지. 그래서 헨리 경에게 알릴 기회를 차단하려고 그녀를 묶었네. 준남작이 죽으면 온 동네가 가문의 저주 때문이라고 떠들 테고 아내가 현실을 받아들여 아는 걸 발설하지 않기를 바랐지. 이 대목에서 아무튼 그가 계산 착오를 했다는 생각이 드네. 우리가 개입하지 않았대도 그의 운명은 끝장났을 거야. 스페인 혈통의 여인은 실연의 상처를 가볍게 용서하고 넘어가지 않거든. 왓슨, 이제 기록을 참고하지 않으면 이 묘한 사건과 관련해 더 시시콜콜 밝히지 못하겠네. 기본적인 내용은 다 설명한 것 같은데."

"그는 백부와 달리 사냥개로 헨리 경이 공포로 죽을 거라고 기대하지 못했을 텐데."

"개는 흉포하고 굶주렸어. 개의 등장에 희생자는 죽을 만큼 겁을 냈고. 적어도 저항을 못하고 얼어붙겠지."

"그거야 당연하지. 한 가지 난제만 남았군. 스태플턴이 승계한다 해도, 상속자인 그가 가명으로 본가와 그리 가깝게 산 사실을 어떻게 설명할 수 있겠나? 상속자라 주장하면 의심과 조사를 피할 수 없을 텐데?"

"어마어마한 난관이지. 자네는 내가 문제를 풀 거라고 기대하고 너무 많이 묻는군. 과거와 현재는 내 수사 영역이지만, 어떤 사람이 장차 어떻게 할지는 대답하기 어렵네. 부인 말로는 스태플턴이 여러 차례 이 문제를 언급했다더군. 세 가지 대안이 있었네. 남아메리카에서 재산을 청구하고, 그곳의 영국 당국자 앞에 신원을 밝히면 잉글랜드에 오지 않고 재산을 손에 넣는 방법이 있었지. 또는 그가 런던에 있어야 되는 짧은 기간 동안 그럴듯하게 변장하는 방법이 있었네. 혹은 공범에게 증거와 서류를 줘서 그를 상속자로 만들고, 수입의 일정 부분을 받는 방법도 있었지. 우리가 아는 한 그는 난국을 타개할 방안을 강구했을 걸세. 자, 왓슨. 몇 주간 힘든 일에 매달렸으니, 하루 저녁이나마 더 유쾌한 일에 마음을 쏟아도 좋겠지. 나에게 오페라 '위그노 교도들'의 박스석 표가 있네. 드 레즈케 일가라고 들어봤나? 수고스러워도 반 시간 내에 나갈 채비를 할 수 있겠나? 그러면 가는 길에 '마르치니'에 들러 간단한 저녁 식사라도 할 수 있을 거야."

셜록 홈스, 그 위대한 역사

작가 아서 코난 도일

아서 코난 도일은 1859년 스코틀랜드에서 태어났다. 빅토리아 여왕 재임 기간(1837~1900)이던 19세기 중반은 몇십 년에 이른 산업혁명의 효과들이 영국뿐만 아니라 유럽 전반에 서서히 나타나던 시기였다. 한 예로 1851년에는 파리에서 만국박람회가 개최된 바 있다.

경제의 급속한 팽창에 힘입어 정치는 한층 제국주의적 형태(셜록 홈스의 패션 아이템인 헌팅캡과 해포석 담배 파이프는 전형적인 제국주의 상징물이다)를 띠어 갔으며, 적자생존으로 해석된 통속적 다윈주의가 문화적으로 각광받게 되었다. 도일의 작품에 세포이 반란

(영국의 관점에서는 반란이고 인도의 관점에 서는 항쟁이다) 등 식민지 인도와 관련된 이야기들이 많은 것도 이와 무관하지 않다. 성장기에 코난 도일은 아버지보다는 어머니인 메리 도일의 영향을 크게 받았다. 아버지 형제들은 유명 삽화가나 박물관장을 보냈을 정도로 유능했으나 유독 아버지만은 사회적 성공과는 거리가 멀어 자격지심에 빠진 나머지 알코올의존증에 이르고 말았다. 쇠락한 귀족 가문의 후예였던 메리 도일은 아들을 아버지와 떼어놓기 위해 경제적으로 곤궁했음에도 당시 최고의 의과대학이던 에든버러 의과대학에 진학시켰다. 코난 도일은 거기서 운명적으로 셜록 홈스의 모델이 된 스승 조셉 벨 박사를 만난다.

의과대학을 졸업한 코난 도일은 아프리카 서해안을 항해하는 화물선에서 의사로 일하다가 귀국해서 동창생과 함께 개업했다. 그러나 다투는 바람에 곧 헤어지고, 혼자서 안과 의원을 개업하면서 글쓰기를 시작했다. 여러 차례 집필과 투고를 반복하지만 한동안 작가로서 주목받지 못하다가 셜록 홈스가 등장하는 두 번째 작품《네 개의 서명》이 크게 성공했다. 사실 글 쓰는

데 재능을 보였던 도일은 내심 의사로서 살아가기보다 집필에 뜻을 두고 있었다. 1889년에 발표한 역사소설 《마이카 클라크(Micah Clarke)》는 오스카 와일드로부터 크게 칭찬을 받기도 했다.

심령학 서적을 집필한 추리소설가

코난 도일이 본격적으로 대중에게 알려진 것은 《보헤미아 왕실 스캔들》과 《빨강 머리 연맹》이 어느 편집자의 눈에 띄어 《스트랜드 매거진》에 실리면서였다. 그 후 거의 모든 홈스 이야기는 이 잡지에 연재되었다.

코난 도일은 매우 활발한 성격이었다. 도일이 40대에 이르렀을 때에는 보어전쟁이 발발하였는데, 적지 않은 나이였음에도 사회를 위해 기꺼이 군의관으로 참전하였다. 이 공로로 도일은 기사 작위를 받았다. 20세기 초반에는 두 번이나 국회의원에 도전하지만 모두 낙선하였다. 도일은 다재다능한 사람으로 '남자라면 무릇 세상의 모든 일을 경험해봐야 한다'는 주의를 가진 활력이 넘치는 활동가였다. 오토바이광이자 아마추어 권투 선수였으며 크리켓 솜씨 또한 수준급이었다.

1906년 아내 루이스 호킨스가 결핵으로 세상을 떠나고 이듬해 진 래키와 재혼했다. 두 번 결혼했던 그는 지인에게 관대하고 너그러웠으며, 금전적 정신적 지원을 마다하지 않은 좋은 사람이었다.

그의 인생에서 주목할 만한 점은 심령학에 관한 책을 집필했다는 점이다. 그의 직업이 추리소설 작가이자 의사라는 점을 감안하면 매우 독특한 행보였다. 제1차 세계대전 때 아들 킹슬리가 세상을 떠나자 심령학에 빠지기 시작하였고, 어머니와 동생이 죽자 그 일에 더욱 매진해 《새로운 계시(The New Revelation)》 같은 심령학 서적을 출간하기도 했다.

그는 1929년부터 협심증을 앓기 시작했으며 1930년 7월에 서식스에서 심장 발작으로 사망해 윈들셤의 정원에 묻혔다. 셜록 홈스 이야기를 연재했던 《스트랜드 매거진》은 다음과 같은 추도사로 코난 도일의 인생을 요약했다.

그는 인생을 한껏 누리며 살았다.

셜록 홈스가 제시한 탐정의 덕목

독자들은 다방면에 매력이 넘치는 셜록 홈스는 잘 알아도 정작 작가 코난 도일의 이름을 모르는 경우가 왕왕 있다. 이 현상에 대해 1930년대 영국에서 시와 비평으로 문명(文名)을 떨쳤던 집단 오든(Auden)은 톨스토이의 '안나 카레니나'와 '셜록 홈스'를 비교하면서, 안나 카레니나는 소설의 배경에서 떼어낼 수 없는 인물이지만, 홈스는 그렇지 않기 때문이라고 주장한 바 있다. 그들에 따르면 신화를 만들어내는 상상력(Mythopoeic imagination)의 산물인 셜록 홈스의 존재는 사회적 역사적 맥락에 구속되지 않기 때문에, 작가의 캐릭터라기보다는 독자의 캐릭터라는 것이다.

오든의 흥미로운 해석은 셜록 홈스를 제재로 쓴 다른 작가의 작품, 패러디(소재나 문체를 흉내 내어 풍자적으로 표현)와 패스티쉬(원작의 캐릭터와 분위기를 충실히 모방)가 왜 그리 많은지를 잘 설명해준다. 대표적으로 니콜라스 메이어의 《셜록 홈스의 7퍼센트 용액(The Seven-Per-Cent Solution)》과 설홍주를 등장시킨 우리 작가 한동진의 《경성탐정록》이 있다.

셜록 홈스가 제시한 훌륭한 탐정이 가져야 할 세 가지 덕목을 살펴보자.

첫째, 관찰력이다. 관찰하는 것과 단순히 보는 것은 엄연히 다르다. 셜록 홈스는 여자를 볼 때면 옷소매를, 남자를 볼 때면 바지 무릎을 본다. 아니, 관찰한다. 남다른 관찰력은 셜록 홈스만이 가진 능력이기도 하지만, '사소한 것을 관찰한다'는 의미에서 프로이트에 가닿아 있는 시대정신이기도 하다. 셜록 홈스의 애독자였던 프로이트는 '농담' 같은 사소한 표현 행위의 분석을 통해 상대의 진의를 파악한다. 둘째, 추리 방법인 가추법(Abdution, 假推法)이다. 물론 원문의 표현은 추리 과학(The Science of Deduction)이지만, 연역법(Deduction)과는 분명한 차이가 있기에 가추법이라고 의역하는 게 낫겠다.

가추법이라는 신조어를 처음 만들어 낸 사람은 《장미의 이름(Il nome della rosa)》으로 유명한 이탈리아 기호학자이자 추리소설가인 움베르토 에코다. 그는 찰스 샌더스 퍼스의 기호학을 연구하던 차에 퍼스의 논리가 셜록 홈스의 논리와 같다는 것을 발견했다. 연역 추리가 사례로부터 결과로 나아간다면(① 모든 사람은 죽는다[대전제], ② 코난 도일은 사람이다[사례], ③ 그러므로 코난 도일은 죽는다[결과]), 가추법은 결과(③)로부터 사례(②)로 나아간다. 가추법은 흔히 '상식의 논리'로 통하다가—셜록 홈스의 추리가 때로는 빤한 이유가 바로 그 때문이다—19세기가 되어서야 명확히 인식되기 시작했다. 그러나 태양 아래 새로운 것은 없다는 가추법을, 계몽주의를 대표하는 볼테르의 자디그적 방법론과 비교하기도 한다. 자디그는 성경의 욥과 같은 고난을 겪은 바빌로니아 청년으로, 본 적이 없는 '도난당한 왕의 말과 여왕의 개'의 외관을 정확히 추리해내는 바람에 도둑으로 체포된다. 바로 이 추리법이 셜록 홈스의 가추법과 같다는 것이다.

셋째, 지식이다. 셜록 홈스는 박학다식으로 정평이 난 인물이다. 런던의 주요 거리와 지역 곳곳에 대해 속속들이 알고 있을 뿐만 아니라, 해부학, 화학, 통계학, 양봉 기술, 지문학, 독극 물학, 심지어 75가지 향수를 구별하는 지식까지, 과연 한 사람이 무슨 수로 그 많은 지식을 얻었을까 의심이 들 정도로 해박하다.

아서 코난 도일은 4편의 장편 추리소설과 56편에 이르는 단편 추리소설을 쓴 것으로 알려져 있다. 앞서 얘기했듯 그 대부분은 《스트랜드 매거진》에 연재되었으며, 셜록 홈스의 폭발적 인기에 힘입어 잡지가 수십만 부나 팔렸을 정도로 사회적 반향이 엄청났다고 한다. 당시의 분위기를 보여 주는 증언이 있다.

> 모든 잡지 가판대마다 1실링짜리 싸구려 탐정소설이 꽂혀 있고, 정기 구독자를 겨냥한 잡지라면 반드시 강도와 살인 미스터리를 실어야 한다.

셜록 홈스 시리즈에서 장편보다 단편이 압도적으로 많은 이유는 홈스라는 인물을 드러내기에 장편보다는 단편이 더욱 효과적이라서 그렇다는 의견이 지배적이다. 셜록 홈스라는 탐정은 아주 짧은 시간 동안 재기 넘치는 추리를 펼치며 독자에게 강한 인상을 남긴다.

사실 4편의 장편 역시 굳이 분량을 따졌을 때 장편이라고 구분 지을 뿐 그다지 긴 이야기라는 느낌은 들지 않는다. 장편에서 핵심 인물인 홈스의 역할 비중을 따져보면 단편이나 중편에 가깝다는 뜻이다. 다만, 단편에 비해 사건의 규모가 약간 크거나 범죄의 얼개가 좀 더 복잡하게 얽혀 있을 뿐 홈스는 단편에서 보여주는 모습처럼 짧고 굵게 활약한다.

결국 홈스는 장·단편을 구분하지 않고 비슷하게 모습을 드러내며 비슷한 일을 한다. 여기에서 셜록 홈스의 장편 4편에 대해 살펴보겠다.

〈주홍색 연구〉

동거인을 구하던 왓슨은 홈스를 소개받는다. 특이한 행동을 보이는 홈스가 썩 마음에 들지는 않았지만, 사람의 겉모습만 보고도 어떤 사람인지 알아내는 능력 등의 특이한 재능에 서서히 끌린다. 어느 날, 그렉슨 경감에게 홈스를 찾는 연락이 오고, 홈스와 함께 간 곳에는 외상 하나 없는 남자의 시신이 있었다. 정원과 실내를 관찰하고는 홈스는 피해자가 독살당했으며, 가해자는 180센티의 신장에 인도산 트리치노폴리 담배를 피운다고 추리하는데……. 최초의 장편 추리소설인

《주홍색 연구》는 1887년판 《비턴의 크리스마스》 연감에 발표되었으며 단행본은 다음 해에 나왔다. 여기서 우리는 홈스가 처음 등장하는 장면에 주목할 필요가 있다.

실험실에는 연구원 한 명만 있었는데, 그는 멀리 있는 탁자에서 몸을 굽히고 일에 몰두하고 있었다. 우리 발소리를 듣고 그가 힐끗 돌아보더니 환호성을 지르면서 허리를 폈다.

"찾았어요! 찾았어!"

조금 논리적 비약의 무례를 용인받는다면, 셜록 홈스는 무엇보다 '실험적 인간'이며, 그것은 다름 아닌 삶을 끊임없이 시험대에 올려놓고자 했던 코난 도일의 각인된 모습이며, 나아가서 가추법은 결론으로 도출되고 난 뒤에도 언제든 새로운 실험에 의해 뒤집어질 수 있다는 점에서 영국적 정신의 표현이라고 주장할 수도 있을 것이다. 영국적 정신은 이념이라는 대륙적 정신에 반대한다.

모르몬교를 다룬 이 작품에서 셜록 홈스는 뚜렷한 이목구비에 매부리코, 꿰뚫어 보는 듯한 날카로운 눈을 가진 경이로운 직관력을 가진 인물로 그려진다. 차츰 독자에게 친숙해지는 레스트레이드 형사와 그레드슨 형사가 등장하며, 홈스는 포의 뒤팽을 '상당히 능력이 떨어지는 사람'으로, 가브리오의 르콕 탐정을 '자신은 하루 만에 해치울 일을 반년이나 끄는 무능한 사람'으로 평가한다.

그런데 왜 하필 주홍색 연구일까? 어느 학자에 의하면 런던의 색은 무엇보다 붉은색이다. 지표에 철 성분이 많아 상토를 살짝 들춰내면 붉은색을 띤다는 것이다.

〈네 개의 서명〉

사건 의뢰가 없어 무료함에 빠진 홈스에게 젊은 여성인 메리 모스턴이 찾아온다. 그녀의 아버지는 인도에서 장교로 복무 중이고, 어머니는 일찍 세상을 떠나 어렸을 때부터 영국에서 혼자 살았다고 한다. 그러던 어느 날, 메리 모스턴은 자신의 주소를 묻는 신문광고를 보았고, 그녀는 신문광고란에 자신의 주소를 알렸다. 그러고 나서 매년 이유도 모른 채 누군가로부터 진주 한 알씩을 받아 왔고, 이번에는 직접 만나자는 편지를 받았다고 한다. 메리 모스턴은 이 문제에 대해 상담하기 위해 홈스를 찾아가는데…….

1890년 2월 '네 개의 서명 그리고 숄토가의 의혹'이라는 제목으로 《리핀코트 매거진》에 실렸다. 홈스의 유명한 어록 중 하나인 '불가능한 결론을 다 제쳐두었을 때 하나 남은 결론이 아무리 기이하게 보일지라도 진실이다'라는 얘기가 나온다. 소설 후반부의 〈조너선 스몰의 이상한 이야기〉는 다른 단편소설과 달리 치밀한 구성에서 오는 긴장감을 떨어뜨린다는 지적을 받고 있다.

〈배스커빌 가의 개〉

유서 깊은 귀족 가문의 찰스 배스커빌은 어느 날 수수께끼 같은 죽음을 맞는다. 사건 현장 옆에는 거대한 개의 발자국이 발견되었다. 그리고 유산 상속자인 헨리 배스커빌은 '황무지에서 멀어지라'는 경고성의 편지를 받는다. 헨리의 친구 제임스 모티머는 셜록 홈스에게 자문을 구하고, 왓슨이 먼저 사건 현장에 가서 진상을 조사하게 되는데…….

1901년 8월호부터 1902년 4월호까지 《스트랜드 매거진》에 나누어 연재되었다. 불꽃이 일렁이는 턱과 쏘는 듯한 눈을 가진 짐승에게 쫓긴 찰스 경은 주목나무 길 끝에서 심장병과 공포로 죽고 만다. 상속자인 헨리 배스커빌 경이 나타나고 홈스는 범인이 새 구두가 아니라 헌 구두를 가져간 것에 촉각을 곤두세운다.

〈공포의 계곡〉

명망 있는 벌스톤 저택의 주인이 얼굴도 알아볼 수 없을 정도의 끔찍한 총상을 입고 살해당했다. 저택 안에는 아내와, 그의 친구라는 한 남자, 하인들만 있을 뿐이다. 여섯 시만 되면 해자 위로 성과 밖을 연결해주는 다리를 올려버리는 이곳에서 어떻게 범인이 숨어 들어와 범죄를 저지른 것일까? 벌스톤의 비극이 알 수 없는 지경으로 번져가고 있을 때, 사건의 단서들을 찾아낸 홈스는 살해당한 자가 성의 주인인 더글라스가 아니라 사실은 그를 살해하려고 왔던 자임을 밝혀내는데…….

제1차 세계대전이 발발한 1914년 9월에서 1915년 5월까지 《스트랜드 매거진》에 연재되었다. 홈스의 숙적이자 암살의 대가인 모리아티 교수가 등장하는 작품으로 장편소설의 대미를 장식한다. 밀실의 수수께끼와 하드보일드(Hard-boiled)적 요소가 결합된 독특한 작품으로 평가받는다.

백휴(추리 소설 작가)

1859년 5월 22일 스코틀랜드 에든버러에서 아버지 찰스 도일과 어머니 메리 도일 사이에서 둘째 아들로 태어났다.

1870년 랭카스의 예수회 학교인 스토니 허스트에서 5년간 중등교육을 받았다.

1875년 펠트커크에 위치한 예수회 대학에서 수학했다. 이후 의학 공부를 위해 에든버러 의과대학에 입학했고, 에든버러 보건소 외과 의사인 조셉 벨 밑에서 수학했다. 은사였던 조셉 벨 교수는 독특한 유머와 날카로운 관찰력을 지닌 사람으로, 후에 셜록 홈스의 모델이 된다.

1879년 《사사싸 계곡의 미스터리》를 에든버러의 주간지《챔버스 저널》에 기고했다.

1881년 대학을 졸업하고 의사 자격증을 획득한 뒤 아프리카 서해안을 항해하는 화물선의 선의로 근무했다.

1882년 폴리머스시 교외에서 병원을 개업했다. 1872년에 발생한 메리 셀레스트 호의 승무원 실종 사건을 소재로 삼은 단편소설《J. 하바쿡 제퍼슨의 증언》을 익명으로《콘힐 매거진》이라는 잡지에 투고했고 1884년 1월호에 실렸다.

1885년 루이스 호킨스와 결혼했다. 매독에 대한 논문으로 의학박사 학위를 취득했다.

1886년 전부터 동경해오던 에드거 앨런 포와 에밀 가보리오의 영향으로 탐정소설을 쓰기로 결심하고 홈스 시리즈 중 최초의 작품인 《주홍 색 연구》를 완성하지만 출판사에서 출간을 원하지 않아 이듬해에 발표되었다.

1889년 역사 소설인 《마이카 클라크》가 출간되어 인기를 얻었다.

1890년 《굳건한 거들스턴》을 출간했다. 《네 개의 서명》이 《리핀코트 매거진》에 실렸다. 안과학을 공부하기 위해 오스트리아 비엔나로 떠났다.

1891년 런던에서 안과 전문의로 개업했지만 경영 악화로 의사 생활을 접고 작가로 살아갈 것을 결심했다. 사우스노드로 거주지를 옮기고 《스트랜드 매거진》에 홈스 시리즈를 차례로 발표했다.

1892년 셜록 홈스 시리즈의 첫 번째 단편집 《셜록 홈스의 모험》이 출간됐다.

1893년 아내 루이스가 결핵 진단을 받았다. 셜록 홈스 단편이 《스트랜드 매거진》에 계속 발표된 뒤 《셜록 홈스의 회상》이라는 제목으로 묶이고, 이중 하나가 〈마지막 사건〉인데, 코난 도일은 셜록 홈스가 라이헨바흐 계곡에서 떨어져 죽는 것으로 설정했다. 아버지 찰스 도일이 사망했다.

1894년 《붉은 등불 주위에서》를 출간했다.

1900년 보어전쟁 당시 남아프리카로 자원하여 떠났다. 《위대한 보어전쟁》을 출간했다. 에든버러 선거구에서 자유연합당원 후보자로 출마했으나 낙선했다.

1902년 기사 작위를 수여받았다.

1903년 독자들의 요청으로 다시 홈스 시리즈를 집필했다.

1905년 세 번째 단편집인 《셜록 홈스의 귀환》을 출간했다.

1906년 아내인 루이스가 사망했다.

1907년 진 레키와 재혼한 후에 서섹스 주로 이주했다.

1911년 독일, 영국, 스코틀랜드를 횡단하는 자동차 경주에 참가했다.

1912년 SF소설《잃어버린 세계》를 출간했다.

1914년 제1차 대전이 발발하자 자원해서 참전했다. 홈스 이야기인 《공포의 계곡》이 《스트랜드 매거진》에 연재되었다.

1916년 처음으로 전선을 방문하여 프랑스에서 영국의 참전을 촉구했다. 더블린에서 부활절 봉기 반역 혐의로 처형당한 로저 케이스먼트 경의 구명 운동이 무위로 돌아갔다(《잃어버린 세계》에서 존 록스턴 경은 부분적으로는 케이스먼트 경의 모델이다).

1917년 《스트랜드 매거진》에 단문 〈셜록 홈스 씨의 성격에 대한 소고〉를 발표했다. 네 번째 단편집인 《셜록 홈스의 마지막 인사》를 출간했다.

1927년 다섯 번째 단편집 《셜록 홈스의 사건집》을 출간했다.

1930년 7월 7일, 크로버러 저택에서 사망했다.

옮긴이 **공경희**

서울대학교 영어영문학과를 졸업한 후 번역 작가로 활동 중이며, 성균관대학교 번역 TESOL 대학원 겸임 교수를 역임하였다. 번역서로 《시간의 모래밭》《매디슨 카운티의 다리》《모리와 함께한 화요일》《타샤의 정원》《호밀밭의 파수꾼》《파이 이야기》《프레디 머큐리》《퀸 인 3D》《문워크》《로켓맨》 등이 있으며 저서로 북 에세이 《아직도 거기, 머물다》가 있다.

배스커빌 가의 개

개정 1쇄 펴낸 날 2020년 8월 30일

지은이 아서 코난 도일
옮긴이 공경희
펴낸이 장영재
펴낸곳 (주)미르북컴퍼니
자회사 더클래식
전 화 02)3141-4421
팩 스 02)3141-4428
등 록 2012년 3월 16일(제313-2012-81호)
주 소 서울시 마포구 성미산로 32길 12, 2층 (우 03983)
E-mail sanhonjinju@naver.com
카 페 cafe.naver.com/mirbookcompany

(주)미르북컴퍼니는 독자 여러분의 의견에
항상 귀 기울입니다.

파본은 책을 구입하신 서점에서 교환해 드립니다.
책값은 뒤표지에 있습니다.

더클래식 세계문학 컬렉션 미니북

1 **노인과 바다** | 어니스트 헤밍웨이
1953년 퓰리처상 수상작 / 1954년 노벨 문학상 수상
미국대학위원회 선정 SAT 추천도서

2 **동물 농장** | 조지 오웰
미국대학위원회 선정 SAT 추천도서 / 〈타임〉 선정 현대 100대 영문소설
한국 문인이 선호하는 세계명작소설 100선 / 서울시 교육청 추천도서
논술 및 수능에 출제된 책(1998~2005)

3 **어린 왕자** | 앙투안 드 생텍쥐페리
전 세계 1억 부 이상 판매 기록 / 16개국 언어로 번역

4 **사람은 무엇으로 사는가**(톨스토이 단편선 1) | 레프 니콜라예비치 톨스토이
영어권 문학가들이 가장 좋아하는 작가 / 전 세계 거의 모든 언어로 번역된 필독서

5 **검은 고양이**(포 단편선) | 에드거 앨런 포
포 최고의 미스터리 세계를 보여 준 호러 문학의 걸작

6 **예언자** | 칼릴 지브란
대한민국 대표 명사 혜민스님 추천작

7 **젊은 베르테르의 슬픔** | 요한 볼프강 폰 괴테
세기의 철학가와 문인들의 찬사를 받은 대표작

8 **독일인의 사랑** | 프리드리히 막스 뮐러
잊히지 않는 낭만적 사랑의 향기
독일 낭만주의 시인 막스 뮐러의 유일 순수문학 작품

9 **이방인** | 알베르 카뮈
노벨 연구소 선정 최고의 세계문학 100선 / 1957년 노벨 문학상 수상작
대한민국 명사 101인의 대표 추천작 / 연세대학교 필독도서
미국대학위원회 선정 SAT 추천도서 / 〈타임〉 선정 세상을 움직인 책 100권

10 데미안 | 헤르만 헤세
1946년 노벨 문학상 수상 작가 / 20세기 일대 센세이션을 일으킨 성장 소설의 고전
서울시 교육청 추천도서

11 위대한 개츠비 | 프랜시스 스콧 피츠제럴드
〈타임〉 선정 현대 100대 영문소설 / 어니스트 헤밍웨이가 인정한 완벽한 일급 작품
20세기 100대 영문소설 1위 / 미국대학위원회 선정 SAT 추천도서

12 이상한 나라의 앨리스 | 루이스 캐럴
난센스와 판타지의 대표작 / 아카데미 '미술상' 수상한 영화의 원작
19세기 가장 유명한 영국 아동문학 작가

13 햄릿 | 윌리엄 셰익스피어
대한민국 명사 101인의 대표 추천작 / 서울대학교 권장도서 100선
서울대학교 동서고전 200선 / 연세대학교 필독도서
미국대학위원회 선정 SAT 추천도서 / 국립중앙도서관 선정 청소년 권장도서

14 수레바퀴 아래서 | 헤르만 헤세
대한민국 명사 101인의 대표 추천작
헤르만 헤세의 사춘기 시절 경험을 바탕으로 한 자전적 소설
1946년 노벨 문학상 / 국립중앙도서관 선정 청소년 권장도서

15 오즈의 마법사 1 – 오즈의 위대한 마법사 | 라이먼 프랭크 바움
미국대학위원회 선정 SAT 추천도서 / 연세대학교 필독도서
국립중앙도서관 선정 우수 번역서

16 리어 왕 | 윌리엄 셰익스피어
대한민국 명사 101인의 대표 추천작 / 서울대학교 권장도서 100선

17 겨울 왕국(안데르센 단편선) | 한스 크리스티안 안데르센
어린이문학에 꽃을 피운 불멸의 작가 / 세계를 움직인 100권의 책 선정
노벨연구소 선정 세계 100대 문학 작품

18 로미오와 줄리엣 | 윌리엄 셰익스피어
서울대학교 동서고전 200선 / 칼리지보드 선정 고교생 필독서 101권

19 바람이 분다 | 호리 다쓰오
미야자키 하야오의 애니메이션 영화 〈바람이 분다〉 원작

20 맥베스 | 윌리엄 셰익스피어
서울대학교 권장도서 100선 / 연세대학교 필독도서
미국대학위원회 선정 SAT 추천도서 / 국립중앙도서관 선정 청소년 권장도서

21 **외투 · 코**(고골 단편선) | 니콜라이 바실리예비치 고골
러시아 사실주의 문학의 지평을 연 작품

22 **인간 실격** | 다자이 오사무
교육과학기술부 산하 사단법인 한국교육지원회 선정 아침독서 10분 운동 필독서

23 **마지막 잎새**(오 헨리 단편선) | 오 헨리
서울대학교 · 연세대학교 권장도서 / 서울시 교육청 권장도서
EBS 주최 북퀴즈 왕 선발 추천도서

24 **오즈의 마법사 2 – 환상의 나라 오즈** | 라이먼 프랭크 바움
미국대학위원회 선정 SAT 추천도서

25 **좁은 문** | 앙드레 지드
교육과학기술부 산하 사단법인 한국교육지원회 선정 아침독서 10분 운동 필독서

26 **깨끗하고 밝은 곳**(헤밍웨이 단편선) | 어니스트 헤밍웨이
국립중앙도서관 선정 권장도서 / 남산도서관 선정 권장도서

27 **벤자민 버튼의 시간은 거꾸로 간다**(피츠제럴드 단편선 1)
| 프랜시스 스콧 피츠제럴드
전미비평가협회 선정 '톱 10 작품' 영화 〈벤자민 버튼의 시간은 거꾸로 간다〉의 원작

28 **광란의 일요일**(피츠제럴드 단편선 2) | 프랜시스 스콧 피츠제럴드
2013년 화제의 영화 〈위대한 개츠비〉의 작가 피츠제럴드 단편선

29 **세 가지 질문**(톨스토이 단편선 2) | 레프 니콜라예비치 톨스토이
영어권 문학가들이 가장 좋아하는 작가 / 전 세계 거의 모든 언어로 번역된 필독서

30 **갈매기**(체호프 희곡선 1) | 안톤 체호프
미국대학위원회 선정 SAT 추천도서 / 서울대학교 권장도서 100선

31 **개를 데리고 다니는 여인**(체호프 단편선 1) | 안톤 체호프
서울대학교 동서고전 200선 / 노벨연구소 선정 세계문학 100선

32 귀여운 여인(체호프 단편선 2) | 안톤 체호프
노벨연구소 선정 세계문학 100선

33 지킬 박사와 하이드 | 로버트 루이스 스티븐슨
2004 한국 문인들이 선호하는 세계명작소설 100선
브로드웨이 뮤지컬 역사상 가장 아름다운 스릴러 〈지킬 앤 하이드〉 원작

34 바냐 아저씨(체호프 희곡선 2) | 안톤 체호프
서울대학교 권장도서 100선 / 노벨 문학상 수상자 네이딘 고디머, 앨리스 먼로의 표본

35 36 이솝 이야기 1 ~ 2 | 이솝
어린이독서위원회, 서울독서교육연구회 권장도서

37 오즈의 마법사 3 – 오즈의 오즈마 공주 | 라이먼 프랭크 바움
미국대학위원회 선정 SAT 추천도서

38 야간 비행 | 앙투안 드 생텍쥐페리
1931년 페미나 문학상 수상 / 작가의 경험이 들어간 직업 소설

39 성냥팔이 소녀(안데르센 단편선 2) | 한스 크리스티안 안데르센
SBS 드라마 〈신의 선물–14일〉 메인 테마 도서
어린이문학의 꽃을 피운 불멸의 작가

40 예수의 생애 | 찰스 디킨스
2014년 개봉 〈선 오브 갓〉 원작 / 종교철학자 헤겔의 사상을 만든 고전
대문호 찰스 디킨스의 숨은 명작

41 싯다르타 | 헤르만 헤세
대한민국 대표 시인 장석남이 강력 추천한 작품
출간과 동시에 10만 부가 넘게 판매된 역작
진정한 자아를 깨닫기 위해 고뇌하던 헤르만 헤세의 자전 소설

42 신데렐라(샤를 페로 단편선) | 샤를 페로
2014 인기 영화 〈말레피센트〉의 원작 / 프랑스 문학에 '환상 동화' 장르 구축

43 미녀와 야수(보몽 단편선) | 잔 마리 르 프랭스 드 보몽
변신 모티프의 전형을 완성한 명작 고전
미야자키 하야오와 디즈니 애니메이션, 영화 등의 원작

44 주홍색 연구(셜록 홈스 시리즈 1) | 아서 코난 도일
영국 BBC 제작, KBS 방영 〈셜록 홈스〉의 원작
대한민국 대표 추리 소설가 백휴의 작품 해설 수록

45 네 개의 서명(셜록 홈스 시리즈 2) | 아서 코난 도일
영국 BBC 제작, KBS 방영 <셜록 홈스>의 원작
대한민국 대표 추리 소설가 백휴의 작품 해설 수록

46 배스커빌 가의 개(셜록 홈스 시리즈 3) | 아서 코난 도일
영국 BBC 제작, KBS 방영 <셜록 홈스>의 원작
대한민국 대표 추리 소설가 백휴의 작품 해설 수록

47 공포의 계곡(셜록 홈스 시리즈 4) | 아서 코난 도일
영국 BBC 제작, KBS 방영 <셜록 홈스>의 원작
대한민국 대표 추리 소설가 백휴의 작품 해설 수록

48 별(도데 단편선 1) | 알퐁스 도데
자연주의와 인상주의의 절묘한 조화 / 서정적인 감수성과 아름다운 문체
부산시 교육청 선정 중학생 권장도서 / 포스코 교육재단 선정 중학생 필독도서

49 보이첵(뷔히너 단편선) | 게오르그 뷔히너
세계 최초로 한국에서 뮤지컬화된 <보이첵>의 원작

50 오셀로 | 윌리엄 셰익스피어
<뉴스위크> 선정 100대 명저 / 서울대학교 권장도서 100선

51 변신(카프카 단편선) | 프란츠 카프카
소외된 인간이었던 작가의 갈등과 고독을 반영 / 서울대학교 추천도서 100선
명사 101명이 추천한 파워클래식

52 피노키오 | 카를로 콜로디
월트 디즈니 인생 최고의 애니메이션으로 재탄생 / 260개 언어로 번역된 교훈적 내용
스티븐 스필버그 감독의 2001년작 <A.I.>의 모티브

53 세상을 보는 지혜 | 발타자르 그라시안 · 쇼펜하우어
세기를 아우르는 저명한 철학자가 쓰고 철학자가 옮긴 대표적인 작품
세상을 살아가는 데 꼭 필요한 빛나는 지혜를 전수해주는 인생 처세서

54 마지막 수업 (도데 단편선 2) | 알퐁스 도데
중 · 고등학교 국어 교과서 수록 작품 / 교육청 선정 청소년 권장도서 100선

55 56 57 오만과 편견 1 ~ 3 | 제인 오스틴
서울대학교 동서고전 200선 / 연세대학교 필독도서 / 세인트존스대학교 권장도서
〈텔레그라프〉 완벽한 도서관을 위한 권장도서 100 / 〈가디언〉 권장도서
미국대학위원회 선정 SAT 추천도서 / 국립중앙도서관 선정 청소년 권장도서

58 키다리 아저씨 | 진 웹스터
출간 이래 100년 동안 사랑받아 온 스테디셀러
세상의 편견을 뛰어넘은 편지 형식 소설의 대명사

59 60 그리스인 조르바 1 ~ 2 | 니코스 카잔차키스
미국대학위원회 선정 SAT 추천도서 / 한국간행물윤리위원회 선정 권장도서
한국출판인회의 출판인이 선정한 100권의 도서

61 62 월든 1 ~ 2 | 헨리 데이비드 소로
미국대학위원회 고교추천도서 101 / 미국대학위원회 선정 SAT 추천도서

63 64 1984 1 ~ 2 | 조지 오웰
〈타임〉 선정 세상을 움직인 책 100권 / 세계 3대 디스토피아 미래 소설
〈가디언〉 권장도서 / 〈텔레그라프〉 완벽한 도서관을 위한 권장 도서 100
뉴욕 공립도서관 추천도서 / 하버드 대학생이 가장 많이 산 책 1위

65 66 오페라의 유령 1 ~ 2 | 가스통 르루
대한민국 명사 101인의 대표 추천작 / 서울대학교 권장도서 100선
연세대학교 필독도서 / 미국대학위원회 선정 SAT 추천도서 / 〈가디언〉 권장도서
세인트존스대학교 권장도서 / 논술 및 수능에 출제된 책(1998~2005)

67 68 69 피터 래빗 이야기 1 ~ 3 | 베아트릭스 포터
세상에서 가장 사랑받는 토끼 이야기 / 자연 보호와 동물 존중 사상이 담긴 작품

70 하늘과 바람과 별과 시 | 윤동주 (양승갑 영작)
요절한 천재 민족 시인의 유고시집 / 대중성과 문학성을 겸비한 시인 김경주 추천작

71 정글북 | 러디어드 키플링
영미권 작품 최초, 최연소 노벨 문학상 수상작 / 정글의 생명력을 담은 자연친화적 작품
작가의 아버지 존 록우드 키플링이 직접 그린 삽화 및 기타 삽화가들 그림 삽입

72 거울나라의 앨리스 | 루이스 캐럴
난센스와 판타지의 대표작 《이상한 나라의 앨리스》 속편

거울 속으로 떠난 앨리스의 두 번째 모험 이야기

73 74 도리언 그레이의 초상 1 ~ 2 | 오스카 와일드
미국대학위원회 고교 추천도서 101 / 대한민국 명사 101의 대표 추천작

75 76 77 두 도시 이야기 1 ~ 3 | 찰스 디킨스
영국이 낳은 가장 위대한 소설가 / 영화 〈다크나이트〉의 모티프
미국대학위원회 선정 SAT 추천도서 / 서울시 교육청 선정 청소년 필독도서

78 79 80 폭풍의 언덕 1 ~ 3 | 에밀리 브론테
서울대학교 · 연세대학교 · 고려대학교 권장도서
1940년 아카데미상 최우수작 지명 〈폭풍의 언덕〉 원작

81 82 마음 1 ~ 2 | 나쓰메 소세키
서울대학교 권장도서 100선 / 일본의 셰익스피어 나쓰메 소세키의 대표작

83 84 천로역정 1 ~ 2 | 존 버니언
《성경》 다음으로 많이 읽힌 기독교 3대 고전 중 하나
2003년 국립중앙도서관 선정 고전 100선

85 86 톰 소여의 모험 1 ~ 2 | 마크 트웨인
미국 현대 문학의 효시 마크 트웨인의 대표작
일본 후지 TV 애니메이션 〈톰 소여의 모험〉 원작

87 88 89 제인 에어 1 ~ 3 | 샬럿 브론테
150년간 사랑받은 로맨스 소설의 고전 / 미국대학위원회 선정 SAT 추천도서
영국 〈가디언〉이 선정한 세계 100대 최고의 소설 / 연세대학교 권장도서
영국 BBC 조사 영국인들이 가장 사랑한 소설 100선
현대 여성들이 가장 사랑하는 필독서

90 마테오 팔코네(메리메 단편선) | 프로스페르 메리메
프랑스 단편소설의 거장 메리메의 대표 단편선 / 비제의 오페라 〈카르멘〉의 원작자

91 92 93 빨강머리 앤 1 ~ 3 | 루시 모드 몽고메리
캐나다의 대표적인 소설가 몽고메리의 데뷔작 / 서울시 교육청 선정 청소년 권장도서
KBS TV '책을 말하다' 추천도서 / 일본 후지 TV 애니메이션 〈빨강머리 앤〉 원작

94 삶이 그대를 속일지라도(푸시킨 시선집) | 알렉산드르 푸시킨
러시아 낭만주의 문학의 선구자이자 러시아 국민시인 푸시킨의 대표 시선집

95 도련님 | 나쓰메 소세키
일본의 셰익스피어 나쓰메 소세키를 인기 작가 반열에 올린 작품
'책으로 따뜻한 세상 만드는 교사들(책따세)' 권장도서
서울시 교육청 '청소년을 위한 고전 콘서트' 도서 / 서울대학교 지정 수능필독도서

96 은하철도의 밤(겐지 단편선) | 미야자와 겐지
일본이 가장 사랑하는 동화작가 미야자와 겐지의 대표 단편선
일본 후지 TV 애니메이션 〈은하철도 999〉의 모티브

97 자기만의 방 | 버지니아 울프
20세기 페미니즘 비평의 선구자 버지니아 울프의 수필집
국립중앙도서관 선정 권장도서 / 서강대학교 권장도서 100선

98 플랜더스의 개(위다 단편선) | 위다(매리 루이스 드 라 라메)
멜로 드라마풍의 작품으로 유명한 영국의 아동문학가
서울시 교육청 선정 청소년 권장도서 / 일본 후지 TV 애니메이션 〈플랜더스의 개〉 원작

99 크리스마스 캐럴 | 찰스 디킨스
셰익스피어와 함께 영국을 대표하는 작가 찰스 디킨스의 중편소설
'책으로 따뜻한 세상 만드는 교사들(책따세)' 권장도서

100 탈무드 | 유대교 랍비
5천 년에 걸친 유대인의 지혜가 담긴 책 / 서울대학교 지정 수능필독도서
포스코 교육재단 선정 초등학교 필독도서 / 경북교육청 선정 청소년 권장도서
백인제기념도서관 교양도서

101 호두까기 인형 | 에른스트 호프만
1892년 차이코프스키 발레 호두까기인형의 원작소설
2018 디즈니 애니메이션 호두까기 인형과 4개의 왕국의 원작소설

102 103 곰돌이 푸 1~2 | 앨런 알렉산더 밀른
2018년 디즈니 애니메이션 곰돌이푸 다시 만나 행복해 원작 동화
마음 따뜻한 시인 곰돌이의 감동적인 성장이야기

*더클래식 세계문학 컬렉션 미니북은 계속 출간될 예정입니다.